FONGHONG

SUMMER IN FEBRUARY

二月之夏

[英] 乔纳森·史密斯 著 吴征 王秀莉 译

江苏文艺出版社
JIANGSU LITERATURE AND ART PUBLISHING HOUSE

图书在版编目(CIP)数据

二月之夏 / (英) 史密斯 (Smith,J.) 著；吴征，王秀莉译. — 南京：江苏文艺出版社，2013.3

书名原文：Summer in February

ISBN 978-7-5399-5864-4

Ⅰ. ①二… Ⅱ. ①史… ②吴… ③王… Ⅲ. ①长篇小说－英国－近代 Ⅳ. ①I561.44

中国版本图书馆CIP数据核字(2012)第309633号

书　　名	二月之夏
著　　者	[英] 史密斯 (Smith,J.)
责任编辑	郝　鹏　孙金荣
特约编辑	朱　鸿　李　丹
文字校对	郭慧红
装帧设计	门乃婷工作室
出版发行	凤凰出版传媒股份有限公司 江苏文艺出版社
出版社地址	南京市中央路165号，邮编：210009
出版社网址	http://www.jswenyi.com
经　　销	凤凰出版传媒股份有限公司
印　　刷	三河市杨庄双菱印刷厂
开　　本	700毫米×1000毫米　1/16
印　　张	16
字　　数	252千字
版　　次	2013年3月第1版　2013年3月第1次印刷
标准书号	ISBN 978-7-5399-5864-4
定　　价	32.00元

译者序 人生若只如初见

SUMMER IN FEBRUARY

——献给我的妻子杨澜

活着，是一个不断失去但又不断获取的过程。

而爱，是一个不断消耗而又不断激活再生的过程。

从生命的内耗与不可重复性来看，是这样的。就像小说中康沃尔海岸边的礁岩承受潮起潮落的击打，女主人公弗洛伦斯从临摹波提切利的《维纳斯》开始，到为穆宁斯爵士的《晨骑》当模特，到陷入生死恋情，直到身亡后，墓碑上刻着的只能是“阿尔弗雷德·J.穆宁斯的妻子”。而她的真爱吉尔伯特只能凭《晨骑》之画上她的倩影，在回忆中追逐着畴昔。而那二月的夏天，却再也不会回来……

这情境，是英格兰乡间风味的，也是中国古典意味的，苍凉，哀伤。于弗洛伦斯是“思君令人老，轩车何来迟”；于吉尔伯特是“明日隔山岳，世事两茫茫”；于阿尔弗雷德则是“人生若只如初见”。时间却已倏忽而过四十年，初见岁月里那一群泼洒豪情的青年才俊也已风流云散，湮灭于英伦的绿色原野与蓝色天空之中，最后转换为各种语言小说译本的文字符码，大抵如此。

这正是我喜欢这个故事的缘起之一。

当代美国文学理论家哈罗德·布鲁姆说：“阅读在其深层意义上不是一种

视觉经验，它是一种认知和审美的经验，是建立在内在听觉和活力充沛的心灵之上的。”读英国人乔纳森·史密斯的原著时，我就常常有深层沉浸之感，眼睛关闭，心灵敞开，画面不是以视觉而是以文字与想象为路径，勾勒、描绘、着色，在大脑里完成并徐徐展开，与之相伴的有拉莫纳海湾的涛声、风声与海水腥味，有飘荡着蓝烟的画室中喧嚣的人声。

小说的作者乔纳森·史密斯的文笔是节制而细致的，就像哈罗德·奈特作画，所有的物事都在它该在的位置，保持着上帝赋予的秩序，以物性的天然来讲述。弗洛伦斯的错误选择是从哪里开始的？结婚当夜的自杀未遂又是因何而起？作者连一句妄测也不肯给，呈现给读者的只有一匹马的白色颅骨，一个华美的装满玫瑰叶的碗，两个游离于婚姻之外深深相爱的人，花一个小时又一个小时在海岬上游荡，荆豆豆荚爆裂的声音，身体与身体适当的距离，手与手相握的力度，那些痛苦的快乐，那终于诉说的抚摸，所有刻画都是哈罗德式的，精致到极致，克制到极致，潜滋暗长着动人心魄的美，这一切构成了美丽的二月之夏。

乔纳森·史密斯的文笔又是狂放而激烈的，像阿尔弗雷德的画风，叛逆、奔放、热情，不管攫取还是控制，都如同燃烧，一团激情熊熊的火，裹挟着人直达死亡。事实上，只要涉及阿尔弗雷德，作者总是不吝笔墨：阿尔弗雷德退休时纵横捭阖的演讲，初到拉莫纳的夺目光彩，派对上的诗情，洋洋洒洒的信，热恋中的霸道，甚至无礼，还有那终于爆发时的愤怒，带着强力的破坏性。激情燃烧后留下的教训是：婚姻也许错了，爱与友情却可以是真的。死亡结束了一切。包裹里的画“晨骑”的再现，让我最终记起那个爱着马匹，爱着朋友，理解并宽恕，并且曾为一只狐狸奋不顾身的阿尔弗雷德。是的，那就是真实的阿尔弗雷德，全面的立体的浮凸于纸背的阿尔弗雷德。

他的全名是阿尔弗雷德·J.穆宁斯，英国最著名的现代派画家与印象派艺术家之一，曾出任皇家艺术学院院长。一段由真实人生而来的故事，一部关于生命、爱与艺术、残缺与铭记的小说。在这部小说里，艺术循着自己的路走到现代派的今天，就像人生与爱情总是循着自己的方向径自前进。全球大战的风云，也淡化为小说背景音乐中的一点变奏，情节的连贯与跳跃都收束在滨海小镇这个乌托邦拉莫纳的地域内，乔纳森·史密斯成功地保持小说独特的纯净、细腻和迷人。不得不说，这是一部好看的小说与电影。

好看？似乎太简单了吧？当今的小说与电影，能看的不少，好看的不多。好看，应当是也必须是一部纯粹的小说或是一部故事电影的首要的和终极的目标。

因此，我与我的朋友王秀莉一起翻译了它，我又出任了这部电影的制片出品人，并力邀好友陆川导演担任执行制片人，并负责电影的最后剪辑。就连电影中的交响乐伴奏与歌曲，我也亲自参与了创意与选择的过程。相信在声、光、色、文字等全方位的展示下，一个在充满旖旎风情带着金黄怀旧之光的20世纪初的英格兰大地上发生的活生生的人的故事，会姗姗走进你的心灵。《二月之夏》将是全球有史以来第一部在中国首映的英文片。

其实，我参与投资的前3部电影均是以发生在20世纪的真实故事作为基础而创作的。凭着对故事本身的敏感与洞察，我在成百上千个文本中，选择了《卑贱人生》、《二月之夏》与《摩纳哥的格蕾丝》作为我投资并亲自出任制片人的三个故事。从《二月之夏》中的20世纪20年代年代的英国艺术学生弗洛伦斯，到《卑贱人生》中同时代的美国纽约，被关押在埃利斯岛上的波兰移民姐妹中不得不以性作为代价，为生病妹妹换来食物与药物的姐姐。而《摩纳哥的格蕾丝》则将重心放在成为摩纳哥王妃的美国明星格蕾丝·凯利在1962年——她33岁那一年，如何斡旋戴高乐与她丈夫的冲突，成功地保全了摩纳哥公国独立的故事。这三个以女性作为主人公的故事，成功打动了妮可·基德曼、杰瑞米·雷诺斯、玛丽昂·歌迪亚等奥斯卡奖获得者及其他多位世界一流艺术家参与创作及表演。这三部电影及与之有关的小说和音乐亦会在2013年陆续与全球观众见面，作为我试水之初的作品，希望观众多指正批评。作为电影界的新人，我确实努力也尽力了，只能以惶恐不安的心情等着它们的面世之日。我在奔波谋生了 15 年后，终于能够归溯我曾经文学青年浪漫的一面，将一部热爱的英文小说拍成电影，译成中文，并配上优雅的音乐。我必须坦诚地说，我全身心地享受这个过程。

再回到《二月之夏》小说中文版出版这一话题，我在此衷心地感谢王秀莉女士的鼎力相助。她的介入，使整部小说的可读性有了很大的保障，也促使我这个多年不动笔杆子的人打起精神来努力修饰好每一段文字，以不致文采落后于秀莉太多，再次感谢她。同时也要在此感谢凤凰联动的张小波先生能够促成此书的顺利出版。

2012 年是驿动的龙年，历史将证明这是对中国及世界极不寻常的一年。而我在创意上的驿动催生了这三部产品，均得在一年之中得以完成。我将这几部作品献给我的夫人杨澜。2012 年又是我们结婚 17 周年，感谢杨澜以难以想象的容忍与真诚无私的爱，陪伴了我 17 年，风雨同舟。我、导演与作曲共同选择，并由我与秀莉翻译了英国诗人乔安娜·沃尔费什的诗《赛伦的催眠曲》为《二月之夏》主题歌的歌词，并以此为本序做结：

赛伦的催眠曲

在那海的波涛之上

沉寂的夜

白马与人共舞

赛伦的歌声传来

由海鸥鸣叫声伴随

她的催眠曲

传递着迷途中的爱恋

对我唱吧

只在那银色的月下

当太阳升起

我的爱就将飞散而去

迷失于赛伦的催眠曲韵律中

直到天明

都与白马共舞

银色的月儿

太阳的愁苦

吟唱不止

伴着海鸥的鸣叫

她轻声吟咏着：赛伦的催眠曲

赛伦的形象因为“星巴克咖啡”的Logo而为我们熟悉，她是希腊神话中福耳库斯与缪斯的三个美若天仙的女儿的总称。赛伦天籁般的歌声，可诱惑及伤害人类。人的一生需要抵住情感及物质层面的各种美丽诱惑，才能走向天意注定的结局。我谨在此祈告善良的人们彼此的情感，在人生中的每一年，一月至十二月均能保持夏天般的炽热，也真心祝愿大家都能顺顺当当地沿着各自的路，一生走好。

吴征

2012年11月9日，巴黎至北京飞机上

那天早晨，坐在戴达姆城堡之家他那宽敞无比的书房当中，阿尔弗雷德·穆宁斯爵士打开了一封信。这封信来自他的老朋友劳拉·奈特女爵士。

朗格福特 16 号
圣约翰斯伍德
伦敦
1949 年 4 月 27 日

亲爱的：

你是真的打算要在明天那么干了？这明智吗？这样做好吗？而且为什么要在宴会上呢？这样做不会揭开旧伤疤吗？

无论如何，我都洗耳恭听。

好友劳拉

请安静，欢迎院长出场，1949 年

到了院长隆重演说的时刻了。那轻轻的敲击声，要求肃静的声音，就在他的右耳耳际，他听得明明白白，那声音清楚干脆，坐在首席上的每个人也都能听得真真切切。不过那个时候，那些准备公开讲话的人——如果你也曾经有过那样的经历便能明白——总是坐在他们座位的边缘处，等待着那一刻的到来，一直战战兢兢，嘴唇干巴巴的，不敢吃不敢喝，却非常想上厕所，就仿佛是在纽马克特起跑线上整装待发的骑师，全神贯注，一触即发，明白全世界的眼睛都聚焦在他们身上。

对于院长来说，是有成千上万的耳朵在等待。

但他并不紧张。一点也不。如果紧张的话，他会提前将整个演说稿写下来，但是他没有，只是在大快朵颐的时候在菜单背面草草写下了只言片语而已。院长一贯主张，美酒佳肴当前，必须享受。实际上，他期待着这次演说，期待着发表他的杰作。他知道需要讲些什么，才能聚集起民众，上帝在上，他马上就要开讲了。

他等待着信号。

但是，那轻轻敲击桌子的声音，对他来说虽然足够大，但是对于充满了男性玩笑的大型艺廊来说却不够，对于远处缭绕的雪茄烟雾中直冲屋顶的陶醉笑声来说也不够。远处桌子边那些年轻的院士们，他们能够隐约听到主持人的敲击，却以一种源远流长的方式，假装没有听到。很多年前，当时的院长坐在他们的位子中时，也做着同样的事情，使用着同样的延迟策略，只是那时候的光

线更加昏暗一些。所以，看看远处的与会者们并没有因为首席上优雅的敲击声而缄口时，他转身告诉主持人再试一次，只是这次“加点料进去”。主持人是一个胡子笔挺、瘦骨嶙峋的男人，对院长的话心领神会，恰到好处地敲击着手中的小锤子。他敲得迟缓而响亮，表达的情绪内涵比“先生们现在就看过来”要丰富不少。

此刻，那加高的音量以及刻意的间歇，达到了效果。即便是最喧哗的桌子也陷入了沉默。寂静刚一笼罩，穿着耀眼红衣的主持人，便将自己木桶一般充实的肺部一喷而空，他响亮的声音掠过所有人的头顶，经过墙壁上错落点缀着的画作，穿过道道红木门，投射到皮卡迪利大街[1]之上。

“各位殿下，”主持人加重语调，“殿下”一词更是增添了他的效果，带来一片肃穆的安静，“各位大人，主教阁下，爵士以及各位尊贵的先生们，请安静，欢迎皇家学院[2]院长，阿尔弗雷德·穆宁斯爵士出场。”

是的，就是在说他。

请安静，欢迎一个萨福克磨坊主的次子，一个来自乡下的孩子，但是，康斯坦布尔，伟大的约翰·康斯坦布尔[3]，也是一个萨福克磨坊主的儿子，能够追随他的脚步，难道不应该骄傲万分吗？

另外，主持人的风格中有些东西很讨院长喜欢。他一向主张，好的主持，就如同炮击练习：清洗炮筒，装填弹药，设定轨道，然后便向着敌人发出振聋发聩的一击。瞄准，开火！敌人被尽数歼灭。敌人？在伯林顿府的宴席上？

什么敌人？

但是敌人就在那里，全都各就各位。

主持人在那里抑扬顿挫地强调着自己的措辞时，院长在逐字逐句地品味着

[1] 皮卡迪利大街：英国伦敦地铁其中一条行车路线，是伦敦最繁忙的一条路线。

[2] 皇家学院（Royal Academy），全称皇家美术学院（Royal Academy of Arts），是位于英国伦敦皮卡迪利街伯林顿府的一座艺术宫殿，位置独特。皇家学院为私人资助机构，相对独立，目的是促进杰出的艺术家和建筑师的出现，建立于1768年12月10日。

[3] 约翰·康斯坦布尔（1776—1837），英国著名风景画家。他的作品把英国的风景画真正从因袭成规和外国影响中摆脱出来，对后来的画家，尤其是法国的画家影响很大。现在他的作品已经成为英国风景画的代表。

其中的深意。他喜欢所有清晰明朗的音节。他对自己说，那是介绍人的正确方法，就像他身后的主持人那样，没有喃喃低语，没有对不入流的打击。

“各位殿下”——确实，格洛斯特公爵就坐在他的右边，坐得还算笔挺，只是服装糟糕……

“各位大人”——每张桌上都有外交使节，天知道都是从哪些国家来的，有个可能是土耳其人的阿基凯基先生，居然还坐在首桌。

“主教阁下”——没错，坎特伯雷的大主教刚才还站着喋喋不休呢——加上那个怪诞的陆军元帅，他能够看到桌子的那头坐着的老蒙蒂[1]。更不必提那些多得可以车载斗量的爵士，数不胜数的绅士，四处都充斥着浆洗过的衬衫，加了衬垫的裙子，另外还有几个根本分不清楚名画和马尿渍有何区别的娘娘腔点缀其间。

现在，稳住，阿尔弗雷德，他对自己说，一定要小心，老小子，你现在可不是在车马酒馆里，你可是在一个文明开化的团体中，周围都是伟大正直之人，他们可都体面端庄，他们来这里，是为了听你这位即将退休的院长的演讲。上帝，他们很快就能听到了。

主持人最后的几个词“阿尔弗雷德·穆宁斯爵士”落地之时，响起了表示欢迎的掌声，基本上是来自温斯顿和靠近首席的那些人。不过公正地说，掌声已经足够表明对他担任院长期间的所作所为的肯定。掌声静下来之后，阿尔弗雷德爵士又吞了一大口酒，一种他给自己挑选的相当好的红葡萄酒，然后检查了一下他的扣子。一切安好，他站了起来。

宴会在皮卡迪利大街伯林顿府的三号大厅举行，房间被一百八十个与会者挤得满满的。院长扫视了一遍点着蜡烛的桌子，然后将两只拳头指节朝下放在了白色的桌布上。这是他在讲话的时候喜欢采取的一个姿势，并不仅仅因为这个姿势能够减轻压在他一双病腿上的重量，还因为这个姿态是他喜欢的攻击姿态。

此刻，他就是如此。

而他们，都在这里。

院长面对着学院成员。他不愿意嚣张地称其为他的学院。他面对着他们，

---

[1] 指蒙哥马利元帅（1887—1976），英国杰出的军事家，陆军元帅，第二次世界大战中盟军杰出的指挥官，阿拉曼战役和诺曼底登陆都是由他指挥的。

和整个听着无线电的国家，从约翰欧格罗兹[1]到兰兹角[2]，千千万万善良的人都调好了自己的无线电，愿意去听用最简单平实的英语讲出最简单的真相的普通民众，也都做好了准备。

那么，真相就要登场了。

“各位殿下，”他缓缓地开场，“各位爵士，先生们。”他充分享受时间，斟酌玩味着每一个音节。自从一个晚上之后，他就主张，只有充分享受时间才是理智的，骑着马慢走在乡间小径，轻松地回家，总是最好的。急急忙忙，你只会马失前蹄。他是有过惨痛教训的。不过，问题是，他不仅仅是慢，他是太慢。而且无意识中，他的声音沾染上了那个主持人的音调。

“我，”他开始说道，“最——近有——些烦——恼。由于某些特——别——的约——定，这些致辞总是推到院——长身上。”

在这些音节当中有很多的齿音和擦音。院长知道，齿音和擦音是一个大问题，如果他不留心，很快，他就会开始背诵爱伦·坡的《乌鸦》，或是像粗俗的无赖绕着嶙峋的石头蹭来蹭去一般。

稳住，他对自己说。稳住，阿尔弗雷德，稳住。

他停了下来。现在也恰好可以低头浏览一下他在菜单上匆匆写下的笔迹。他把纸条举到眼前，看到：

夏布利白葡萄酒烧砂锅菜

橄榄香鸭

田园豆角

时鲜马铃薯

芦笋

圣安娜奶油蛋糕

冰

四季豆

[1] 位于苏格兰最北端的村庄，被称为英国的天涯海角。

[2] 位于英格兰西南端，是英国主陆的最西端。

甜点

以及咖啡

如果人已经站了起来，这些字可真是没有什么帮助。上面还有一幅画得很精湛的温斯顿抽着雪茄的素描，就在不到十分钟之前完成的，相当惟妙惟肖，看上去活脱脱就是温斯顿，厚重驼背的肩膀，布满皱纹的前额，粗大的雪茄，十足十是那老小子。画画就该这样，不是吗？就该画什么像什么是吧？

想到这里，他心中一阵愉悦，因为这份自信变得大胆起来，院长又调整好自己再度出发，只是这次是以慢跑的速度，也就是说，给马一点动力。

“我知道，早就知道，坐在桌子边，和一大伙人一起，是个什么感觉。——什么？什么叫一大伙人？别在意，我们一会儿再说，现在继续我刚才的话题——我们觥筹交错，饮酒狂欢，几乎完全没有想到坐在桌子边的可怜的院长，没有理会他费尽心机，百般思索，去琢磨一个普通的演讲的起承转合。”

他长出了一口气。这个句子，尽管还有些拖泥带水，但是已经比刚才好了很多，只是在“觥筹交错，饮酒狂欢，几乎完全没有想到”这一句之后场面有些不快。他觉得一阵恐慌，一度担心自己可能陷入那种熟悉的快活的韵律和那种熟悉的节奏，实际上也就是陷入他那即兴创作小调的感觉。

但是，该死的，他并不是在某个温馨的俱乐部或是画家的派对上背诵埃德加·爱伦·坡，他是皇家学院的院长，浑身上下衣着考究，像个纨绔子弟一般。他是英国艺术界最知名的人物，而最主要的是，他必须言之有物。他必须说一些简单直白的语言。

“此刻，我在这里，代表学院做出答复。刚才，坎特——伯雷的大主教曾经，”完全是一席废话，“以非常熟知的方式谈及这个团体。但是是什么团体呢？”

由人组成的团体，他想说，英国艺术界最活跃的团体，在伯林顿府中就在他面前这些桌子边挤着的人。他的目光在一张张桌子间移动，他盯着左边，接着又盯着右边，然后又盯着前方。他不得不说，他不喜欢自己看到的东西，一丝一毫都不喜欢。早就该把这个问题推向英国艺术界最有规模的团体了，早就该坦诚地推向无线电收音机边的整个国家了。然后他们便不能再说他们没有听到，不是吗？

他们是否值得？是的，就是这样——

“他们是否值得拥有这栋他们身处的建筑？我们是否一致都在创作着我们应该创作的伟大作品？其实，我并不是想野心勃勃地——”野心勃勃？你要脚踏实地，阿尔弗雷德！“在今天晚上，和整个学院来一起发现错误。”

这一语抛下，一片私语声，有的表示赞同，还有那些优雅人士尝试警告他，浆洗过的衬衫们想要院长走进他们礼貌而有技巧的渠道。他能够察觉到他们压低了声音说：“不，穆宁斯，你是对的，你，一个萨福克磨坊主的次子，要批评我们，是不合适的。”

这只能激发他继续向前。噢，难道不是吗？如果他们仔细思考片刻，他们就能够阻止他继续执行他的计划，他们便不会犯更多错误。一不做，二不休。院长开始了自言自语。

“但是，但是，我发现自己是一个团体的院长，这个团体里的人，都是被过去的我叫作墙头草的类型。”

他强调了“墙头”，他强调了“草”。“墙头草”一语刚出口，一大批没有主见的下巴已经惊得掉到了桌子上。半醉的眼睛中都闪着光，眼球全都滚了起来。一种恐惧的感觉在房间内蔓延，他就要做了，他就要当着无线电数百万听众做了。妈的，他就是要做。我告诉过你我会的，劳拉。

他看到一个白色的精心修剪的头沉默地探出来喝波尔图酒。

墙头草，蒙蒂喜欢这个词。蒙蒂总是说，有太多的士兵，都是墙头草。温斯顿也喜欢这个词。温斯顿说，有太多的政客和所谓的政治家都是墙头草。在不断蔓延的沉寂之中，院长又一次环顾房间，他并没有把眼睛聚焦在某个特定的地方，只是任由他的指控慢慢扩散，造成杀伤危害。墙头草们知道他们是谁，他知道他们是谁，他要把他们打得死无全尸。

“他们！”

他的声调升高了。

“他们觉得有种东西叫作所谓的现代艺术。”

当他说出最致命的那个词“现代艺术”的时候，传来一声喘息，一声听得见的倒吸一口冷气的声音。是的，列那狐已经跑了出来。它清楚狩猎正在进行。突然——他作画的时候经常发生这样的事情——突然，他感到了一种超凡的力量，一股澎湃的肾上腺素，就仿佛他正纵横驰骋在康沃尔的海滩，或是穿行在诺福克平坦的大地上，长鞭在手，帽子歪戴，面对一条宽阔的壕沟，全速前进，无所畏惧。回避没有任何意义，你必须要跳过去。

他的声音变得更加尖锐，更加充满挑衅。

“其实，我自己更愿意——嗯——”即便他原本想口出秽言，但是他意识到自己最好要表现出教养来，他真的应该举止体面，他转向坎特伯雷大主教的方向，微微颔首，“嗯，请原谅我的粗鲁，主教大人。我情愿遭遇惨到极点的失败，画出的画最终落满尘埃。我宁可有人愿意在那幅画上尝试做点什么，尝试记下自己的所见所感，也不愿意加入蒙蔽人的把戏，这把戏……嗯，是不是被我们叫作巴黎学派？”

巴黎一词掷地有声，噼啪作响。他在巴黎一词上加注的轻蔑之情呼之欲出，他自己十分享受。他实在太喜欢了。所以他把双手背到了屁股后面，就如同查理·卓别林在《大独裁者》中所做的，假装是给冒犯到的法国外交官们擦亮桌子一般。

“我希望法国大使今天不在这里。”

必须承认，一片窃窃私语正好符合他的预计。人们的回应中，有暖暖的笑声，支持他的笑声。私语声最终在温斯顿处消失，温斯顿的肩膀一直在上下起伏。院长笑了。老好人温尼，从来都不是那些颓废的法国田鸡和他们新发明的时尚的支持者。他看着他们所有人，坚定地继续说道：

“不久之前，就在这个房间里面，我曾经给学生们演讲，有男孩也有女孩，他们领着来自政府的各种资助。为了什么？为了什么呢？”

没有一个人回答。没有一个人敢回答。

“为了学习艺术。然后要变成什么呢？不是艺术家。好吧，我当时对那些学生说：‘如果你要画一棵树，老天在上，请尝试着把它画得像是一棵树；如果你想要画天空，请尝试把它画得像天空。’”温斯顿玩味着这所有的言辞，就像鸡蛋就是鸡蛋一般明白。院长能够感受到他热情的赞许，那根本没有必要去确认。最近几个月，他们不是经常讨论树木的纹理和天空的空旷吗？

他接着说：

“就在这两天，我开车在我戴达姆的家和纽马克特之间往返。星期天，我开车经过萨福克，我一直都看着天空。那是怎样美丽的天空啊！不管有什么样的人画过天空，我们都应该把天空画得更美。”

天空！不是腿多得像蜈蚣的小猫。天空！不是毕加索的肖像，没有带两个鼻子三个乳头耳洞里长出鲨鱼牙的女人！

是的，现在他要开始驰骋了。

“但是艺术出现了这种愚蠢的内部腐败，而媒体界的蠢人也都在帮腔，鼓励这种他妈的一无是处的东西。”这一次，他并没有因为脏话而向大主教道歉，“让所有的年轻人都脱离了正轨。我相信自己是正确的……我有梅杰爵士支持我，我肯定他站在我身后……我的左边则有新近当选的学院的杰出院士，温斯顿·丘吉尔先生……”

是我选出来的，因为他能把一棵树画得像树，把天空画得像天空。

由萨福克的磨坊主的次子选出来的温斯顿·丘吉尔。

“我知道，丘吉尔是支持我的，因为曾经有一次他对我说：‘阿尔弗雷德，如果你碰巧在街上看到毕——加——索，你愿不愿意和我一块儿踢他哪哪哪？’我回答说：‘好的，先生，我很愿意。’”

好的，就是这样！人群一片喧哗。是的，喧哗，没有夸张。阿尔弗雷德感觉自己已经完成了把戏，他真正地放松下来，尽情表演。伯林顿府的三号大厅沸腾了。笑浪一波一波，从最后排一直滚动到首桌。就在他的身边，蒙蒂咯咯笑着。

那么，一切都很好。目前一切顺利。不过那些娘娘腔呢？那些精心修理过指甲、说话声音矫揉造作、表情像瓷娃娃一样的勃朗特[1]们呢？温斯顿和院长准备埋伏在某个门口，等待着帕布罗[2]戴着他的贝雷帽经过皮卡迪利大街时，跳出去海扁他一通。对这样的事情，他们到底作何感想呢？哈？

院长感觉惊人地好，他的感觉再好不过了。

“此刻，”他继续说道，“今晚，在这里，各种专家齐聚一堂，认为自己更懂得艺术的专家们，认为自己比那些不得不去作画或是坐一整天想画出一幅风景画但是失败的可怜家伙懂艺术的专家。”

院长思量，因为这才是画画的方式。到户外去，正如巴斯琴－勒帕热[3]

[1] 安东尼·勃朗特（1907—1983），英国艺术史专家，伦敦大学艺术史教授。

[2] 毕加索的名字。

[3] 朱尔斯·巴斯琴－勒帕热（1848—1884），法国自然派画家。

所说的。事情正是简单如斯,事情也正是困难如斯。你需要带着你所有的颜料、你的白布、你的松节油、阳伞、抹布、漂亮的画笔，你要脑袋上戴着帽子，嘴里叼着画笔，带上你的画架、调色板和画布去户外，不管天气如何，刮风下雨还是艳阳高照，到诺福克、康沃尔或是汉普郡的郊外，无论是和平年代还是战争时期，你走到户外，开始创作。院长和劳拉在拉莫纳的时候经常这么说:“出去工作一直到你趴下。”

那你们都画了些什么呢?

画了真实的世界，画了普通的男男女女，画了大地、海洋和天空。而不是某些饱受折磨的灵魂眼中的恶心世界，而不是某些病态的畸形的想象的超现实主义世界。但是你能想象出那些批评家们走到户外吗？只需要想象一下安东尼·布朗特在户外的样子，他双手发青，眼睛水汪汪的，注视着黑色的积雨云慢慢聚集。想象一下他周围笼罩着疯狂的苍蝇。他会怎么做呢？他会收拾打包，回到他在切尔西闺房的男孩子们身边，开始哼哼唧唧，翻云覆雨，希望你能够接受这个双关[1]。因为院长更喜欢篮子封口的石坛子装的淡色啤酒和橡木吧台，比方说红狮酒馆，再来一些汤、鱼、野鸡或是香肠和麦芽酒或是石南酒。——这些对他来说就足够好了，享受过后便可以慢慢步行回家。

每个人都能看出来他非常享受。每次谈到批评家，总能够令阿尔弗雷德表现到最好。

批——评——家。

“他们总是如此——请容许我使用个日常的表达——总是如此吃饱了撑的，他们在画中间打转，他们看了太多太多的画，所以，他们的……他们……他们的评论变得……”

在这个节骨眼上，福至心灵，院长看到了反对的人。这些日子，他的眼神也许没那么好了，但是他肯定有人表示出了反对，就在那边第三桌，王室藏画的鉴定人。院长对此并没有准备。他只是说:“他们的评论变得迟钝生硬,他们,是的，迟钝生硬。这刚巧提醒我了，他今天晚上在这里吗？安东尼·布朗特，他今晚来了吗？”

---

[1] 哼哼唧唧，翻云覆雨：原文 bugger that lot，bugger 有批评评论之意，同时也有鸡奸之意。

噢，他今晚就在那里，一直都在盯着自己那精心修过的指甲。

“他曾经就在这间屋子里，那时候王室藏画在这儿展览，那边挂了一幅雷诺兹[1]的作品，他说：‘那个雷诺兹可比不上毕——加——索。’相信我，这是多么不同寻常的评论啊！好吧，也许不应该提到那些名字，但是我并不在意，因为我今年年底就退休了。”

“好极了！”有人说。

院长的血液开始沸腾，他的拳头握紧，这是谁说的呢？有人说出了“好极了”，非常清楚明白，虽然声音不大，但是他听得一清二楚。他的眼神也许不好——谁又会觉得奇怪呢——但是他的耳朵依然相当好。“好极了”，嗯？他能够感觉到自己的指节碾压在桌布之上。他把重心从他疼痛的脚上挪开，他的头开始悸动，但是他继续战斗。

“我不想像某个院士所说的那样：‘其实，现代派艺术中肯定有可取之处，我们必须给这些要把戏的人一个舞台。’”

那么那个女人呢？女人，我的脚啊！问问他们对于那个畸形的想法吧！

“我们这个学院中，绅士们可以去八角大厅看看，那里有一个木刻的女人，如果女性种族长成那个样子，那么我们只能向上帝祈祷了。”

是的，他们享受这些，这些与会者享受这些。院长享受地听着他们的笑声，听着一波一波的笑声，善意的、温暖的、雄性的笑声，他们在笑，因为他们都是男人，他们都知道女人该长什么样子，他们都知道他们想要女人长成什么样子，他们希望女人美丽，可以入画。但……那些娘娘腔呢？那些娘娘腔呢？拜托，诚实点，还有那些批评家呢？他们怎么想？现代派的批评家们到底喜欢什么？他们喜欢莫迪利亚尼[2]的模特，喜欢亨利·摩尔[3]的洞，亨利·摩尔那现代的重量级的洞。

“今天的雕刻家……全都沉溺于对膨胀的、超重的、畸形的裸体的追求。”

[1] 约书亚·雷诺兹（1723—1792），英国画家。皇家学院的创建者之一，第一任院长。

[2] 阿梅代·莫迪利亚尼（1884—1920），意大利画家和雕塑家，以其雕塑和裸体画优美、拉长的线条而著称。

[3] 亨利·斯宾赛·摩尔（1898—1986），英国现代派雕塑家。

风景中的污点啊，那些膨胀的女性，膨胀的，布洛特…… [1]

布洛特……

唉，阿尔弗雷德，你干吗要说这些呢？

他的左手微微抽搐，然后开始颤抖。他并不想用那个词，这是他一直避免使用的词。他撑在桌面上，让自己的手稳定下来，但是颤抖并没有停下。要毁掉一个人的纵横驰骋真是容易啊，即便是在一切进展顺利的时候。膨胀。他必须要抹去所有膨胀的东西。但是他做不到。他能够看到她的脸，她那苍白的脸。可是她的名字真是傻透了。那是你绝对不会与一个适合入画的、难以捉摸的女孩联系在一起的名字。但是这名字黏附在她的身上，黏附在他的心中，就如同海葵紧紧攀在石头上一样。

雪茄的烟雾缭绕着一片沉寂。但是演讲过程中不能出现沉寂，不是吗？如果他不快点儿说下去，他们会认为他突然中风了。他必须继续说下去。他能够感到房间内的气氛发生了变化，他能够察觉到气场的震动，但是他所想到的下一件事情居然是巴特锡，巴和布，又是谐音！该死的！他匆匆继续说了下去，却心不在焉。他摔下了马背，他能够听到自己说着这些句子：

"你们见过那些……巴特锡公园里面展出的那些东西没？你们见过吧？伦敦郡议会放在那里的。我们每年要花费数百万的艺术教育经费，我们还在向公众展示这些愚蠢的笑话。我曾经去过那个公园，我曾经和去那里的公众接触，我问他们，他们充满厌弃，愤怒无比，就如同他们在北安普敦郡的教堂里面看到了这个圣母圣子雕塑。"

亨利·摩尔的畸形怪物，他们都知道他所指的是什么，摩尔那畸形的现代的洞。

"因为……我很愿意邀请在座的每一位前往北安普敦郡的这个教堂去欣赏这个圣母圣子雕像。我说得非常坦白，也许我画的马匹一直都有问题，有错，但是我他妈十分肯定，那个雕像不对。"

这时，大厅另一端传来一阵骚动。三四张椅子被向后拖。这是对院长和院长的言行表示抗议，还是因为膀胱功能脆弱？院长并不肯定，但是这侵蚀了院长的勇气。

现在打住吧，阿尔弗雷德，他对自己说，你已经说得够多了，也许说得太多了。

---

[1] 膨胀（bloat）和布洛特（Blote）谐音。

“好吧，我不打算长篇大论，先生们……我要就此结束，因为我知道接下来有一个比我要伟大的多的人物要出场。”

温斯顿·丘吉尔，无疑的。不能有人比他更加伟大了。

但是他并没有坐下，因为他还没有谈及马蒂斯[1]先生。他必须围绕马蒂斯先生一吐胸臆。

“但我还想说说今天下午我去塔特画廊的事情。塔特画廊，右边第二个房间，有着洁白的墙壁，但是除了墙壁一无所有，在那儿，你能够看到马蒂斯的那幅画，叫作‘森林’。”

该死的，这并没有成功！房间内同一个地方，只是这次声音更大了一些，更多的椅子在移动。提到马蒂斯导致的。这次他们的声音大了很多。那些呆头鹅一般的批评家，嘎嘎呱呱地叫着，不断伸展着他们的白脖子。

“那是塔特最好的东西！”

“棒极了！”

“可爱的作品！”

“美丽的艺术品！”

院长环视着。

美丽？我的屁股美丽多了！

“我希望，”他喊道，“我希望您们能够听到打断我的这些声音。因为我身为院长，手握职权，能够容许我这么说。我明年就不会在这里了，谢天谢地。”

“确实该谢天谢地。”他听到有人这么说。

但是，不，不，他不打算反击，这次不打算。不，就这样吧，一切都这样吧。一切都是为了艺术。那些辛苦，那些风雨当中的努力——我要退场了。而他们知道些什么呢？对于天空、乡下人的灵魂、脑力工作和辛苦劳作，长柄大镰刀的稳定运动、雨点的舞蹈，那些批评家又了解什么呢？他计划改天解释这所有一切。他的名字被人忘却，昔日的英格兰已远逝去，你再也看不到大麦穗，小木屋都变成了别墅，带袖子的马甲都变成了浆洗过的套装，马匹让位给了拖拉

[1] 亨利·马蒂斯（1869—1954），法国艺术家，野兽派画家先锋。

机，篱笆成了带刺的钢丝，沙金[1]逝去，萨尔瓦多·达利[2]兴起，而他的画作，萨尔瓦多·达利的画作，不过是些黏稠的钟表和变形的钢琴，仅此而已。

院长抬起手，仿佛是一个在舞台上正在度过最后一夜的指挥。

"《每日电讯报》有报道说我说：'让树看起来像树'，因为树就要像树，女人就要像女人。或者说应该！我们在看到可以入画的女孩的时候，都能够判断出来。我们也都知道要在可以入画的女孩的要求和画家的要求之间做出选择是多么困难。"

"其实，"他用一根细细的弯曲的手指，指着拥挤而沉默的房间，"你们去看看树的灵魂……马蒂斯[3]画的，再听听罗伯特·路易斯·史蒂文森[4]怎么说的……他说'难以计数的千千万万树梢的声音……'"

为什么，到底为什么，他要冒险讲这么难一个词？

难于……难以……难以计算？

他现在都说不出话来了。他的手在颤抖。他告诉自己沿着乡间小道，缓缓地将马带回家，一定要缓缓地。再试一次，阿尔弗雷德，缓缓地。

"难——以——计——数——的千千万万的绿叶，弥漫在空中。"

"这家伙喝醉了。"

"当然他喝醉了。总是这样。"

"不过是个乡巴佬土包子。"

"真丢脸！"

院长看着温斯顿。但是伟大的武士正低头看着自己的雪茄，看着肥硕的雪茄潮湿发黑的一端。左边，院长感到那些吃饱了的人开始撤了；右边，院长发觉投来警告的目光。他感到从未有过的精疲力竭。现在应该坐下了，早就超时了。有人递过来了一杯波尔图红酒，看上去又青又红又紫，说不清到底什么颜色，就好像……好像是乌荆子。

他把手罩在眼睛上。当务之急，他要把乌荆子赶出脑海，如果赶不跑乌荆

[1] 约翰·辛格·沙金（1856—1925），美国画家，是当时肖像画的领军人物之一。

[2] 萨尔瓦多·达利（1904—1989），西班牙超现实主义画家，以探索潜意识的意象著称。

[3] 马蒂斯（1825—1905），象征主义画家。

[4] 罗伯特·路易斯·史蒂文森（1850—1894），苏格兰作家，他的浪漫冒险小说深受公众喜爱。

子，他就没有办法继续说下去。

“先生们，”他勉力想笑，却感觉嘴唇紧紧粘在了牙齿上，“身为院长，即将退休的院长，我感谢大家，请所有人为了皇家学院的健康干杯。我要特别感谢坎特伯雷大主教今晚所说的，同样祝福你。”

说着这些词句，他感觉天旋地转，他的右手一个不稳，带着真切沉重的麻烦，坐了下去。

窃窃私语，反应，掌声，愤怒，是有史以来最大声的，但是没一个人直接和院长说话。格洛斯特公爵看上去仿佛上了釉一般，主教大人坚定地看着天花板。不过，最重要的事情是他已经把马带回家了，不是吗？

是时候继续了。该伟人出场了。院长向主持人点头示意。这一次，主持人不需要第二次提醒，用尽全力重重地敲响了手中的锤子。

“各位殿下，各位大人，主教阁下，爵士以及各位尊贵的先生们，请安静，欢迎温斯顿·丘吉尔先生登场。”

就在温斯顿·丘吉尔在广播中发表演说的时候，BBC的电话总机就已经被听众来电挤爆了。在接下来的数天，乃至数个星期，阿尔弗雷德·穆宁斯爵士收到了来自国内外数以千计的信件，一麻袋一麻袋的，装满了对他的支持。

其中一封信来自他的老朋友劳拉·奈特女爵士。

朗格福特16号
圣约翰斯伍德
伦敦
1949年4月28日

亲爱的：

噢，你个老疯子，你真做出来了。现在你都做完了！

爱你的劳拉

康沃尔，拉莫纳湾，1949

在他新买的那台雷杰顿牌收音机边听着皇家学院的演讲时，吉尔伯特 · 伊文斯少校觉得自己非常孤单。温斯顿 · 丘吉尔结束他的答听众问后，吉尔伯特坐了一阵子，思绪深沉，迷失在过去，遥远的过去。然后才从壁炉边的椅子中站起身来，关掉了无线电收音机。

穆宁斯。

吉尔伯特站在原地，手握香烟，不住摇头。

生活就是个有意思的东西。

穆宁斯和丘吉尔。

不过还是那种萨福克的口音。或者是诺福克的？

吉尔伯特站在原地，抽着烟，看着窗外，眺望着大海那边的里扎德。听着那些演讲的时候，他全神贯注，沉浸其中，都没有注意到他的小儿子戴维悄悄溜进了房间。《二十个问题》一播完，琼就带着他们的狗佩德罗去悬崖那边散步了。吉尔伯特以为蒂莫西和戴维都到海湾那边去了。圣诞节假期的最后一天，他们还会想出更好的过法来吗？对于一个男孩来说，返回寄宿学校之前最后一个自由的夜晚，是如此的珍贵——吉尔伯特还清楚记得自己的那些时光，对小男孩来说宝贵自由的光阴，尽管都已经过去五十多年了，但一切还历历在目。

但实际上，戴维就盘腿坐在画室的地毯上，在离他不过五英尺的距离，安安静静地坐着。到底是什么俘获了男孩的注意力？令孩子呆呆出神的，是丘吉尔的言谈风格吗？是他那沉稳的声音，他那睿智诙谐的从容吗？吉尔伯特希望如此。“这是个好现象，”丘吉尔在演讲中说道，“艺术应该高于派对，而派对不应该高于艺术。”现在，还有多少人能够组织出如此的语句？也许如果他们当中能多些人学习一下塔西佗[1]，他们便也能够如此；也许如果他们当中能多些人学习一下丘吉尔的演讲，他们便也能如此。

---

[1] 塔西佗，（55—120），古罗马历史学家，演说家。

至于 A.J. [1] 的演讲嘛……其实，吉尔伯特已经很多年没有见过穆宁斯了，很久很久之前，他们就失去了联系。但是他那强劲、狂暴、纯粹而激烈的风格始终没有改变。坦白说，A.J. 并不是一个有教养的人，从来都不是。在他最好的时刻，他总是拙于言辞的，他今晚在无线电中的讲话，这一点表露无遗。从某个方面讲，这很令人难堪，总有人会为他难堪的。但是听着他的乡音，仿佛又一次被他抓住领子、揪住扣眼，他那红润的脸贴在你的鼻子前，他呼出的气息喷在你的脸上。“听着，伊夫，听我说，你愿意吗？”他会说，“当然”。面对穆宁斯，没有太多选择，不是吗？

噢，是的，无线电中的那个男人，无论是不是院长，都依然是那个充满争议的 A.J.，他们全都了解他，爱他——好吧，也不是所有人都爱他，但他就是那个 A.J.，只是年岁老了一些而已。尽管已经头发花白，声名远播（如果不是声名狼藉的话），阿尔弗雷德·穆宁斯爵士听起来依然像是一条咆哮着要冲破堤岸限制的河流，或者说——哈罗德·奈特是怎么说的来着？哈罗德是怎么形容的呢？——更像是个急躁不安的赌徒。

如果你足够疯狂，敢去问问吉尔伯特，在第一次世界大战之前，他觉得阿尔弗雷德·穆宁斯成为皇家学院院长的可能性有多大，他会回答，这事情简直太荒谬了，不值得思考——到了 1945 年，在我们赢得了第二次世界大战之后，同样难以想象温斯顿·丘吉尔会输掉大选，但是事情就是发生了。

不过，对于那宴会来说，温斯顿·丘吉尔在后面跟着讲话倒是好事一桩，他如往常一样切中要害。吉尔伯特能够听得出来，A.J. 已经彻底地越了界，但是温斯顿干净漂亮地解决了危机。“没有人能够质疑，院长有一些非常直言不讳的观点，我站起来是支持他的。”吉尔伯特很钦佩这种轻描淡写却深思熟虑的睿智。它一下就抚平了那些炸起的羽毛。它令一切都复归了恰到好处的尺度。

“那是谁，爸爸？”戴维突然尖声发问。

“温斯顿·丘吉尔，”吉尔伯特回答，“你肯定听得出他的声音。”

“不是，我是说他之前的那个人。”

“那是阿尔弗雷德·穆宁斯爵士。”

坦白说，自己从来都不太能把他看作“阿尔弗雷德爵士”。

[1] A.J.，穆宁斯全名阿尔弗雷德·詹姆斯·穆宁斯（Alfred James Munnings），A.J. 是对他名字的简称。

“我之前听你提到过他，是不是？”

“也许吧。”

“他在拉莫纳住过吗？”

“是的，他住在旅馆里。他在那里有个房间。”

“什么时候，战前吗？”

“那是两次大战之前了。那是三十年，不，得有四十年前了。那时候很多画家住在这儿。非常多。就是这个地方。”

吉尔伯特抬头看着那幅肖像画。

“她呢？”

男孩的问题将他的思绪带了回来，他不太肯定自己有没有听清戴维的问题。他站起来，问道：“抱歉，你说什么，伙计？”

“她呢？”

“谁？”

“你知道的，爸爸。那个画里的女人也住在旅馆里吗？”

吉尔伯特浏览着《收音机时代》的页面，努力收束自己的思维。他年幼的儿子盯着那幅画，眼睛一眨不眨。

“是的，她住。我们……有些人住旅馆。”

“你也住在旅馆里吗？”

“噢，是的，住了很长一阵子。我担保我跟你说起过。”

“你和她很熟吗，爸爸？”

尽管并非全无防备，但是这个问题依然如同一颗子弹般击中了吉尔伯特，而对于一个曾经被子弹击中过的人来说，这并不仅仅是一个比喻而已。他几乎一个趔趄。戴维是一个如此有洞察力的孩子，也许是因为他去年病重的那几个月，那令人焦虑的几个月，给了他特别的洞察力，令他能够进入成人的视角。疾病经常有如此馈赠。

吉尔伯特朝着画走了一两步，心中庆幸现在的光线如此暗淡，戴维看不清他的脸。在白天不同时候，这幅画看上去也非常不同，完全取决于光线，而现在，画显露出的是最肃穆的基调。

“哦，是的，”他回答，“她是个非常重要的朋友。”

他能够感觉到戴维的眼睛停留在他的身上。然后，孩子飞快地站了起来，将长袜拉到膝盖部位，把顶端翻下来，说道：

“你知道吗，菜园里面有蝰蛇[1]？”

“嗯——嗯，我知道。”

“我要去海湾找朋友玩了。”

“好的，去吧，伙计。”

“我很快就回来。”

“你不会回来很晚的，是吧？你是个好孩子。记住，你明天就要去学校了。”

而戴维已经飞也似的冲出了房门。

休息了一小会儿，吉尔伯特绕着房间闲逛了一圈，然后又走到花园中闲逛。琼散步归来之后，他和她聊了一会儿学院的演讲，当然是拐弯抹角的，A.J. 的事情发生在他们认识之前很多很多年，那时候琼还没有来到拉莫纳，那时候发生的所有一切，他始终都无法坦然告诉妻子。这是一桩私事，吉尔伯特怀疑他们当中是否会有人再度提及。

和平常一样，琼睡得比吉尔伯特早。吉尔伯特独自坐了一会儿，读着《原野》，他有点睡意恹恹，缓缓地翻着书页，直到他的注意力被一只登堂入室的大黄蜂分散。他将黄蜂放飞回夜晚的空气中，站在原地的他盘算着自己也应该上楼去了。

但是，还没有登上楼梯的时候，他就知道自己睡不着。他在把头枕在枕头上之前，他就知道自己睡不着。

吉尔伯特想，在思绪如同暴风雨中翻飞的燕子一般起伏不定的时候，要关掉过于兴奋的思维，最好的办法到底是什么呢？他一一历数了温室当中需要做的琐碎工作，需要在小小的草场上播种的种子，他的阿姆斯特朗 · 西德利车用一加仑汽油能够跑多少里。如果这些世俗的思维都不起作用的话，那么他会回想威尔士在他们鼎盛的时期，在第一次世界大战之前的黄金时代所参加的比赛，他看过不少精彩的比赛，有一次他搭夜车从彭冉回家，中途在布里斯托尔转车。那是在 1911 年，或是 1912 年？无所谓，总之威尔士以 16 ： 0 的大比分击败

[1] 蝰蛇，一种有毒蛇类，全长 1 米左右，重达 1.5 公斤。

了爱尔兰。在阿姆斯公园，大门在中线开球前关闭了一个多小时，但是人群冲了进去，然后翻墙而过。现场死伤严重，吉尔伯特看到了往外抬的尸体，所以，那没有作用，不能帮助他的思维安静下来。

任何东西都不管用。他无法入睡。所以他尝试去回忆他们在博斯科那采摘水仙花的早年时光，勾勒那有着双重花蕊的水仙花的模样；他尝试去记起在拉格比公学中他们班上所有男孩的名字，尝试去记起他的连队当中所有人的名字，但是思绪跳转到了他在布尔战争当中失去的那些朋友的名字——这同样没有什么作用。

去你的，穆宁斯!

去你的，A.J.！ A.J.，一如既往地令他亢奋。A.J.，阿尔弗雷德，阿尔弗雷德·穆宁斯爵士，该死的穆宁斯，走到哪里都会令人亢奋。难道就没有东西能够被单独留下来吗？难道最古老的伤口也无法痊愈吗？

吉尔伯特撑着肘部，尽可能悄无声息地滑下床，努力不吵醒琼。他走入更衣室。世界上最糟糕的事情莫过于毫无必要地吵醒他人的睡眠了，那实在自私得可怕，睡眠是如此宝贵的一件事情，特别是当我们慢慢老了，也慢慢觉得自己老了。他穿上了他的大羊毛衫。现在是四月末，夜间依然寒冷刺骨。顺便说一句，四月末的拉莫纳通常是最美的——就是在四月末，吉尔伯特拔出了他的第一棵马铃薯，夏季的候鸟飞了回来，悬崖边干枯的石南开始露出一抹绯红，还有……

“你还好吧，吉尔伯特？”

“没事儿，抱歉，琼，我想我把你吵醒了。”

“怎么啦？”

“就是有点消化不良。”

“含氧化镁的牛奶就在厨房的架子上。左边的架子。”

“你回去睡吧。我没事儿的。”

在这个月光皎洁的夜晚，他所遇到的问题远非含氧化镁的牛奶可以解决，但是他一直都肠胃不好，他很庆幸琼并没有想太多。琼比他年轻二十二岁，护士出身，对他一直都很好，相当地好。在外人看来，他们存在很大的代沟，但是他们有两个很棒的儿子，每次孩子们回到学校，他都会想念他们。可以说他真是个幸运的家伙，能老来得子真是幸福。

他尽可能悄声下楼。

不习惯主人这般夜游的佩德罗从自己的篮子中跳了出来，他们一起走到外面呼吸新鲜空气，佩德罗身体发抖，吉尔伯特也拉紧了自己的羊毛衫。他们向右拐，路过车库（吉尔伯特想起来应该检查一下闲置的阿姆斯特朗车的变速箱），然后穿过斜坡上的草地，直到他看到了旅馆，至少是看到了旅馆的轮廓。

旅馆。

在月光中，一团漆黑，仿佛戴维喜欢用厨房桌子上的那把剪刀剪出来的大硬纸板剪影。如果你能剪出一轮白色的月亮，将它挂在黑色纸板之上，你便能够明白这一刻的真实感和不真实感。海湾内风平浪静，大海沉寂，他几乎什么声音都听不到，这真是很少有的情形。

他一阵战栗。他告诉自己要理智，要实际。最好去想想未来，想想孩子们的未来，他们都是前途大好的年轻人，的确，去找找要绽放的蓓蕾。理智些，这是忘记过去的通行证，这是唯一方法。吉尔伯特，回望过去毫无意义。来吧，佩德罗，咱们回去吧，好吗？咱们都回去睡会儿吧，好吗？乖狗狗，乖狗狗。

现在，他终于理智了下来，他睡着了。

七点钟，女佣莉莉准时给他送来了早茶和苹果。他给苹果削皮。莉莉再度出现的时候，给他带来了盥洗用水，热得冒烟，吉尔伯特起床，刮胡子的时候他能够感觉到自己非常理智，非常实际。但是早餐之时，《泰晤士报》上铺天盖地都是阿尔弗雷德·穆宁斯爵士。专栏文章连篇累牍，都围绕着这位退休院长如何在宴会上将他压抑封存多年的感情发泄出来。噢，不，穆宁斯没有那么轻易退场！就算用尽了全力保持理智，你依然会和 A.J. 喝上半夜的酒，听着他那些下流的小调，当然还有他那糟糕的诗歌。

“你去哪，伊夫？”凌晨两点钟当吉尔伯特试图开溜的时候，他这么大声叫，“坐在劳拉旁边，再喝上一杯。”

你永远都没有办法从他身边逃走，永远不能。

现在，报纸上几乎每一篇文章都在讲整个世界（柏林、以色列、印度、中国）处于一种极度糟糕、极度不稳定的状态中，他却弄出这篇关于现代艺术的语无伦次的演讲耸人听闻。又一次，A.J. 站到了舞台中心，让所有的目光都集中在自己身上。

事情总是如此，吉尔伯特轻声嘀咕。

1911 年，是穆宁斯对罗杰·弗莱[1]（或者说是裸鸡弗莱，穆宁斯总是这么叫）；而现在，到了 1949 年，变成了院长挑战毕加索，穆宁斯对摩尔，伯林顿府和布卢姆斯伯里开战[2]。左翼穿着粉红色外套的人士准备袭击保守的恐怖之家——由阿尔弗雷德爵士和他的贵族猎人们领导的皇家美术学院。

吉尔伯特小心翼翼地合上了《泰晤士报》，留下只吃了一半的腌鱼，走到房子顶层的储藏室。昨天晚上，他已经踏上了通往储藏室的楼梯，但是踌躇之下，又担心这么做会吵醒了莉莉或是孩子们。他清楚地知道自己要去储藏室的哪里，尽管上一次到那里已经是多年之前。那个行李箱，暗棕色的，上面有着 C.G. 伊文斯上尉的黑体字样，1914 年他带去西非的那个。他知道那些东西就在那个行李箱中。他知道他会最先翻开哪一页。

心头战栗着，他坐在了行李箱上。

你是否意识到自己做了些什么，A.J.？

你明白吗，你这个老流氓？

我恐怕做爱和绘画不可兼得。

——爱丽丝·弗波斯，《写给埃塞尔的信》，1886

历史闪烁的灯光照耀着过去的轨迹，试图重新构筑当时的场景，重拾当时的回音，以苍白的火光点燃昔日的激情。

——温斯顿·丘吉尔，1940

小径上的陌生人

从他们相遇的那一刻，劳拉就无法把视线从他身上转移。尽管是一个已婚妇女，她依然敢于向自己承认。也敢于向别人承认，她认为，有生以来，自己从未接触过

[1] 罗杰·弗莱（1866—1934），英国画家，艺术批评家。穆宁斯称他为裸鸡弗莱，表蔑视。
[2] 英国二十世纪上半期一个先锋文化团体。

如此有威力、如此充满挑战性的一个精神，如此野性、如此不安定的一个生灵。

一整天，她都和多莉在下边的礁石那儿，在大画布上忙个不停。自从来了康沃尔，她的画布就变得越来越大，越来越显眼。哈罗德通常会非常好心地放下自己的事情，穿过村子，来到海湾边，帮助她将那六英尺的画布、画架和其他基本用具搬回到山上去。那是在拉莫纳湾拔起的一座峭壁，起初非常陡峭，然后绕过拉莫纳比奇之家。比奇之家的另一侧是一弯窄窄的流水，湍急地奔涌着流向下面的山谷。从那里向上，得走过最初的几百码路途才能稍微缓和一些，这几百码路，你需要找到你能够找到的所有帮助。劳拉知道自己很幸运，有一个殷勤体贴的丈夫。有时候，全神贯注于自己的思绪时，哈罗德会走在前面，迫切地想回到自己的工作室中，任她在后面随意游荡，任她一边和吉尔伯特·伊文斯在他办公室外畅谈，一边去感受鲜花的芬芳，或是品尝黑莓的鲜美。

"谢谢你，哈罗德，"回到小屋之后她通常都会说，"没有你我可该怎么办啊？"

"去找个别的人帮忙，毫无疑问。"

哈罗德总是喜欢在室内画画。他是一个慢板而勤恳的完美主义者。十年前，在约克站的时候，他们就开始在各自的画室内独立工作。当时劳拉用那些自动投币的机器冲压出他们的名字：劳拉·奈特，然后是哈罗德·奈特。哈罗德笑着从她手中接过了那马口铁片，仿佛那就决定了一切：两个独立的名字，两个独立的人。他把一个钉在他的画室门上，另一个钉在劳拉的画室门上，尽管劳拉很少用那个房间，她真正的画室是在户外。

拉莫纳的每一个人都注意到了奈特夫妇在每一个方面都有着天渊之别。劳拉是个急性子，充满干劲，带着大大的画布，异常勤奋，从管子中往外挤出油彩，让铅笔和画刷自己说话，很少介入。她觉得自己可以在操场中奔跑，不被人抓住，她是一个疾风暴雨式的好动之人，她并不介意，她会把她的作品拿给每个人看——如果你喜欢的话，你甚至可以站在她身后看她作画。

而哈罗德截然相反。他就如同他画室的墙壁一般宁静而保守，在画作完全画好之前，他把画作隐藏起来躲避那些窥探的眼神，诅咒所有看画的人，直到他准备好为止。"因为我们在一起生活，"他对劳拉说，"我们不能对对方影响过多。"是的，他是一只聪明的老鸟。那一天，他直挺着背，向山上走去，他就走在劳拉前面，那是一个炎热的九月初的夜晚，一个幸运日，一个意外之日，因为那一天——

那一天——

在半路上的一道门边，就在吉尔伯特·伊文斯的办公室上方一些，哈罗德看到了——不，他当时的位置还看不到，但他听到了一伙非常喧闹的人群的声音。起初，他猜测可能是吉尔伯特和乔伊·卡特－伍德，但是吉尔伯特和乔伊并不是喧闹的类型，而这声音又十足地女性化。尽管拉莫纳通常非常平静，但是也已经非常习惯喧闹了。白天时是来自大西洋的暴风雨和采石场中花岗岩爆破的声音，晚上则充满了画家们在派对上恣意欢饮的声音。但是从任何标准来看，此刻的声音都显得嘈杂，这是一种笑声的突然爆发，是一种真正的狂欢。

哈罗德和劳拉走到了拐弯处。只见一群女孩簇拥着一个陌生人。女孩们全都笑个不停，欢呼不止。哈罗德觉得这个在人群中的家伙也许是个流浪艺人。他们确实偶尔会出现在这里，可能是受到画家团体提供的便宜饭的吸引。物以类聚，怪胎总是吸引怪胎。尽管只瞥了一眼，但是也能看出来，这个大嗓门的年轻人是最怪的。

哈罗德无法快速从他身边经过。而劳拉也放慢了脚步。注意力的中心有着浅棕色的头发，梳向前方，梳着精巧的发型，劳拉的第一个感觉是这简直和她上一次去爱丁堡看到的罗比·伯恩斯的画像一模一样。这是一个消瘦而活力四射的人，比手画脚，却带着十足的男子气概，另外，这人的肩膀很宽。

劳拉真的一瞥就看到了如此多东西？是的，她看到了，甚至更多！他有着瘦瘦的屁股，非常瘦的屁股。他的衣服呢？好吧，不得不说，他的衣服是怪异之中最怪异的。你绝对想不到在康沃尔的小径上会碰到这样一个人物，他穿着一件牧羊人的格子呢外套，下配紧身长裤，臀部却宽松得不得了——他穿着如此风格的一件衣服，仿佛是在说“我看起来不是天才吗”。这个怪人到底从何而来？他在这里到底做什么？这些围绕着他阿谀奉承的傻丫头到底都是些什么人？

她估摸，她们肯定是从纽伦来的斯坦侯普·弗波斯的学生，或者是模特，也有可能两者都是。但是她们当中有些人看起来太时髦，不可能是画家，而另外一些人又看起来太笨拙，不像是模特。在一片激动的喧哗中，劳拉听清楚的第一句话是来自一个尖嗓子的大叫：

“噢，继续，阿尔弗雷德，求你了！”

“对，阿尔弗雷德，继续说。”

“我们都想知道。”

紧接着是更多的欢呼声、鼓掌声。无疑，她们都同意她们都希望阿尔弗雷德继续讲下去。

哈罗德·奈特没有吭声，深吸了一口气继续向前，在劳拉努力追赶自己的丈夫的时候，那陌生男人透过女孩们的脑袋看到了她，他的目光透着机警，就像是用来判断距离和评估风险的目光。不止这些，他的那一瞥当中还含着嘲笑。

这并不是劳拉的想象，她丝毫没有添油加醋。她有一双洞察世事的眼睛，能够看到一切，从来不会错过任何东西。仿佛是为了证明这些，他对她微微摆了摆手，就仿佛他认识她，知道她要到山上干什么，知道她要去哪里——和她那沉默寡言的伴侣一同回家。这陌生人认识她的想法令她心头一凛。这个下午她的感官是格外敏感吗？她问她自己，因为在十步的距离，她都能清楚地闻到那些蠢丫头脸上的护肤乳的味道，能够清楚地看到她们的嘴唇和眼睫毛上的妆。

又向上走了三十码左右，劳拉停下脚步，想让自己疲惫的腿缓缓劲儿。几朵野蔷薇在灌木树篱上摇曳，傍晚的阳光照在她的后脖子上，感觉前所未有地炎热。她大汗淋漓，看着她的胳膊下面，她的小臂，还有她的手指，仿佛她过去从来都没有见过它们一般。那不应该是她的胳膊，那是别人的胳膊，洗衣妇的胳膊，红红的，起满了水泡。至于她的脸，她都不需要去看，她实在一清二楚，肯定红得像个甜菜根。即便是极短途的步行之后，她的皮肤也会染上草莓般的颜色，而和多莉在悬崖上共同度过的这一天，在大海的映衬下，阳光不眠不休，未曾稍息。

但这有什么值得忧心的？

多少年来，她从来没有想过她的肤色。谢天谢地，她那少年时的苦恼、自我意识都已经结束了。在结婚之前，她一直充满了焦虑，忐忑不安，总是担心哈罗德来拜访的时候会突然间弯腰或跪倒，那样便会看到她房间内的夜壶。夜壶的存在已经够糟糕了，不过她的上面却绘有精致的图案，嫣红的玫瑰和绿色的叶子相映成趣，围绕着一圈不朽的文字：“献上一个吻，你可能会用到。”她坚信，这个夜壶会使她嫁给哈罗德的机会变得渺茫。

噢，她都经历过怎样的苦恼啊！第一次见到哈罗德的时候，她只有十四岁，豆蔻少女，青春年华，而哈罗德已经十七岁了，在她看来已经一把年纪了，那么苍白，那么优雅，那么高贵。她因而开始厌恶自己的红脸蛋，想变得像哈罗德那么苍白，那么优雅，那么高贵。当时，她的姐姐问她：“你总拉着个脸是干什么啊？”所以，劳拉不情愿地接受了去做一个圆脸女孩的命运，她那时候是圆脸，现在依然是。毕竟，她也许邋遢，也许脸蛋发红，也许头发卷曲，但是她同样有才华。

她知道她有才华。

那时，站在拉莫纳乡间的小径上，她突然低头看向自己的鞋子——实际上应该说是靴子。啊哈，那个陌生人就是在笑这个，笑她土气的靴子。

劳拉回到她的小屋时，她的丈夫已经将自己关进了画室当中。为了凉快下来，她躺进了敞着的大门边的柳条椅中，光着脚垂在石板上。凉快了下来，她便起身去烧水。但是她心头依然想着那张骄傲自大的褐色的脸和那脸上嘲弄的笑容。

两个星期后，哈罗德才提到了那次在小径上的遭遇，那也是他唯一一次提到那事儿。当时，他的视线依然埋在自己的书中，头也不抬地说道：

“我已经搞清楚那个赌徒是谁了。”

“你说什么？”

“那个带着一群姑娘的赌徒。”

“噢，他呀。”

“他叫穆宁斯，住在磨坊旁边。”

“是个画家吗？”

“差不多吧。看上去是。如果你能相信的话。”

“我能。”

“邀请我们去参加派对。”

“他邀请了？人真不错。”

“你去吧。”

“你呢？”

“我牙疼。”

可怜的哈罗德，他的牙齿总是噩运不断。

忽有叩门声回响

“现在居然有那么多画画的家伙在我的土地上，吉尔伯特。”在他们肩并肩绕着庄园散步的时候，佩尼特中校不止一次地说道，“用不了多久，你都能够在日落的时候搞大点名了。”这是中校最好的小笑话之一。自从吉尔伯特来到拉莫纳，开始担任中校的房产土地经纪人，一些新画家，或其他人，比方说画家的模特，就层出不穷地出现在小屋、画室或是户外。很多年来，纽伦一直都充斥着这样的人，而现在轮到拉莫纳了（再晚一些时候，将会转移到圣艾芙）。问题是，这些画画的家伙，总有人会沦入无名的阶层，也总有人会半路跳船改变志向，所以，吉尔伯特认为搞明白所有人没有多大意义。

流浪汉，吉普赛人，海岸漫步者和画家，坦白说，要区分这几种人实在不太容易。这个月，他们就如同教堂中的老鼠一般身无分文，彼此借贷，但用不了多久，就会传出消息，有人在邦德街卖掉了几幅画，或是在彭冉办了画展。最后，所有人都能够挺过去——也许，更确切地说，在这过程中，他们都会陷入疯狂。因而生活从不会枯燥。这就是这里令人感觉良好的原因，英格兰这偏僻的一角，是一个让人忘掉前尘往事的地方。这个地方就在康沃尔的最尖端，吉尔伯特觉得，形象地说，这里就是一条长腿尽头的靴子。

很多年来，纽伦都是焦点。斯坦侯普·弗波斯（被人们称作“教授”）和他的妻子伊丽莎白吸引了为数众多的年轻艺术生从伦敦而来，确切地说，是从英国各处而来。然后塞缪尔·约翰·比奇(没过多久就被人称作“拉莫纳的比奇”)在距离纽伦四英里远的拉莫纳定居，他的房子就在海湾上方——他享有的风景实在无边！其他的画家纷纷效仿。一个，两个，三个……就如同水滴汇集成细流，又汇成溪水，而现在，就如同中校所暗示的那般，水闸已经打开，波涛汹涌。

“很多很多画家，”中校说，“却看不到一个像样的木匠了。”

这是他的另一个小笑话。

吉尔伯特·伊文斯是唯一一个不是画家的非本地人。有一天晚上，在闪亮酒馆玩九柱戏的时候，他听到一个人嘟嘟囔囔，说拉莫纳“再也不是康沃尔人的了”。这评论并没有令吉尔伯特感到自己不受欢迎，但令他困惑的是，他没有把握肯定“康沃尔人”到底是什么人。闪亮酒馆里的那个人是说那些饱受风霜侵蚀、贫瘠的土地上的内陆居民，还是那些冒着生命危险的可怜的渔民？是说那些带着不可思议的口音的人？也许是的。但是难道这片广袤的陌生原野，不能同时容下所有的人吗？不能同时容下画家、作家和渔民？不能容忍一个军官暂时担任土地经纪人？

晚餐之时，劳拉·奈特做出了很好的回答。吉尔伯特是那座低矮的小屋的常客。小屋当中点着煤油灯，而劳拉一如既往地说个不停。

“康沃尔和其他任何地方都不一样。所以，你看，把这儿和你过去待过的地方比较没有什么用。比方说诺丁汉，约克郡，荷兰，还有巴黎，这些地方都是如此不同。对不对，哈罗德？我们早就意识到了这一点了，不是吗？……哈罗德？”

哈罗德依然沉浸在阅读当中，他的眼镜架在鼻子上。

“哈罗德，对不对？”

“什么？”

“我刚才说的话。”

“对。”

“你就没别的好说的了吗？”

“是。”

“噢，真坦白。”

“你从来都没有半小时不说话的。你和那个赌徒一样糟糕。你为什么不让吉尔伯特也说点什么呢？”

劳拉发出了一阵紧张而屈服的笑声。吉尔伯特扭头看着哈罗德。

“那个赌徒是谁？”

“劳拉的新朋友，住在磨坊那边，默德斯特先生。”

“噢？噢，穆宁斯，你是说？”

劳拉肆无忌惮地笑了。

“吉尔伯特帮他搬进来的，不是吗？”

“不只是我。”吉尔伯特说，“那个地方真是一团糟，真的，所以我们都过去帮忙了。中校给了我一天假——嗯，实际上是半天。”

“棒极……真好。”停顿了一下，哈罗德缓缓地补充道。

“他是个大画家，”吉尔伯特说，“不过对这方面我不是行家。”

“画了很多，那个赌徒，真的吗？”哈罗德说。

“一堆堆的。”吉尔伯特肯定地点了点头，“他总是出去四处写生，我在任何地方任何天气都能碰到他。”

哈罗德心头一阵不悦，但是继续看书，只是看着书。

“吉尔伯特总能看到人的闪光点，”劳拉说，“不是这样吗，吉尔伯特？”

不过她经常劝说吉尔伯特不用费那么大劲地去和蔼助人，也不必费那么大劲去让大家都互相喜欢。婚姻就是婚姻，生活就是生活，萝卜青菜，各有所爱，有人喜欢拉莫纳，有人喜欢圣南角湾，你能拿这怎么办呢？她将吉尔伯特的杯子倒满。

“跟我们说说你觉得阿尔弗雷德·穆宁斯怎样，吉尔伯特。我们都知道哈罗德是怎么想的了。他不叫人家赌徒，就叫人家马夫。不是吗，哈罗德？”

哈罗德长长地吐一口气，声音大得刚好可以被认定为并非无意识的自然需求。然后他缓缓地将书放在旁边的桌子上，攒起手指，看着壁炉。屋内一片沉寂，吉尔伯特没有办法去排解。

“比方说，”劳拉问道，“你喜欢他吗？”

“我其实还不太认识他。”吉尔伯特说，“我不太想评价，现在不想，等我更熟悉他一些的时候再说吧。”

劳拉轻呼一声，拍着手说道：

“真了不起！你可真是圆滑！是不是，哈罗德？”

“派对邀请你们了吗？”吉尔伯特问，“星期五的派对？”

“有人没被邀请吗？”哈罗德阴沉地说。

劳拉站了起来。

“所有人都被邀请了，整个村子，乔伊，多莉，比奇夫妇。他计划每周办一次派对，每周，想想这，他真是慷慨，不是吗？咱们直说吧，并不是所有人都会邀请多莉，不是吗？我是说，你就不会，哈罗德，你会吗？……哈罗德？”

坎伯恩·哈维斯·佩尼特陆军中校，地方治安官，被当地人称为卷毛画家，拥有海湾边港口那侧的绝大部分土地。从拉莫纳河谷向西，一直到博斯科那，包括再往远一点，所有土地，都是属于他的。另一边，陡峭的河谷东边，数不清的巨大的花岗岩石嶙峋点缀，是一片采石场。采石场的那一边归圣勒梵爵士所有。向东的小路绕着海湾而行，经过半潮岩、坎恩渡和凯耶尔角，一直延伸到茅斯霍尔，大海始终在视线之内。继续走下去，你就能够到达纽伦（绘画学校就在那里，乔伊·卡特－伍德是个有天赋的学生，只是有几分不情不愿），然后便会看到通往彭冉的宽阔的大道。

那时候，吉尔伯特负责很大一片坡地，上面点缀着农场和仓库，长满鲜花和蔬果，他负责土地出租以及土地上所有一切的维修保养。可以说是他在掌管整个地方。如果谁家屋顶遭了风灾，谁家没有水了，谁家出现了紧急问题，上尉随叫随到。吉尔伯特喜欢这种负责的感觉。“我唯一不能负责的，”在闪亮酒馆，他笑着说，“就是画家们的表现。”

“你为什么不给自己安排个地方呢？”劳拉问吉尔伯特，“你应该有个地方啊。”

“因为我对现在的情况已经很满足了，谢谢，好得有点过分了，实际上。”

吉尔伯特在旅馆里有房间：一间卧室——床窄窄的，但是很软——和一间非常舒适的小起居室。在佩尼特太太的帮助下，他还小小装潢了一下这两个房间。当初房间看起来非常简朴，十足的工兵办公室的模样，地上铺着一张小小的地毯，一把椅子，一张小小的写字桌，和一个小小的抽屉柜。不过，他的窗口的视野却宽广无比，一点不小。

宽广的大海，从里扎德一直到兰兹角。

这旅馆本身就是一个传奇。首先，它的名字需要做些澄清。本名悬崖屋，始建于 1870 年，最初并非旅馆，所以在闪亮喝酒的一些上年纪的人还是将其称为悬崖屋。后来这里变成了悬崖屋禁酒旅馆，然后变成了乔瑞禁酒旅馆，或被称为乔瑞旅馆，或被直接叫作乔家店。

而乔瑞这个名字更是不简单。这个名字复杂无比，因为乔瑞先生和乔瑞太太之间存在着极严重的竞争。吉尔伯特住在乔瑞旅馆的一楼，这里由乔瑞太太经营，管理严格，热情待客。正如乔瑞太太所标榜的，“洁茜·乔瑞夫人，女业主，提供精装修房间（带浴室），海景大房，南北通透，朝南向阳”。乔瑞太太很骄傲自己能够提供丰盛的早餐和晚餐，吉尔伯特因而能够——实际上他经常这么做——宴请客人（乔伊·卡特－伍德和穆宁斯，说名字的话，也只有这两个人)。

距离这里一百码远，村子的低洼处，是闪亮。这家酒馆由乔瑞先生（或称尼古拉斯·乔瑞先生，啤酒零售商）经营，管理松散至极。旅馆和酒馆有着天壤之别，一个井井有条，一个放浪形骸；一个欣欣向荣，一个被人遗忘。当漫长的一天结束，骑着自行车从博斯科返回之后，吉尔伯特通常能够根据自己的车轮驶向何方而判断出自己的情绪来。

乔瑞夫妇并非只是表面做做样子。“只要她在那边，”乔瑞先生胳膊肘支在吧台上，松垂的下嘴唇还泡在啤酒当中，“而我待在这，就一切安好。而如果她来这里，我会跑得比狐狸还快。真的。”

婚姻啊，婚姻。吉尔伯特想。

当乔瑞先生骑着小马或是赶着马车冒险冲上陡峭的斜坡，来到旅馆的时候——他经常受雇到彭冉火车站去接客人或是将客人送到那里或是帮助客人购物——夫妻二人也不会两两相望一下。小马贝斯的马蹄声渐渐远去的时候，乔瑞太太便会咬牙切齿地用她那浸染了墨水渍的手指指着乔瑞先生的后背，说：“可算走了！”而乔瑞先生呢，只要一走出乔瑞太太的视线，便会抬起他的左侧屁股，放上一个屁。他每次都能够放出屁来。

婚姻啊，婚姻，吉尔伯特思索着，想象着不爱妻子、不与妻子说话的婚姻。“但愿上帝能够让我免予这样的结合。”他祈祷道。

在纽伦，被房东太太因为她不想讨论的借口以及穆宁斯自己都不记得的原因赶出临时租住的地方后，他便搬到潮湿而荒废已久的居所，那里距离磨坊仅仅一箭之遥，兼做画室和马厩。他起初想在保罗镇、茅斯霍尔或是特委沃夫找一个落脚的地方，但是后来机缘巧合地来到了拉莫纳，一来到磨坊附近，看到为了带动磨轮而转动的扇叶，听说那里有一座磨坊从十四世纪的时候就存在，他知道，从某种意义上说，他是到家了。隐蔽在树丛之中，在磨坊附近，这就是他要居住的地方。低着头，站在由当地出产的一块巨大的圆形花岗岩制成的石磨轮盘前，他抬起头看到了河水，起源于河谷高处的溪流，流到此处开始转弯。磨坊发出的令人昏昏欲睡的声音，还有水花迸溅的声音，这所有一切，涌动在他家族的血脉当中。他能在这里作画，他必须拥有这里！没用一个星期，在吉尔伯特·伊文斯切实的帮助下，这个地方算是能住人了。

然后，派对便开始了。白天的时候，穆宁斯在户外写生，一直画到精疲力竭；到了晚上，他纵酒狂欢。他的马，“灰滴答”和“美腿”就住在他的画室下面。如果他睡觉的话，要么睡在楼上画室中的一张毯子上，要么睡在楼下的干草中，和马在一起，而他的小狗塔菲则满怀期望（有时候是满怀恐惧）地在他的两张床之间游荡。

在他画室中声色犬马的时刻，整间屋子总是笼罩着蓝色的烟雾，一切都是蓝色的。有些烟是从烟囱倒灌回屋里的，那烟囱确确实实需要好好清理一通。但是大部分烟是从各种各样的烟斗和香烟中冒出来的。屋内总是挤满了年轻人（包括劳拉在小径上见到的几张脸），以及A. J. 偶然间碰到的任何人。他们全都不会空手而来，总是带来各种各样的东西，蜡烛，乐器，蛋糕，酒瓶，烟嘴，筹码，将他这个拥挤的地方弄得十分舒服——比方说，垫子坐下来一压陷老深。

“对对对，”他冲所有人大喊，“来吧来吧，不管是谁。”

他每周一次的派对太阳一落山就开始，至于结束的时间，根据严守安息日的信徒的说法，直至所有的罪恶都终结才会结束。大家都说个不停。大家都喝个不停。大家都唱个不停。大多数的人都谈论艺术。他们笑啊，跳啊，大口地吞潘趣酒，猛吃香肠，比赛谁穿的衣服颜色最鲜艳，谁使用的语言最多彩——用劳拉的话来说，看看谁能够成为“狂野之中最狂野的”。“我有种感觉，”穆宁斯赶紧补充说，“绝对不会是你丈夫哈罗德。”通常，狂野之中最狂野之人会变成穆宁斯和劳拉·奈特之间的竞赛，尽管他们的年纪都算是大的。

吉尔伯特第二次去参加的穆宁斯派对改变了他们的生活。那一天本来糟糕透顶。从早晨到黄昏，雨一直下，没有停过，似乎只有康沃尔才会有这样的天气。而“雨”上加霜的是吉尔伯特的自行车在经过圣博洋时轮胎扎了个大窟窿，他不得不推着那东西在持续不断的瓢泼大雨中走了两英里的路，唯一能够带来慰藉的就是路上偶尔地停下来喘上一口气。天空中风起云涌，积雨云快速地聚集，而地平线上，来自大西洋的灰色雨水如同帘幕笼罩，这样的天气让吉尔伯特前所未有地渴望去参加一场派对，尝尝酒精的味道。

当他绕过磨坊的时候，已经将近九点钟了。他的袜子湿透了，磨坊门口积水肆意而湍急地流着，此时一阵狂风又席卷而来。风声是如此的大，但是飘荡着蓝烟的画室当中喧嚣的人们并没有任何一个注意到窗户吱嘎作响，雨水汩汩流下，佩尼特中校那负责任的地产经纪此刻正站在灯光的边缘处，浑身湿嗒嗒，往下滴着水。

吉尔伯特看着画室里。

他从来没有见过这样的派对。

他看着穆宁斯，充满了生命力，满屋子转来转去，带着无尽的爱意，他缔造了一个充满欢声笑语的世界，屋内的喧嚣和快乐的风暴是如此强烈，外面的暴风雨只能退场绕路。

吉尔伯特看着。

他过去是否曾遇到过一个这样的人，无论是在学校里还是在军队里，在威尔士还是在布尔战争时？他是否听过什么人会讲这么多话？

没有。

蓦然惊觉吉尔伯特·伊文斯湿嗒嗒地站在门口，穆宁斯得意扬扬地高举双臂表示欢迎，硬从人群中挤了一条路，用最大的音量大声喊着这个乐于助人的朋友的名字：

“伊夫！”

“好啊，A.J.，这一晚上啊！”

“过来，伙计，过来这边，你看上去像是掉水里了。”

“我没事儿，真的，我很快就能干起来……”

“过来见见大伙。大家伙儿啊！”他呐喊道，“来见见伊文斯上尉，士兵兼绅士。伊夫，认识一下大伙儿。”

“嗯，谢谢，A.J.，不过我想……”

“烟囱需要清理了！非常需要！”

“我知道，我过去就告诉过你，而且排水管也需要清洗。”

“你能搞定吗，我的朋友？可以吗？”

“我告诉过你我——”

“了不起的伙计，”A.J.的音量提高了，这话是对所有能够听到的人说的，“他为我修理一切，不是吗？因此我将你称为我的朋友。朋友。”

“伊夫”是个新叫法，但是如果A.J.开始使用，那么“伊夫”十有八九会成为他通行的名字。在那大嗓门的简介之后，吉尔伯特想悄声向A.J.解释不要这么麻烦,因为这屋里的人很多他都认识,谢谢,只要他能够在火边烤干一点,他就没事了,但是这更像是要求海洋能够平静下来,因为 A.J. 告诉他一点都不要动,一丝肌肉、一点脑筋都不要动,直到 A.J. 给他拿来一个杯子,一个装得满满的杯子保证能够温暖抚平他这颗士兵之心。

吉尔伯特凝望着蓝色的烟雾。拉莫纳的比奇叼着他的陶土烟斗,点头致意。一个衣服穿得很少的伦敦模特(他不记得她的名字了,尽管他记得她的笑容)半转身半微笑。A.J. 回来了,胳膊肘朝外,拿着一壶冒着热气的潘趣酒,举到他的脸前,在一片吵闹声中大声叫道:

"诺福克独家秘方,这,伊夫,我从哈勒斯通的天鹅酒馆搞到的……也有可能是从诺里奇的少女头颅酒馆弄来的,我对自己的生活记不太清楚,谁在意呢,不管是哪个酒馆的,这都他妈的太好喝了。"

"祝你身体健康,A.J.。"

"在整个诺福克,所有人都叫这为 A.J. 的独家秘方。朗姆酒、白兰地、雪利酒、门——不对,我得重说一遍——焖丁香,柠檬皮,再加大量水果或是我觉得应该扔进去的东西。"

穆宁斯向前走着,将冒着烟的佳酿靠在自己的肩膀上,拿胳膊肘捅着年轻的模特们,倒满她们的酒杯,煽动人们再多喝一些,在这里撂下一首肮脏的五行打油诗,在那里再丢下一首肮脏的五行打油诗。吉尔伯特很难相信这个人才来了拉莫纳几个星期而已,他表现得好像这个地方属于他,而非属于佩尼特中校,甚至好像整个康沃尔郡都是属于他的。

吉尔伯特走到劳拉和乔伊·卡特－伍德身边,但是和他们在一起没有几秒,A.J. 就又回来了,拿胳膊捅劳拉。

"再来点儿,对,来吧,好上帝,劳拉姑娘,别争吵,把杯子举高点儿,我可够不着你的靴子啊,我够得着吗?"

"你是个坏人,阿尔弗雷德·穆宁斯。"

"我当然是,所以,把你的杯子举起来吧。"

她照办了。吉尔伯特注意到劳拉宽宽的嘴唇已经被酒染成了青红色。她的眼睛瞪得大大的。

"宝贝儿,阿尔弗雷德,够多了,谢谢,我说够多了。"

“不要谢我，劳拉，要谢就谢莱斯特画廊吧，谢谢经纪人，谢谢所有的买家。”

“我知道，真是好消息，你真是好样的。”

“天赋，劳拉，这是天赋，就是天赋，你和我都有。”

“你有，阿尔弗雷德，这非常明显。”

穆宁斯环顾房间。

“你的丈夫呢？他需要点儿这个，让他自己有点儿生活。”

“恐怕他在家里。”

“在家？”

“是的，还在工作。”

“这家伙怎么了，上一回他牙疼。”

“嗯，你了解哈罗德的。”

“吉尔伯特，至少你是个男人，再来点儿。”

“不用，我还没——”

但是吉尔伯特躲得太慢，他的杯子又满得要漾了。

“就这样，拿出享受生活的男子气概来，你是个男人，是个当兵的。”

“但恐怕我不是个画家。”

“听着，吉尔伯特·伊文斯，这个屋子里有太多该死的画家了，纽伦也太多了，拉莫纳太多了，伦敦太多了，都多得太多了，得把他们都干掉。干掉！”

“我对这个不怎么了解。”

阿尔弗雷德把自己的胳膊紧紧地绕在吉尔伯特的肩膀上。

“当然你不了解，我的勇士，所以我才告诉你。所以你才需要我。”

阿尔弗雷德现在摆出来了表演姿态。他一摆出这副架势，乔伊·卡特－伍德就笑了，一首诗正在酝酿中，阿尔弗雷德开口吟道：

紧紧肩并肩
稳稳刀贴刀
甘心而坚强
进军声震震
恰如昔日之同袍

“呃，对不对，伊夫？”

“是的，就是这么回事儿，A.J.。”

A.J. 放开吉尔伯特，走向乔伊。

“乔伊，乔伊 · 卡特－伍德，别这么害羞，哥们，尽管你是个公子哥儿。把你的手弄脏一次，那才是好小伙子，去给炉子添点儿煤，好不好，这可是上等的威尔士煤，蒙默思威尔士[1]，是不是，伊夫，应该是八九不离十吧。我们需要添点儿火，我们需要添些潘趣酒，我们需要更多的生机！”

乔伊跪在煤桶旁边。

“你妹妹呢，乔伊，我以为她要来的。”

乔伊将几块煤添到火上，看得出来，他在这方面毫无技巧。钳子夹起了好多湿煤。

“不，她明天才来。”

“长待在这？”

“看情况吧。”

“什么？”

乔伊转过脸，他的脸被火烤得都已经泛红了。

“我说看情况。”

“看什么情况？”

“看她在这待得怎么样。大体如此，我是说，这周围。”

A.J. 冲他喊：

“大体，这周围？这什么意思？有话直说，伙计。”

“抱歉，A.J.，我不在状态。”

“我是说，她画画，对吧，你妹妹，她来这儿跟纽伦的教授学习，所以有什么问题？”

不管有什么问题，乔伊都没有打算就这么突然间吐露心声。他站了起来，带着点腼腆，加入了多莉和模特一伙儿。阿尔弗雷德突然间发现自己被一个人很有男子气概地一抓，整个身子转了起来。是劳拉 · 奈特，她那鹰钩鼻就在他

[1] 蒙默思是威尔士的古名。

的脸上方。他想要向后撤身，但是她拉得紧紧的。

“劳拉，天啊，你可真能喝，你已经回来添酒啦。”

“不，我想让你别骚扰乔伊，他太敏感了，我希望你遵守自己的承诺。”

阿尔弗雷德不确定地笑了。

“什么承诺？你在说什么啊？”

“是什么承诺，你知道得一清二楚，现在正好是你兑现承诺的时候。”

为了表示抗议，阿尔弗雷德努力向后拉身子，想逃离劳拉的魔爪。

“现在正是喝酒的时候，我就知道这个。”

“不，你不能逃避，每次话题不符合你心意，你就换话题，吉尔伯特和我听到了你的承诺，昨天在海湾那里，我们听到了，你承诺说今晚会履行，是的，是的，你承诺了，还拿人格担保了，所以我们才来了这里，嗯，至少是我们来这里的原因之一。”

“噢，我还以为你是想躲开哈罗德呢。”

“但是，当然，如果你没有勇气，阿尔弗雷德，如果你只是吹牛——”

“别说啦，你错啦，劳拉，我昨天没去海湾。”

“你去了！”

“不，我没去，我跟着西部猎人们骑马去泽诺了，实际上出去了一整天，那儿发生了很不寻常的事情。”

“得啦，那是再前一天，你这个醉鬼，但是这不是重点，重点是当时我们都坐在岩石上，看着开向里扎德的大船，是不是，吉尔伯特？”

“劳拉没说错。”吉尔伯特说，“我听得清清楚楚，然后你开始说起了裸鸡弗莱。”

“闭嘴，伊夫，你他妈又了解裸鸡弗莱多少啊？”

吉尔伯特承认他对裸鸡弗莱一无所知，只知道他是个画家，而阿尔弗雷德·穆宁斯每天都要花上半小时对他大加抨击。所以，他将一片柠檬戳到玻璃杯里面，然后看着它又缓缓地漂起来，和其他的水果混在一起。阿尔弗雷德突然发作，给吉尔伯特带来的尴尬比恼怒要多。而劳拉又生龙活虎地继续发动攻击，她笑着，露出了长长的牙齿。

“得啦，我们现在不说裸鸡弗莱，我们说的是诗歌的重要性，但是如果你做不到，阿尔弗雷德，那就别告诉别人你做得到，这真可鄙，你知道这让我想到了什么了吗？这让我想到了约克郡乡下的那些蠢蛋，他们都吹嘘自己能用弹弓打下飞鸟。”

阿尔弗雷德恼怒地转身就走。劳拉跟在身后。他转过身来看着劳拉。

“看，我做得到，我就是不想做。”

“那些吹牛皮的小屁孩都这么说，九岁十岁的小屁孩。”

“小屁孩这么做，是吗？”

“是，吹牛的小屁孩，还有很多人也会许下很多承诺，我很失望，你也是这样的人，所以，我想，如果你不介意，我要走了。”

“什么，回去找哈罗德？”

“是，他不太舒服。”

“他从来没有舒服过。”

劳拉的鼻子贴得更近了些。

“别对哈罗德无礼，这是今晚上第三次了，下次我可不忍了。”

“这是事实，是对事实的陈述，哈罗德，你的丈夫，从来就没有舒服过。”

“拖着他在这么个晚上出来会让他更加不舒服，所以，我现在得走了。”

吉尔伯特把他的酒杯放在窗台上。

“我陪你一起走上山，劳拉，这晚上真糟透了。”

“呃，好吧，”阿尔弗雷德说，“我干。”

劳拉欢呼一声，吻了一下阿尔弗雷德，她动作太大，把杯中的酒洒到了吉尔伯特身上。

“我就知道你会的，我知道，我刚还对吉尔伯特说你是个真男人，不是个小耗子。”

她根本没有说过这样的话，她压了压吉尔伯特的胳膊，暗中勾结，然后才拍起手来。为了吸引整个房间的注意力，她又拍了拍手，然后又拍。

“安静，大家都安——静——对，今晚上有个特别事件，在地板上找个地儿坐，或是任何地方都成，哪儿都可以，但是留心书柜，上个星期它翻了，对，大伙儿挤挤，对，高兴的话坐别人腿上。……不要那么着急，乔伊，我想让你关掉一盏灯！吉尔伯特，亲爱的，剩下的就麻烦你了，谢谢。”

“瞧，劳拉，”阿尔弗雷德说，“这他妈是我的画室，不是你的。”

“不怎么严格地说，你只是租了这个地方而已，我们肯定得需要把光调暗些，得营造气氛，是不是？同意吗？就暗一点儿，乔伊，好不好，对，就这样，像是吉尔伯特的，对，停住！这像不像弗梅尔[1]？像不像弗兰斯·哈尔斯[2]？”

“闭嘴吧，劳拉！”阿尔弗雷德眼睛中带着一场风暴，“你他妈的对弗兰斯·哈尔斯一清二楚。”

“这场景对不对伦勃朗[3]的胃口呢？嗯，肯定对！”

乔伊添煤后，火炉里的火光又开始旺了起来。炉火和球形灯中的灯光投射出了三汪光潭。这个晚上头一次，敲打在画室屋顶上的雨滴声变得清晰可闻。暴风在屋檐上呼啸的声音也传到了人们的耳际。

吉尔伯特因找不到地方坐，便靠在了前门上，冷冷的气流从门下面的缝中钻了进来，紧贴在腿上的湿漉漉的袜子让他感觉更加阴冷。又一阵猛雨，雨水从窗缝中灌进了他右边的窗户。

“安静！”劳拉以低沉而有回响的声音说道。

他们听着雨声。

“不，还不够安静。”劳拉跛踉地说道，“我要把这片柠檬扔到火上，”她拎着那片柠檬，“如果我能够听到‘嗞’的一声——我就叫他出场。让我们等着听‘嗞’的一声。”

她戏剧化地放低身子，眼睛瞪着，看着地板，跪在阿尔弗雷德脚下。劳拉·奈特真的跪在了阿尔弗雷德·穆宁斯脚下吗？吉尔伯特从来没有见过任何一个成年女人像劳拉在过去一个月中变化那么大。自从A.J.来到了拉莫纳，她似乎就抛下了所有自控的伪装。

现在，所有的目光都投注在阿尔弗雷德·穆宁斯身上。吉尔伯特第一次如

[1] 弗梅尔（1632—1675）：荷兰画家，以其室内风俗画景而出名，在这种画中他惯于很好地掌握光和色彩。代表作《戴珍珠耳环的少女》。

[2] 弗兰斯·哈尔斯（1580— 1666），荷兰黄金时代肖像画家，以大胆流畅的笔触和打破传统的鲜明画风闻名于世。哈尔斯善于捕捉人物瞬间的表情，并能以巧妙而奔放的笔触将其栩栩如生地展现在画布上，生动的画面一反传统肖像画中人物死板的姿态。

[3] 伦勃朗（1606—1669），荷兰画家，公认的荷兰历史上最伟大的画家，也是欧洲17世纪最伟大的画家之一。

此近地审视他：他那透着精明睿智的脸孔，棱角分明，表情丰富，是一个牧羊人的脸孔，吉尔伯特在黑山散步的时候，曾经遇到过这样的脸孔，长着这样的脸的人打着呼哨，派他们的狗去把离群的羊赶回来，这样的脸上写满了天生的精明。不，吉尔伯特想到，我明白了，这不是牧羊人的脸，不是，这是那种穿着丝绒衣服在街头游荡的人的脸，这是那种依靠自己的智慧生活的人的脸，是依靠天生的体魄和直觉一往无前，冲破一切障碍的人的脸。

而至于阿尔弗雷德的衣服，劳拉第一次在小径上见到他时就注意到了，就和他的情绪一样善变。他到底有多少衣柜呢？（吉尔伯特环顾四周，一个都没有看到。）今天人们目光的中心穿着有黑色天鹅绒领子、黑色天鹅绒袖口、黑色天鹅绒口袋盖布的格子套装，裤子上带宽大的黑色镶边。他浑身上下的衣服都是独特而招摇的款式。吉尔伯特穿着湿漉漉的袜子站在门旁边暗自承认道，这个男人，很有型。

穆宁斯身上还有些别的什么。当过士兵的吉尔伯特很早之前就注意到了，这一点不如他的衣服那么明显，也不如他那铿锵的声调那么惹人注意，但是也许更加能够显现阿尔弗雷德的心，那就是阿尔弗雷德看人的方式。如果阿尔弗雷德看着你，真正地看着你，你是不会忘记的。往往，他会以他那巴拿马式的时髦方式，斜着眼，不会看向你的眼睛，但是当他那犀利的目光袭来时，你需要勇气才能够望回去，吉尔伯特就是如此。

“好的，你们这伙混蛋，”阿尔弗雷德最后说道，“你们赢了。”

呈半圆形坐在地上围绕着他的观众，并没有理会这句谴责，他们脸泛红光，喝着潘趣酒，充满了期待，他们明白好戏正在酝酿中，他们知道接下来的游戏肯定非常好。阿尔弗雷德那古怪的情绪结束了，眼睛中的风暴已经散去，他又一次感到自己是主动脉。

“你们把我逼上了台。”他看着劳拉，然后又望向乔伊，乔伊被多莉和普鲁登斯紧紧夹在中间。“我不怕告诉你们我觉得自己像是被逼到了绝境的狐狸一样。——昨天我们把一只狐狸困住了，但是那是另一个故事，下次再讲。我觉得自己是上钩了，就像是约翰·克莱尔[1]的獾一样，全村都要惩罚我，我必须

[1] 约翰·克莱尔（1793—1864），英国诗人。他有一首诗名为《獾》。

躲开恶狗——我——我是——我觉得自己就像是麦克白——你们记得最后最后一段吗？我得像熊一样经历考验——但如果我失败了，你们不会砍下我的头，是吧，你不会吧，麦克德夫[1]们？”

回答有是有不是，都在鼓励狐狸阿尔弗雷德、獾阿尔弗雷德、苏格兰枭雄阿尔弗雷德。察觉到他们准备好了，阿尔弗雷德仰起头，血红色的眼睛半眯着，他举起手，晃了晃一根手指，晃出了最终深沉而专注的沉寂，他已然成为开幕序曲响起前的指挥，举着镰刀准备挥舞的收割者。

炉火边的劳拉能够听到柠檬片发出的滋滋声了。

“《乌鸦》，”他在一片沉寂之中开口说道，“埃德加·爱伦·坡作。”

当然，并非是完全沉寂。但屋内的沉寂更加凸显了外面风的强劲、雨的力量还有西康沃尔永不平息的暴风雨的疯狂。在阿尔弗雷德开始吟诗之前，吉尔伯特听着暴风雨拍打着他背后的门，心中很无聊地想着自己此刻幸好不是孤单地走在从博斯科那来的小路上的悬崖上，看着海上的船只航行。

阿尔弗雷德以清浅的低语开始吟诗，非常沉缓，让那长长的诗行的节奏编织出自己的咒语。每一行有催眠力的句子都会令你懵然，仿佛你刚刚睡醒，或是正要睡着，分不清楚眼前的一切。每一行都以恰到好处的抑扬顿挫，紧紧抓着拥挤的房间。

从前一个阴郁的子夜，我独自沉思，慵懒疲竭，
沉思那些早已为世人遗忘的离奇书卷，
点头连连，睡意恹恹，忽有叩门声回响——

就在那一秒钟，就如同吉尔伯特站在那里一样真实，确实传来一阵叩门声，一阵仿佛直刺入正倚在门上的吉尔伯特的肩胛骨的叩门声。

吉尔伯特的心猛地一跳。整个房间都跳了起来。多莉和普鲁登斯紧抓住乔伊。阿尔弗雷德的脸上没有了血色。他的嘴角抽搐。他又动了动嘴唇，却没有发出声音。他的第一个念头是——很快就转变成了愤怒——某个人，某个傻瓜，

[1] 麦克德夫：《麦克白》中的人物，最终杀死了麦克白。

跑了出去，干扰了他的整个表演的效果，但是他的画室只有一扇门，而吉尔伯特一直都顶在那里。

这时，又响起了一声更大声的敲门声。阿尔弗雷德抄起拨火棍，向门走去，但是吉尔伯特已经抬起门闩打开了门，猛烈的风吹来，他觉得仿佛是拿肩膀猛地撞向了门板。一股股的雨水打在他脚下的地板上。

一个穿着黑衣服的人，矮矮的，戴着防水油布的兜帽，披着油布衣服，站在门口，大大的雨点顺着他的胡子向下低落。台阶下的小径上站着一匹马，后面是单马拉的轻便马车。车辕中间的马低着头，冒着水汽，反射着灯光。

“穆宁斯先生？”

“是。”

“有人告诉我有位卡特－伍德先生在这里。”

乔伊看上去无比的尴尬，无比的幼小，向前跨过多莉伸出来的腿，为这中断而道歉。

“抱歉，怎么回事？”

“是你妹妹，先生。”

“弗洛伦斯？弗洛伦斯！”

吉尔伯特看着乔伊匆匆奔入暴风雨中，冲下门外的木头台阶，伸手去拥抱那提前到来的女孩。

“大晚上这个时候来？”阿尔弗雷德对穿着油布雨衣的男人说。

“这位年轻的女士给我的报酬很合理，先生，没有什么问题。”

“不，马！我是说马！”

“没事的，马不会在意。”

但是阿尔弗雷德在意，他探入自己的口袋挖了一阵，拿出几个硬币放在那男人的手里。

“我要多给它一点。”

这个过程中，劳拉还留在室内，吩咐众人像平常一样一切自便。但是穆宁斯一回来就把这命令给撤销了，他告诉大家坐在原地，然后又对还站在雨中的乔伊兄妹说，如果要进来，就他妈干脆地进来，如果要待在外面，就他妈待在外面吧。乔伊和他的妹妹不仅干脆地进来了，还不容任何质疑地成为了关注的焦点。

“这是弗洛伦斯，我妹妹，从伦敦来的。她也是个画家。比我强很多。我知道要达到这点也不太难。”

“嗨，弗洛伦斯·卡特－伍德！”整个房间想起了问好声。

有人帮她脱掉了她长长的黑色外套；一条通向火炉的缝儿闪了出来；一杯潘趣酒递了过来；地板上还为她准备了一个垫子。在乔伊安顿妹妹坐下之前，首先向多莉解释说弗洛伦斯要和他一起住在他的小屋内——那小屋就在奈特家的隔壁，而另一边，当然便是多莉家——“如果你愿意，和你们俩一起住在你家也可以。”多莉握了握弗洛伦斯冰冷的手，说：“噢，嗯，我们会相处愉快，舒舒服服的。”弗洛伦斯瞪着眼睛，困惑地看着乔伊，因为她过去从来没有碰到过这样说话的人。显而易见，康沃尔的一切都会和过去截然不同。

他们搞明白了，日期出了差错，而到彭冉的火车晚点了三个小时，而又有一个令人讨厌的——

“呃，说来真是话长，”弗洛伦斯说，“反正等我最后到了拉莫纳，奈特先生告诉我你在这里，所以我就来了。”

“我真高兴你来了。”乔伊说，“见到你真是太开心了。”

她坐下来，轻声说：

“这，乔伊，这就是你那些知名的派对之一？”

“是的。”

“真好玩！”

她把手拢在热腾腾的潘趣酒杯外，然后把头向多莉歪了歪，但是眼睛依然看着乔伊，悄悄地问道：

“那——她是谁？”

“多莉……你会喜欢她的。”

这个回答让弗洛伦斯有些吃惊，但她抬头看着穆宁斯，穆宁斯正在她的上方，手背在屁股上。此刻，吉尔伯特不再看穆宁斯了，而是开始看着弗洛伦斯。

当第二天凌晨三点钟他坐在窄窄的床边对着日记本的时候，能想到的第一件事情就是她那纤纤玉指和精致的手掌。而她的黑发——实际上并非是黑的——在火炉前被悄悄烤干，颜色渐渐变浅，成为茶褐色。她的手指，她的声音，她的头发，她走路穿过房间的姿态，组成了鲜明的第一印象，而她那挺拔的英姿，还有她的脸，她的脸和他过去见过的一张脸几乎没有分别，那张脸不是在街上见到的，不是在现实生活中的任何一个地方，而是在一幅著名的画中，但是他对美术所知甚少，终其一生，他都不会想起来是什么画。但是几天后，哈罗德·奈特为他提供了答案，是波提切利的《维纳斯》。

“那就是我想的。”吉尔伯特说，“就是那幅画。”

“我同意，我也从来没有发现过这么像的。”哈罗德带着一种少见的热忱补充说，“而且她就住在我们隔壁。”

阿尔弗雷德·穆宁斯站在画室的中间，手放在屁股上，这姿态无疑表明他被严重地打断，而且已经等了足够长的时间了。他目光炯炯，怒目而视。人群又慢慢地沉寂了下来。他又一次怒目而视。多莉在乔伊旁边轻声笑着，是最后一个安静下来的人。那个晚上第二次，深沉的沉寂笼罩着整个房间。那个晚上第二次，阿尔弗雷德绷紧了脸，半闭起眼睛。他又一次抬起了手指，但这次，他却以完美的动作扫了一下火炉栏杆边弗洛伦斯·卡特－伍德的黑斗篷，向他的听众们展示那沾在手指上的雨滴，然后将雨滴高高地悬在自己的肩头。他现在就是一只敏锐而戏剧化的乌鸦，在挤满了画家的房间内盘旋。他再度开声：

从前一个阴郁的子夜，我独自沉思，慵懒疲竭，
沉思那些早已为世人遗忘的离奇书卷，
点头连连，睡意恹恹，忽有叩门声回响，
仿佛有人在轻轻叩击，叩击我的门环。

他背诵了整首诗，整整十八节，没有任何停顿，没有任何失控。

吉尔伯特的心缓缓地搏动着，那天晚上吉尔伯特写的日记内容全部如下：

潮湿得吓人。画室派对。待到很晚。穆宁斯表演出色。

萨米的鸟蛋

吉尔伯特在第二天早上六点半醒来，尽管他只迷迷糊糊睡了几个钟头，还不时被一些恐怖的梦惊扰。吉尔伯特每天早上都起得很早，除了星期天，即便是星期天，他也总是努力到圣博洋去做早间服务。

吉尔伯特的头脑中思绪联翩，他拉开小卧室中的窗帘，看着通向海湾的河谷。大海泛着灰色，仿如岩石；天空则如同条条的熏肉。暴风雨席卷过的大地光秃秃的，旅馆旁边湿透的草地在水色的光线下摇荡，仿佛也想要努力发出光芒，可是光线不够强，无法为草地添色。不过，并没有下雨，这值得注意，所以吉尔伯特弯腰将头探出了卧室的窗户，想看清他的窗台下的一切是否都安好。好极了，家燕的巢依然安全无恙地在那里。一切安好。

接着，他检查了一下挂在卧室门后的裤子是否干透了。已经干了，或者说是差不多干了。很好。他把裤子穿上，而就在穿裤子的时候，他想起了弗洛伦斯。

他通常都在楼下独自用早餐，就在其他所有人吃饭之前享受他的早餐，因为他喜欢一切都按部就班，他习惯提前赶到博斯科那，等待着第一个工人进入院子。这是他的军队作风的体现，是一个出色的军官应该做到的事情。另外他这么早吃早饭还有一个原因，因为他喜欢被喂得饱饱的，而不愿意接受服务生忙成一团将他忽略。吃了一盘熏肉、鸡蛋和香肠之后，他清理干净牙齿，准备离开。

在离开之前，他做了他在每天早晨出门前做的最后一件事，他打开了那个抽屉，抽屉中装满了鸟蛋，有序地摆放在棉絮之上。每天早晨，他都会打开抽屉，每天早晨，他的心都会猛地一紧，然后再沉到谷底。这些鸟蛋属于萨米。他用指尖轻触这些鸟蛋，非常轻柔。萨米，是他弟弟巴塞尔的昵称。萨米去年死了，在一个不祥的星期五，八月十三日星期五，他被一只虫子叮到了嘴唇，起初看起来无足轻重，完全不需要理会，只是有一个硬硬的红点罢了，但是到了下星期一，他突然间开始发烧，意识模糊，神志不清。吉尔伯特整晚都陪在他身旁，和他说话，给他讲威尔士中后卫拿过的最好成绩，告诉他到了早晨一切就都会好起来的。到了早晨，萨米确实好了很多，但是星期二下午，萨米死了。

吉尔伯特把鸟蛋重新摆好，闭上了眼睛。这样的事情怎么会发生在一个如此可爱的孩子身上？谁允许这样的事情发生的？谁？能有什么解释？能有什么安慰？吉尔伯特记得在拉格比上学的时候曾经耐着性子看完了一场围绕这个主题的布道，不可救药，缺乏论据。对他来说，这是一种难以名状的遗憾。每天，吉尔伯特都问他自己“是谁”和“为什么”,每天早晨,他都无法回答这些问题，于是他便打开抽屉，将鸟蛋拿出来，当作是对萨米的献祭，也作为一个私人仪式提醒自己生命有多么脆弱，不仅仅萨米的生命如此不堪一击，所有人的生命都是如此，生命的礼物有多么宝贵（这时他想到了弗洛伦斯），以及他会多么努力去对得起这份礼物。

奇怪极了，离开卡迪夫，来到康沃尔，本是为了战胜痛苦，却只是强化了他的损失。其中一个原因也奇怪极了，是因为乔伊·卡特－伍德，因为乔伊和萨米的相同点并非一点半点，有时候都像得十分离奇：和女孩相处时会露出的羞怯眼神相同，走路的姿势相同，慷慨的笑声相同，乐观的精神相同，对乡村生活的热爱也相同。他们都喜欢背着帆布背包去攀岩，征服光滑的岩壁和陡峭的高山。毋庸置疑，如果萨米有机会长大成人，便会成长为乔伊这样出众的人。

想到乔伊，吉尔伯特又一次想到了乔伊的妹妹，她此刻正睡在山上低矮的小屋中的一间，吉尔伯特想起了她的手指，想起了她的脸，想起了她的黑斗篷，还有她那半干不干的头发。他能够找什么借口去拜访她呢？他不太肯定。但是他会去的。从现在起的每个早晨，只是单纯地看看鸟蛋，感受一下它们几乎没有重量的存在，和它们令他走入萨米的生活的间接路径，便会在吉尔伯特的思绪中开启同样的悲喜交织的循环：

萨米，乔伊，弗洛伦斯，

弗洛伦斯，乔伊，萨米。

他决定，如果博斯科那一切顺利，午饭后，他就骑车去见木匠（给劳拉找的），然后联络烟囱清洁工（给 A. J. 的），然后去卡特－伍德家，也许可以借口一起喝茶，为什么不呢？如果他们不在家，他可以自然而然地去隔壁的劳拉家。他们全都住在小径的顶上真是太妙了。如果他们都不在家，那也没什么，跑这一趟是很好的事情。如果有什么事能够驱散噬咬在你心头和脑海中的东西，那么运动绝对是这样的事情。

他把鸟蛋放好。

是的。

世界再度变成了一个美丽的地方，吉尔伯特从旅馆出发，高高地坐在车座上，骑着自行车沿着小径向上，留下了一道美丽向上的剪影。对于村子里的所有人来说，他差不多就是骑车去博斯科那的伊文斯上尉，而在整个地区，他的眼睛很少能够闲下来，一直在和人们打着招呼，人们也对他挥手致意。

劳拉 · 奈特和阿尔弗雷德 · 穆宁斯也都起床很早。在画家当中，他们总是最先起床的人。无论昨晚闹到多晚,无论阿尔弗雷德握着剃刀的手有多么不稳，他们也总是把自己从被窝中拉出来，投入到大自然的怀抱当中。

鞋钉踩在路上叮咚作响，外套扣子一直扣到脖子，劳拉从橡木山小屋大步走下，向着海湾的方向而行，在最下面拐向了正右方。今天她想试着去捕捉一下悬石的宏伟壮丽，小伍德伍兹有一天深夜从石头下经过时被吓了一大跳。她大踏步地走着，偶尔暗自微笑一下，她又回想起了昨晚的某些趣事，心中有点震惊。阿尔弗雷德背诵《乌鸦》的效果真是华丽。

他是个多特别的男人啊!

而就在此刻，她的丈夫哈罗德已经爬上了没有铺地毯的楼梯，进入了工作室。他头脑清醒,一丝不苟,几近完美,正喝着他的第一杯茶。他坐在画架前面,咂着他的茶。他看着他的画作的一个角落。那个角落不对,还需要更细致一些。他把有着厚重眼睑的眼睛移动到了距离画作上一些小东西更近的地方。等到喝完茶，他就会开始。只要哈罗德能够集中精神，便可能画出一幅好画来，完全无须在任何天气都跑到外面去，冒着患上致命感冒的风险。而且，他也没听说弗梅尔和彼得 · 德 · 霍赫[1]跑去攀爬湿漉漉的岩壁，或是在狂风暴雨中出门。

第二个走出门的人是阿尔弗雷德·穆宁斯。他身后的门“砰”的一声关住。他几乎没有办法刮胡子，也没有办法面对任何食物。他还感到阵阵刺痛，左眼当中血脉贲张，犹如火山喷发。左眼到底伤得有多严重啊，阿尔弗雷德非常担心。他没有抬头看天，没有深呼吸，也没有做其他能够令人精神清醒地面对早

[1] 霍赫（约 1629–1684），荷兰画家。

晨的事情。他反而低着头，责备着自己毫无节制，把手和素描本塞在口袋里面，出发前往海湾。实在太了解主人在清早的情绪，他的猎犬塔菲只是在远远的地方跑来跑去。

在小径尽头，阿尔弗雷德向左转，和劳拉走上了不同的方向，他穿过一片爬虫横行的沙地，爬过采石场，走上了通往茅斯霍尔的小路。那一天，和西部猎人出门，让他有了一个灵感，以海岸警备队的眺望台附近为背景，那里包容了各种感觉的景观——半真实半梦幻，部分康沃尔风格，部门诺福克风格——稍后他可以把狗、马和猎人等很多形象放入画中。嗯，就是这个灵感。不过，有了想法是一回事，去付诸实施，该死的，又是另一回事。

如果他的头脑到午饭的时候能够清醒过来，他可能会在石头上睡一觉，也可能下午骑着"灰滴答"去遛遛，取决于他上午进行得怎么样——他可能甚至会去博斯科那看伊文斯，好小伙儿伊文斯，当然，同样，他可能不会去。风吹入他的眼睛，一阵刺痛。他几乎扑在一块石头上。现在不是问阿尔弗雷德今天接下来的时光有什么计划的时刻。此刻，他的力量就如同朽坏的鼓。

他蹚过小溪，在漫长的暴风雨之后，小溪已经变成了一条奶白色的大河，他的脚踩在湿滑的河底上。就在这时候，采石场传来一声巨大的咆哮和轰隆声。阿尔弗雷德咳嗽着吐出了前晚肺中积累的烟痰，"叭"地吐在一丛欧洲蕨上。

整个早上，吉尔伯特一直都在博斯科那辛苦工作。早上八点到十点之间，他监督着工人运送石料，石料有大有小，是为了垫高院子的地面，以保证马车能够更加轻松地进出。当黄水仙色的石头地面真正完工的时候，这里会变得像皮卡迪利大街的圆形广场。他脱掉夹克，加入干活的队伍，又扛又搬，汗水在他身上闪耀，他的血管贲张，越卖力，他的感觉越好。

从十点到中午，他在处理中校的信件。这是一个重活，当他在一个速记师的帮助下将这些信件分类处理好之后，佩尼特太太走进来请他去吃午饭（冷羊羔肉和烤苹果），午餐桌上，他和中校之间的谈话很快落入了现在拉莫纳流行的套路。

"关于这个叫穆宁斯的家伙，我听到的是真的吗？"中校问。吉尔伯特嘴里塞得满满的，正好趁机思考该怎么回答。中校到底都听说了哪些 A.J. 的事情呢？由于可能性实在太多了，所以最好还是以退为进。吉尔伯特用餐巾抹了抹嘴，说：

“恐怕我不太明白，中校。”

“在纽伦碰上麻烦了，我想是，还是挺大的麻烦。”

“真的吗？”佩尼特太太产生了兴趣，“什么麻烦呀？”

“亲爱的，我正向吉尔伯特打听呢。”

“嗯，总是有各种流言蜚语，不是吗？”吉尔伯特说，“你们知道的，村子里就是这样。”

他们沉默地吃了一阵。然后中校又再度发问：

“你和他很熟吗？”

“不太熟，现在还不太熟。”

“但是你喜欢他？”

“是的，我喜欢他。”

“所以，这些流言蜚语没有什么？和那家伙都没有关系？”

中校看着他的妻子，就让句子悬在空中。吉尔伯特拿着勺子和叉子划开了他白白的软软的苹果，葡萄和奶油流泻而出。中校接着说道：

“我不想我的地方上住着个下流的人，你明白吗？只要我还能管事就不能。他不是个下流家伙吧？”

“他很——特别，我得这么说。但是不下流，中校，真的不下流。”

“我听说，他把自己当成是个喜剧演员，但是表现得像个小丑。”

“我觉得这说法很刺耳，先生。”

“也是个画家吧，他是不是？”

“他们说他是个天才。”

“噢？天才，他？”

佩尼特中校的轻蔑暗示了他对众多所谓的天才有所保留。吉尔伯特继续吃饭，但是这餐由冷羊肉和烤苹果组成的丰盛午餐在五分钟之后又一次中断了。因为一个女仆小跑着冲入餐厅，道歉说佩尼特太太最喜欢的狗“小情人”吃了老鼠药，马上就要死了。

吉尔伯特匆匆跑入马厩，佩尼特太太和女仆在不远处看着，吉尔伯特抱着狗，狗一下子吐在了他的鞋子上。

这种味道!

他觉得自己的胃翻滚，只是及时地压抑住了吐的欲望。狗翻腾扭动，气喘吁吁，胫骨抽搐。经过几次失败的尝试后，吉尔伯特还是努力地将几勺热牛奶往小情人的嘴里灌，小狗一直在磨牙，咬着勺子不放开，这样做实在不容易，但是吉尔伯特还是继续努力。然后是灌黄油和芥末。一次又一次失败，吉尔伯特最终还是设法给小狗灌进去了一些,小狗还是不停翻腾,眼珠翻滚,呼吸不稳。

令人窒息的催吐持续了一个小时，胖胖的女仆们一直在周围低声议论着，吉尔伯特看不到她们，但是她们的声音就围绕在他耳际。终于，他能够感到小情人的心跳渐渐变快，呼吸逐渐平稳。似乎最艰难的时刻已经过去了。吉尔伯特又等了一会儿，然后把浑身发热、几近虚脱的小狗放回到了篮子中。尽管几近虚脱，但是还活着，正用无精打采的眼神仰望着吉尔伯特。

吉尔伯特又收拾了一下。

“真是太谢谢你了，”佩尼特太太说，“太谢谢了。”

“它能活下来，我这么想。”吉尔伯特说，“活下来就好了，不是吗？”

脸色苍白，急需新鲜空气，吉尔伯特以自己最快的速度蹬着自行车回拉莫纳，他大口吞着咀嚼着新鲜美妙的空气，但是鼠药和呕吐物的味道似乎已经渗入了他的衣服和他的皮肤。尽管他已经反复洗了手，彻底地刷了鞋，他真希望自己能够有古龙水。他舌头上的味道也是同样的。他想把那味道吐到多刺的荆豆和悬钩子上，但是流出口腔的只有口水而已。把自行车停在卡特－伍德家小屋的矮墙边时，他觉得他的神经已经快要崩溃了。顺着小屋望去，他能够看到隔壁的小屋中，哈罗德 · 奈特正在二楼的画室中，弯着背忙碌着，他想改路去奈特家的前门小路，享受一段悠闲的社交，但是乔伊正坐在自家的前厅，此刻正兴奋地冲吉尔伯特招手，招呼他进去。门一下子打开了，兄妹二人肩并肩站着，张开胳膊表示欢迎，弗洛伦斯和乔伊，正冲着他微笑。

“你能来看我们真是太好了！”乔伊说。

“希望不太冒昧。”

“不，这再好不过了，我们刚从山上回来，是不是，布洛特？”

“伊文斯上尉。”弗洛伦斯说话的时候时候眼睛牢牢地盯着吉尔伯特。

“叫他吉尔伯特。”乔伊纠正道。

“我们一直在捡海葵。”弗洛伦斯握了握吉尔伯特的手，补充说，“乔伊因为他的发现可高兴了。”

“你花些时间帮我们分类吧。”乔伊拉着吉尔伯特的胳膊，领着他走入小小的起居室，“你就是我们正在等的人。”房间如同往常，弥漫着一股咸咸的刺激的味道。乔伊在海岸线上放了一个水槽,而在他小屋的后面则放着一个水族箱，装着他收集来的物种。很多日子，人们都能够看到他胳膊上扛着大桶，步履蹒跚地爬山回家。

“这么说，你对水生生物也有兴趣喽？”弗洛伦斯问。

“你哥哥是专家。”吉尔伯特说，“我只是帮着他复核些细节。他帮我打开了另一个世界。”

“真的？”

她穿着银灰色的衣服，看起来更加年轻了，没有那么镇定的感觉，更加脆弱，更加可爱，一切都更加美好。

“昨天晚上你开心吗？”乔伊带着阴险的笑问吉尔伯特。

“噢，很开心。”

“那……很有代表性吗？”弗洛伦斯问，“我是说发生的一切？稍等。”

“坐下坐下。”乔伊摆弄了一下他的东西，“非常狂野，不是吗？”

“是的，我觉得是。”

“还有那诗，”弗洛伦斯睁大了眼睛，闪烁着丰富的神采，“你对诗的看法如何呢？”

“非凡啊，是不是？”乔伊说，“相当非凡。”

“我问伊文斯上尉，乔伊。我知道你所有的想法。”

“吉尔伯特，”吉尔伯特纠正说，“请这么叫我。”

“那好，吉尔伯特。”

她看着他，期待着。他感到自己正在接受审视评估。他动了动脚。他对那首诗有什么想法？好吧，那首诗还真持续了很长时间。

“我只是不知道谁能够把整首诗都背下来。我清楚我就不能。”

“确实是。”乔伊说，“非同凡响，那时候他就是，不是吗？”

“说说你自己吧，你的出场可更加戏剧化。”吉尔伯特对弗洛伦斯说。

“是吗？”

“你自己看见 A.J. 的脸了！”乔伊笑道，“看起来都要杀人了。”

“他的脸怎么了？”弗洛伦斯问她哥哥。

“呃，在那个时候给他捣乱，我是说过去可从来没有人打断过 A.J.，一次都没有，是不是，吉尔伯特？对，没有人打断过。”

“真的吗？”弗洛伦斯说，“他这么重要？”

“打断 A.J. 可不止会要一个人的命。”乔伊接着说，“不过，拜托，我真等不及带你去看看我后面搞到的东西。那小鬼叮得我可疼了。”

“叮你？”

“对！”

“严重吗？”吉尔伯特问。

“非常严重。”弗洛伦斯说，“不过值了！”

乔伊看着自己的手。

“狠狠地一咬啊，就在我把它从石头上弄下来的时候，不过它可是个美人，我见过的最好的沟迎风海葵，非常可爱的紫绿色，她准备过会儿帮我画下来，是不是？你想看看我的小毒师吗？”

“噢，你就让伊文斯上尉坐一会儿吧，他才刚到。”

吉尔伯特又一次感到她的眼睛落在了自己身上，他坚定地看着乔伊，问：“它叮你的时候感觉是怎么样的？”

“嘤，刺痛刺痛的，没有别的感觉。”乔伊说，“很多小刺激，就是这样，很多看不见的倒钩。跟你说一声，我最近一直在看高斯写的关于瓦勒博士的实验的书，你看不到我那么做的，吉尔伯特，今后一个月的每个星期天都看不到的。”

“怎么做？”

“呃，似乎这个瓦勒博士故意让海葵的触须接触他的舌尖，因为他想感受全部的反应。他用的也是一只沟迎风海葵。”

“舌头！”弗洛伦斯低声轻语，“你是说他的——舌头？他让这种——东西去接触他的舌头？”

“是的，海葵紧紧地抓住了他的舌头。他花了一分多钟才把它弄下去。想象一下，一只沟迎风海葵夹住你的舌头。”

乔伊认为这非常好玩，然而弗洛伦斯并不这么认为。

“但是他为什么要这么做？”

“想看看反应，我说了。这真的令人很痛苦。它把毒液注射进你的身体的时候那真是太令人吃惊了。它们可能非常漂亮，却也相当富有攻击性。”

“那个人是个傻瓜。”吉尔伯特嘟囔说。

“显然，他的舌头感觉非常肿胀，尽管看起来并没有明显变大，所以，他把舌头交替放在热水和冷水之中。你能想象出他这么做时候的画面吗？”

“听起来是个更大的傻瓜了。”吉尔伯特断言。

“后来他用了些硝酸银，舌头上的溃疡就消失了。那药效太猛了。”

弗洛伦斯的手在半空中摆动，呼吁立刻停止这个话题，她摇着头，以无声的方式提出了这个迫切的要求。

“的确，”吉尔伯特说，“到此为止吧，我想。”

“咱们能说回到——”弗洛伦斯轻声问，“诗歌吗？”

“诗歌？”乔伊一片茫然。

“是的，他是完全认真的吗？”弗洛伦斯问。

“什么？”

“他背诗，他那首《老鸦》。”

“噢，你是说那首《乌鸦》。”

“那就《乌鸦》吧。”

“好问题，是不是？”乔伊说，“我猜想他肯定是。毕竟那真花了很多鬼时间，而且我怀疑，他还藏着别的绝招。”

但是弗洛伦斯转移了注意力，苍白的脸正面对着来她家的访客。这是令这位客人无法忽视的注意。

“那，你今天干了些什么……吉尔伯特？”

“我？”

吉尔伯特在这个漂亮女孩的身上看不到对在博斯科那的庭院运送石料或是

中校的信件有什么兴趣，而佩尼特太太那奄奄一息的狗在这个场合也许更加不合适。但是他感到他真的必须说些什么，不然看起来肯定是傻透了，所以他讲出了小情人和它垂死时刻经过严重修改的一个喜剧性版本。乔伊沉浸其中，所以吉尔伯特放松了一下，又添油加醋讲了一些，然后他看到了弗洛伦斯的脸。

“不过，”他带着鼓舞的笑容说，“最后结局挺好，这才是重要的事情，我就是这么对佩尼特太太说的。小情人明天就会好，也许现在已经好了。”

她的声音透着深思熟虑，不容否认。

“你刚说是什么毒药？”

吉尔伯特还没来得及回答这个问题，乔伊便站了起来，搓着双手说：

“水族箱时间到了，来看我们的微缩版海洋，我们自己的海床。”

乔伊在前面带路，弗洛伦斯跟在后面，吉尔伯特却没有办法集中精神在分类的事情之上了。他的小情人的故事破坏了气氛，这是个意外。他们穿过乱糟糟的后游廊的时候，他唯一能够做的事情就是问她一些理智的问题，随便什么事情，随便什么话题，只要理智即可。

“那，你已经去上了斯坦侯普·弗波斯的第一堂课了？”

“没有，我们明天去上课，我担心我是太累了，我晚上很晚才睡。”

“不奇怪，从伦敦过来路可很远呀。”

在后游廊，乔伊的大理石面桌子上摆满了小桶、瓷碗和各种各样的网和刺针。

“吉尔伯特一直都是早起的鸟儿，是不是，吉尔伯特？”

“我必须如此啊。”

“从现在开始，乔伊每天都要陪着我去纽伦，好不好，乔伊？”

乔伊在水族箱前跪坐下来，将一支温度计缓缓放入水中。弗洛伦斯对着他的背说：

“你不会吗？我们说定了。”

乔伊皱了皱鼻子，耸了耸肩。他的视线沉浸在他的迷你水底世界中，那里有绿色的水草，贝壳，小小的石头，还有潜伏在水中的海葵，都半缩着它们的触须。他用铅笔轻轻地敲了敲玻璃，引起了里面生物的一阵律动。

“就是那个，吉尔伯特。”

吉尔伯特的脸距离弗洛伦斯的只有几英寸，距离玻璃也只有几英寸。

“他在纽伦是每天都要开绘画课吗？”

“是，不过我们一周只去上三天。这样我们都能够比较舒服。爸爸要求我们每个月结束的时候都交上去一份进展报告，你知道吗，如果乔伊有所退步的话——”

“看看它的躯干，吉尔伯特，还有那颜色……见过这么紫红的东西吗？”

乔伊指着闪着微光的小生物。弗洛伦斯也跪了下来。乔伊又敲了敲玻璃。

“那是脊柱……那是嘴……还有毛管……再看看那珍珠，就像是草莓一样，看到不同了吧，你看得出来比沟迎风海葵要小很多……那一个……那……纤毛……拜托，张开你的……那……看见那红绿相间的了吧。你觉得艺术的世界能够创造出比这更加神秘更加美的东西吗？你觉得呢？”

弗洛伦斯盯着吉尔伯特的倒影，看着他张口问道：

“那你要在拉莫纳住上几个月喽？”

她花了几秒钟才回答，不再看他倒影中的嘴唇，然后她看着草莓，看着红色的紫红色的，看着海葵一张一合翕动它们的嘴。她咽了一口唾沫，然后缓缓转头看向吉尔伯特。

“我是这么计划的，但是乔伊让我很灰心，如果爸爸认为他的儿子把时间和金钱都浪费在这些攻击了他的有毒的软果冻上，我们俩就都高兴不起来了，都没有办法住在这个小屋，或是待在这了，我保证会这样的，乔伊，你知道的，你所有这些宝贵的海葵都救不了我们。”

“知道，知道，”他机械地回答说，“我全都知道。”

弗洛伦斯的眼睛恳求地望向吉尔伯特。吉尔伯特点了点头，对他年轻的朋友说：

“你必须得明白，”吉尔伯特说，“我们所有人都希望你们俩留下来。”

“明白——明白，”乔伊嘟囔着，“你不要也这样好不好，吉尔伯特？我带你来这是给你看沟迎风海葵的，不是让你说什么忠告的。所以，如果你不介意的话……我要测试一下盐分了。”

“那你真想当画家吗？”吉尔伯特问弗洛伦斯，他站直了身子，觉得自己被挤在中间有点像是只小猪。她突然间笑了起来。

“如果不想做画家，那你觉得我为什么来这里？我们应该把握一切机会去提升，我们有奈特夫妇做邻居，想想吧，想想我能够从劳拉和哈罗德那里学到什么。想想他能从他们那里学到什么，如果他想学的话。”

“她相当出色。”乔伊指着妹妹说，“你一定要给吉尔伯特看看你最新的——”

她冲着哥哥的赞扬摇了摇头，站了起来。

“以后再找时间吧，我想。我们才刚认识。”

“我很想看。”吉尔伯特说，“随时都行。我真的想看。”

三人一起离开了水族箱。

“吉尔伯特，你能够为我做的最好的事情，如果你真想帮忙的话，就是鼓励他，”她用长长的手指戳着乔伊的胳膊，“让他认真上课。不要笑我，乔伊！我讨厌你这么做，你仿佛高人一等，实在让人生气。你看，咱们坦白说，亲爱的哥哥，在爸爸看来，艺术比粉刷匠强不了多少，如果你让我失望了，我真的得伤心死了。”

话说得如此尖锐，她的态度却突然间软了下来，她亲了一下叛逆的哥哥，用胳膊抱着他。吉尔伯特此刻能够看到她裙子下脊骨的轮廓，看到她长发垂下的样子。乔伊越过妹妹的肩膀，冲着吉尔伯特缓缓地眨了眨眼睛。

“你可以信任吉尔伯特督促我，是不是，吉尔伯特？”

“是的，你可以，真的可以。”

回到起居室，吉尔伯特躺在椅子中，感觉前一晚太少睡眠之后的午后疲倦如波涛一般突然袭来。他的眼睛刺痛，他揉了揉。

“你肯定是受不了我们俩的拌嘴了。”弗洛伦斯说着将胳膊从乔伊的腋下抽了出来，“那咱们喝点茶吧。”

“我喜欢喝茶。”

“那你得给我讲讲南非的事儿。所有事儿。”

“现在不要，布洛特！真的。”

乔伊似乎有些羞涩，有些垂头丧气。

“是我搞错了吗？乔伊对我说你去参加战斗了。”

“是的，我的确去了。”

“但是他不喜欢谈论这些？是不是？抱歉，吉尔伯特。”

“没什么，根本没什么。”

“那，看，我们必须定出下一次台球比赛的时间。我们在乔瑞店里玩，”他向妹妹解释说，“在我们可以去的时候。”

“我能去看吗？”弗洛伦斯问，“还是非常私人的？你从来都不了解什么男人的游戏。不，不，我明白这很私人化。”

“你当然能去看。”吉尔伯特说。

“如果你喜欢的话。”乔伊咕哝着。

“你是个台球高手吗，吉尔伯特？就像对岩塘那么擅长？”

“我说过的，我对海岸的了解真的不多，我是个初学者。”

“其实，”乔伊同时回答两个人，“谁才是拉莫纳和周边教区当之无愧的台球冠军，蒙默思郡预备役的吉尔伯特·伊文斯上尉还是我，依然存在很多争议。不过我计划展示我的宗师技艺。”

吉尔伯特笑着，盯着自己的脚。她的眼睛，他能够感觉到她的眼睛落在了自己身上。

回旅馆的时候，吉尔伯特骑在自行车上，缓缓的，几乎比步行快不了多少。一路上他回味了到达卡特－伍德家小屋那一刻起发生的所有事情。与弗洛伦斯和乔伊喝过茶后，他又回到博斯科那工作了三个多小时，现在正期待着他的晚餐。不管之前有什么计划，他都确信自己去拜访他们是正确的。除了一小点不愉快以外，一切都非常顺利。然后他听到了一匹马的蹄声正在墙的另一边，从他身后的土地上奔驰而来。他扭头望去，骑手的轮廓嵌在灰色天空中。他停住自行车，看着骑手在马鞍上身子后仰，干净利落地跳过几丛灌木。那是穆宁斯。

“伊文斯！”他喊着超了过去，然后又兜转马头，回来吉尔伯特身边。

“好呀，A.J.。”

“放松，滴答，放松。”他拉着马，轻轻地抚摸拍打着，“真高兴我赶上你了。听说你出去了，捣鼓你那台好玩的机器。”

他笑的方式让吉尔伯特无法看懂，他脸颊上的紫红随着笑容渐渐退去。

“昨晚的派对实在是最让人享受的一场，”吉尔伯特说，“真是。”

穆宁斯摆了摆手，表示不要继续说下去了，仿佛接下来理所当然是“谢谢你”这类说法。

“你喜欢《乌鸦》，这是重点，你喜欢爱伦·坡的东西？”

“是的，我喜欢。”

“你过去知道这首诗吗？”

“上学的时候读过一些，不过当然，不是——”

“想你就是如此，想你就喜欢他，我拿了这个来。给你的。”

他从口袋里拿出了一本小小的红色皮面装的书，是一本爱伦·坡的诗集，但是立刻就拿起吉尔伯特的胳膊肘指向门柱。

“看那柱子上的铁锈……颜色有些像这本书，几乎一样，不过那铁锈昨天是暗棕色的，今天就变成了红褐色，因为下了点雨，不同的日子，它有不同的色彩，这个变化的世界，由天来决定，如果你是个画家，你就得用眼看。”

“谢谢你送我这本书。这真是——”

阿尔弗雷德弯下身子，贴近吉尔伯特。

“那，那位卡特－伍德小姐，是怎么回事？呃，你对她有什么想法？”

“我真不太清楚，我也刚认识她。”

“嗯，嗯，但没有必要了解，你被她吸引了，你闻到了她的气息，她从你身边经过的时候你看到了她，你并非没有感知到她的存在。”

“她让我觉得非常——”

“可以入画，确实，确确实实，真的非常适合入画。”

阿尔弗雷德又挺直了身子，仿佛他们就她适合入画这一点达成了充分的一致，和所有事情一样。

“是的，”吉尔伯特说，“我看得出来她很合适。能成为一个画家。”

“就像是咖啡，要记得这个。”

吉尔伯特说他没有听清楚阿尔弗雷德刚刚说的话。听起来是在说咖啡。

“没错，是咖啡。一个女孩。就像是咖啡一样。喝起来总没有闻起来香。也不知道是为什么。”

吉尔伯特看着自己的车把。人们真的需要这么交谈吗？对于另一个人的比喻真有必要那么绝望地反对吗？

“我不太了解这个，我没有什么经验。我没有，你知道的……不太了解该怎么说。”

A.J. 点了点头，眨了眨眼，仿佛吉尔伯特是将他分享的这个咖啡的秘密藏进了记忆当中，依靠这个秘密来体验没有经历过的生活，直到自己遇到足够多的女孩。

“但这是真的，伊夫，相信我——不管她们看起来有多么温文尔雅，多么多愁善感。不过，她能画些东西，她会画画，如果她没有别的优点的话。巴斯琴－勒帕热会非常为她骄傲的。是的，斯坦侯普·弗波斯就指望她能够得胜了。或者至少可以拿个第二名。”

“乔伊也是这么说的。这挺让人高兴的，不是吗？”

“刚刚见到了他们，她一点都不傻……她能用铅笔，也能用画刷……需要再大胆些，当然，她的铅笔太乖了，得释放出来，得告诉世界她是谁，不是吗？滴答？”

他摸了摸他的马。

“噢，你已经看过她的画了？”

“是，刚去拜访过他们，你走后没多久，真有意思咱们俩今天都去了那儿，是不是，下场派对还需要点东西，得去搞定。好啦，滴答，我们得走了。”

他调转马头，向着画室的方向。

“不，”他兀自又停了下来，“知道还有点别的事情。你的自行车，一点都不好，我听得出来，实际上无可救药，所以，我有了个打算。”

吉尔伯特怀着愠怒。

“胡说八道！这辆自行车是一流的，是一台神奇的机器，让我在这儿的日子变得如此精彩而与众不同。”

“一流，哈？”A.J. 大笑了起来，“我听说轮胎上有一溜儿洞。”

“我刚从彭冉买来了新轮胎，是最好的。”

“好的，好的，无疑，但是有你这么一辆自行车真的没有什么意义，那就——就好像是一条漏了的船，告诉你我会怎么办吧，伊夫，你可以弄一匹我的小马，只要你愿意，你就可以借美腿去，我说真的，完全免费，我乐意提供，这会让一切都不一样，完全不一样，你会看到的，你会吸引所有人的目光。”

吉尔伯特一点都不喜欢这些，既不喜欢他说的内容，也不喜欢他的腔调。

“我只在意怎么从一个地方到另一个地方，并不想吸引任何人的目光。”

“起码会更快的！会快得多的！”

“如果我需要，佩尼特中校总是借给我他的猎马。实际上，他借给我很多次了。”

“尽管如此，你接受我的帮助会更简单一些，不用觉得欠了谁的，离你家更近，用我的牲口，然后我们可以一起骑马去打猎，一起追狐狸，毕竟我们是朋友，不是吗，伊夫，朋友是干什么用的呀？”

吉尔伯特推着自行车向前走了几码远，他的目光停留在前轮之上。他希望穆宁斯能离开，现在就离开。

“你真的很慷慨，阿尔弗雷德，不过，我担心自己可能没有时间。”

“你错过重点了！上帝，你太迟钝了！”

“噢，是吗？”

“是！美腿能帮你节省时间，这才是重点，你个蠢货！你看，你可以用一半的时间就走遍中校所有的物业，甚至还能停下来休息会儿读些诗，不要幻想这台好机器能在田里或是石头路上走，你这样想过吗？骑着美腿，你就是上帝，是主人，能掌控所有的路，你就是一个大师级的土地测量员，它真的是个好朋友，你会喜欢它的，像姑娘一样美得如画，像小羊羔一样安静温顺，它真是这样，你们是一对绝配，你和美腿。”

他向前探身，头向下探着，靠近吉尔伯特，说出这个判断，再次肯定自己的建议，就此和吉尔伯特确定下来。吉尔伯特觉得自己被一股强大的势力笼罩。A.J. 牢牢地抓住吉尔伯特的右手，目光坚定地看着他的眼睛。

“另外记住，伊夫，不管我说了什么，做了什么，就算我嚣张跋扈，我也是你的朋友。听到了吗？听到了吗？”

“听到了。”

“就算我是个愚蠢的坏蛋。美腿是你的，我说真的，不管你什么时候需要它，你什么时候需要这个小美人，它都是你的。好啦，我走了。”

他骑马远去，胯下的高头大马踢蹬着脚下的泥土，很快便开始驰骋。一片迷乱的吉尔伯特站在自行车旁边，一动不动，注视着马和骑手，直至他们消失不见。

巴斯琴－勒帕热

乔伊也提到了巴斯琴－勒帕热，那是他们在乔瑞旅馆的台球比赛时，吉尔伯特扯谎说自己过去对此人略有耳闻。对吉尔伯特的耳朵来说，巴斯琴－勒帕热这个名字听起来就好像是那些在普法战争中败得一塌糊涂的下三滥的法国将军。这个名字之所以被提及，部分原因是乔伊解释这些艺术家们为什么会首选来到西康沃尔，怎么也会来做他们现在正在做的事情。

（顺便说一句，吉尔伯特的台球打得一点都不好。弗洛伦斯专注地看着他击球，一动不动，令他出奇地紧张。）

对于过去二十年间纽伦的许多画家和学生来说，巴斯琴－勒帕热都是最原初的灵感。不止如此，他是一个偶像，是一种宗教。他的画布上涂满了坚定不移的现实主义，涂满了洛林周边乡村中的幸福、陶醉和真相，这些画在伦敦展出的时候，一股自然的浪潮自然而然地因他而生。乔伊接着说，巴斯琴－勒帕热就是那个人，他是一个时代的信条。听着这些，吉尔伯特打出了一个双着连击，他心中觉得这实在太像是崇拜了。他觉得，有时候艺术家很容易把上帝和艺术搞混。

斯坦侯普·弗波斯，弗洛伦斯的老师，曾经在 1881 年探访布列塔尼[1]。对于他来说，那个法国人笔下的人物栩栩如生，在画中生活着，就如同在现实生活中、在乡下、在他们自然的环境中生活一般，巴斯琴－勒帕热笔下的男男女女呼吸的是空气，而非亚麻油，他的天空就是你伸出手来能够触摸到的天空。（吉尔伯特喜欢这个说法。）他的天空能够震惊你，启迪你，吸引住你的视线。弗洛伦斯说，为什么英国画家就做不到呢？特别是在康沃尔的。康沃尔的空气和康沃尔的海岸线都召唤你离开伦敦，走出画廊，走到户外，去亲眼看看自然世界的真实模样。

“巴斯琴－勒帕热和他笔下的一切是如此心灵相通，你会觉得自己也都成了他所画的世界的一部分。”

---

[1] 布列塔尼，半岛，位于法国西部。

乔伊如此认为。

弗洛伦斯不太肯定。

她说，巴斯琴－勒帕热看待自己画的物体的角度通常都非常高，高于人物，不是在同一个水平上，就仿佛他在特意突出、强调它们一般。

“就像罗丹，你是说？”乔伊问道。

弗洛伦斯的观点让乔伊想到了罗丹，一个关于罗丹的著名故事。这位自米开朗基罗以来最伟大的雕塑家，戏剧化和现实性并重，为了找到自己想要的独特视角的罗丹，在开始雕塑教皇的雕像前爬上了梯子。而教皇，当然，实际上并不赞同罗丹在他的尊驾前爬上梯子。

“不，不，不，教皇在上面，”教皇说，“罗丹先生在下面。”

“好的，”罗丹咆哮道，“那您爬到梯子上去。”

弗洛伦斯笑了，吉尔伯特（觉得这一切对他的头脑来说有些太多了）稳稳犯了第二十三次规。不过，他现在知道了，劳拉·奈特和阿尔弗雷德·穆宁斯无论阴天晴天都走到海湾边在他们的画布上挥洒，陪伴着他们的是那个来自洛林的叫作儒勒·巴斯琴－勒帕热的法国人的精神。

“而且，他很早就死了。”弗洛伦斯说。

“该你了。”吉尔伯特指着主球对乔伊说。

乔伊分析着机会开始打球，吉尔伯特坐在了弗洛伦斯身边，两人靠得如此近，她的手，她的脸，距离他只有几英寸远，这是他极度喜欢的一个角度。

你伸出手来能够触摸到的天空。

礁石上的列那

乔伊和弗洛伦斯兴致勃勃地来到乔瑞旅馆参加这场台球比赛的时候，吉尔伯特正躺在他卧室的床上。胃不舒服，累得像张纸一般虚弱无力，他觉得自己无比可怜，但是弗洛伦斯正在楼下等着的消息让他从床上一跃而起，刷牙洗脸，聚起精神。

吉尔伯特从来都不会低落很长时间，他的小朋友乔伊会从雪茄盒中拿出烟草填满他的烟斗，乔伊如此有教养，如此有魅力，即便是输了的时候也丝毫不减，还有他那神奇的妹妹弗洛伦斯。“总有一天，”吉尔伯特听着关于巴斯琴－勒帕热的美术课，心中想，“我要把萨米的事情告诉他们。”他从来都没有谈及过他弟弟的事情，从来都没有办法谈，对任何人都没有说过，能够和人分享自己失去的事物是多么好啊，也许可以在一个星期天步行到茅斯霍尔野餐，身边放着大大的野餐篮子，大海就在他们背后，弗洛伦斯认真地听着，她的倾听能够令他承受一切，那时谁又会像从魔盒中蹦出来的玩偶一般突然出现？

“你听说了穆宁斯的事儿了吗？”乔伊问道，将一个球击落袋中，然后又猛抽了一口烟斗。

“穆宁斯的什么事儿？”弗洛伦斯问。

“他又冒犯了哈罗德·奈特？”吉尔伯特猜测道。

“不是。”

“他放火烧了自己的画室？”弗洛伦斯猜测。

“如果他这么做了，我一点都不会吃惊。”吉尔伯特笑了起来。

“没有，”乔伊意识到听众全都被他吊起了胃口，“不，我是说狐狸的事情。”

“什么狐狸的事情？”

“其实，他们都在说这件事。我到的时候有些农夫在那里，他们都看到了，从头到尾，全都知道得一清二楚。太迷人的事儿了。”

“把我们给迷住了。”弗洛伦斯非常安静地坐在她的座位中。就在她听着狐狸的故事时，A.J. 穆宁斯，故事的主人公，打扮得一丝不苟，走进了闪亮，走向吸引人的酒吧间，为所有的人叫了一轮酒。如同往常一样，有一个小问题，他没有钱，但是说起这事的时候他语焉不详，用他当时画的一组画抵了他的酒钱，并且向乔瑞承诺他会在一周内回来，给这房子画上一幅实物比例的大型画作，肯定能卖上一大笔钱。主人和画家握了握手，表示交易商定，而本地人就如同一窝蜜蜂一般聚在了主人公身边。

“给我们讲讲狐狸的事情。”乔瑞先生将第一品脱酒摆在了阿尔弗雷德面前。

“对，讲吧，穆宁斯先生。”

“汤姆·莫拉德来过了，所以我们都听说了一点儿了。”

“汤姆·莫拉德！”画家吼道，“别跟我提莫拉德。”

“我们都听说了一点儿了，就这样，但只是个皮毛而已。”

穆宁斯抬起了手。

“不，不……现在不行，在喝着好酒的时候可不成。”

大家纷纷抗议，他喝掉了半杯酒。

“那是真的？我们听说的事儿，是真的吧？”

“那要看你们都听到了什么。”穆宁斯咂着嘴说。

“你直接告诉我们更简单。然后咱们再敞开了喝，好不好？”

“说吧，穆宁斯先生。”

弗洛伦斯听着台球撞击的声音，整个酒吧只剩下骨牌撞击的声音和人们吸烟斗的响动。

一大群猎狐者策马向着莫瓦哈奔驰。穆宁斯冲在前排，他们飞速前进，从一个教区到另一个教区，扑向海岬，越过树根嶙峋的大地，跨过花岗岩遍布的乡村，跨越起伏不平的荒野，来到距离泽诺不远的地方。狐狸就在他们的视线之内。前排的猎手，精神高涨，渴望大开杀戒，冲入了一条低洼的路。A.J. 奋力跟在猎手汤姆·莫拉德身后，与车夫杰克·斯通并驾齐驱。

领队的人下了马。穆宁斯第一个从马上跳下来，然后是车夫杰克，他是一个长着黑胡子的高个子，他们两个谨慎地顺着悬崖缓缓向下爬，抓着扎根很深的植物一点点地移动，最后爬到了蜷缩的狐狸上方。穆宁斯所能看到的，只有狐狸、石头和下方翻腾的浪花。

就在穆宁斯转身告诉杰克这足够了，今天该就此结束的时候，杰克突然间伸展右臂，用他的马鞭狠狠地抽向狐狸。狐狸嘶叫一声，直直地跳向了大海。穆宁斯猛地站起身，冲着行凶之人詈骂不止，几乎使自己掉进了浪花之中。

此刻，整个猎人团队都站在悬崖顶上看着他们，所有的猎人，所有的骑手，此刻都下了马，全都在从上向下看着 A. J. 和杰克还有那正在奋力游泳求生的小狐狸，小狐狸随着波涛上下起伏，棕色的皮毛此刻变成了黑色。大约五分钟之后，狐狸掌握了要领，穆宁斯带着几乎难以承受的紧张感，跪在石头上面，大声喊着鼓励的话：“坚持！”他吼着，“继续坚持，列那，你这小家伙，上帝会保佑你的。”此时，一个巨浪突然间将小狐狸抬起，仿佛是一双温柔的手，将它放置在了一块宽阔而安全的岩石之上。穆宁斯一跃而起，高举双臂，欢呼不止。

狐狸休息了片刻，低着头，蜷缩着腿脚，浑身湿漉漉的，像一只小灰狗一般。之后它摇了摇身子，开始缓缓地向上攀爬，从一个岩层爬到另一个岩层，直到太疲倦而丧失了警觉，被困在了一个狭窄的岩缝之中。这一次它的眼神一片茫然，鼻子缓缓地低了下去。它身上的斗志已经消失了。

车夫又一次看到了机会。

“拜托，穆宁斯先生，咱们抓了它吧。”

“不行！”

“但是它被困住了，它已经被困住了。”

“不行！”穆宁斯冲着杰克、冲着波涛、冲着上面聚集的猎人们咆哮道，“不行，放了它，看在上帝的分上放了它！”

“我们必须得逮住它，要不汤姆会怎么说？”

车夫指着汤姆·莫拉德，他猩红色的外套和黑帽子在蓝天的映衬下分外显眼。

穆宁斯一个踉跄，失去了平衡，摔倒在地，但是及时抓住了峭壁的边缘。青一块紫一块，还挂在悬崖上，但是他大叫道，他都不在意汤姆怎么说，狐狸努力逃命，努力自救，努力游泳，努力攀爬，死到临头无所畏惧，对所有人来说这都足够好了——除了汤姆·莫拉德。

穆宁斯站起来，挑衅地站在了狐狸和杰克中间。

“你，”他大吼道，“你不能去抓他！”

车夫爬回了崖顶上，大口喘着粗气，跟汤姆·莫拉德讲了始末。莫拉德听着，铁青着脸，然后说道，这是最后一次，绝对最后一次，萨福克的穆宁斯和西部的猎手一起狩猎。他们骑马回家了，没有带着他。

“这真是个故事，”吉尔伯特说，“真是。”

“不是故事！”乔伊补充说，“从头到尾都是典型的A.J.风格。”

“你是说它不太真实？”弗洛伦斯平静地问。就在她这么说的时候，吉尔伯特感到自己的手微微一颤。乔伊面红耳赤大叫道：“当然是真的，布洛特，去问问当时在场的猎人，那就像是我们在打台球一样真实。”

“我肯定是真的。”吉尔伯特说，“怎么会有人编这样的故事呢？”

弗洛伦斯露出了一个波澜不惊的笑容。

“那么，伊文斯上尉和穆宁斯先生都拯救了动物？”

吉尔伯特不太肯定这是不是嘲弄自己，不过他从她的脸上看不到半点嘲弄。

“噢，相比来说，我的简直是小巫见大巫。我必须得为曾经说起这事而道歉。”

“不必，我很高兴你提了，被淹死和被毒死都极富戏剧性，你不这么觉得吗？”

想不出该怎么回答，一片紧张的沉默中，两个男人不协调地打着球。最终乔伊打破了沉默，带着一种夸张而过分的热情。

“嘿，吉尔伯特，我们希望过几天你能来和我们一起吃晚饭，是不是？”

“非常对，”弗洛伦斯说，“尽快来。”

“越快越好！”乔伊喊道。

“我非常想去，谢谢你们。”

“咱们也邀请 A.J. 吧，好不好？”乔伊接着说，“他来的话会好玩很多的，弗洛伦斯能够再详细问问他狐狸的故事。”

“我为什么要那么做？我只是想知道你们俩是不是都相信那个故事。”

没有人知道穆宁斯被猎人们丢在莫哈瓦附近的悬崖上之后几个钟头所发生的事情。

他独自坐在原地，风吹拂着他身边的欧洲蕨，吹干了他后背上汗湿的衬衫。他坐在那里，与他的愤怒作战，直到他眼睛后的骚乱渐渐止息。总之，狐狸应该得到尊重。这些无知的家伙到底以为他们是谁？这些无知的家伙在享受他们虚荣的追猎过程中有没有想过，为什么会有那么多关于狐狸的传说、故事和寓言？他们有没有想过列那狐？有没有想过那只应付了公鸡羌得克立、猫提波特、熊布瑞恩和狼沁格瑞的狐狸[1]？为什么他们没有想想整个东英吉利的所有教堂中都刻着狐狸的形象？狐狸是一个猎人，也是被猎杀的猎物，它是野兽，也是国王，是真实的，也是虚构的。正是因此，他，阿尔弗雷德·穆宁斯，萨福克一个磨坊主的次子，才会想保住这只特别的列那的性命，这只骄傲的列那，因为刚刚贴在悬崖上的这个小东西，象征着一种精神的胜利。是一种神启。

反思过那些无知的家伙和无畏的狐狸之后，他的感觉好多了，A.J.开始策马回家，路上，他对灰滴答讲述傻瓜和狐狸的故事，然后停下来，开始寻找一杯热腾腾的杜松子酒。在一个叫作“狐狸和葡萄”（这名字起得真是幸运）的酒吧里，他听到了一些年轻人的声音，几乎都还是男孩，都是大学没毕业的孩子，他们正在谈论莪默·伽亚谟。

莪默·伽亚谟？

三个大学没毕业的孩子，一个长着淡黄色的头发，一个留着胡子叼着烟斗，最后一个好像尸体一样惨白。他们都带着极度的热情谈论着莪默·伽亚谟的价值。A.J.听了一阵，然后伸开腿，靠在椅背上，对他们喊道：

“你们一直在说的这个莪默到底是谁，一个阿拉伯马贼？”

那些大学生彼此对视，然后看着这个衣衫褴褛、浑身污浊的骑手，决定假装没有听清这个问题。所以阿尔弗雷德盯着他们，将问题更大声地重复了一遍。这次他们无法忽视他了。浅黄色头发的人咳嗽了一下，然后礼貌地说：“呃，不，他不是，不是。”他环顾了一下他的同伴，“他……不是阿拉伯马贼。”

随之而来的是一阵笑声。穆宁斯觉得自己也很享受。

“那他是谁？我忍不住听了你们的交谈，可是我不知道他是谁。”

“这是……一个作品的名字，实际上是翻译来的，爱德华·菲茨杰拉德翻译的，原文是波斯文。”

“抱歉，这个人也没有听过。”阿尔弗雷德说，“他是谁？波斯人？”

---

[1] 这是列那狐的传说起源之一，在皮埃尔·德·圣-克洛德于1170年前后所写的《列那传奇》当中有一个故事，列那被狮子国王传召出庭，面对狼沁格瑞的指控。还有很多动物，包括熊布瑞恩、猫提波特都为他设下了陷阱。但是公鸡羌得克立，与这个故事无关，出自乔叟的《坎特伯雷故事集》，一只狐狸哄说自己喜欢听羌得克立的歌声，让他唱歌，羌得克立放松戒备，被狐狸捉住了，人们赶来救援，公鸡侥幸脱逃。

“噢，天呀”意味的笑容浮现在几个大学生的脸上，一种心照不宣的微笑在他们脸上传递。

“菲茨杰拉德，”长胡子的那个谨慎地说道，仿佛有猛兽出笼一般，“菲茨杰拉德是一个诗人……一个伟大的诗人。鲁拜是一个寓言。”

“哦，诗人，他是？”穆宁斯的兴致十分高，“老板，把这些年轻绅士们的酒杯加满，好伙计，谢谢你，给你自己也再倒一杯，然后给能够为我们背诵出一段爱德华某某人的莪默的年轻绅士倒上一杯。我必须得说，我充满期待，洗耳恭听一位伟大诗人的一段伟大诗歌，即便是个波斯诗人的。”

穆宁斯坐稳了身子，仿佛一个极度感兴趣的观众，他的刻意的停顿，以及由此而引发的周围的一片惶恐，令他感觉非常愉快。

“我……我们……”苍白的那个说道，“我想我们没有带着他的书。”

A.J. 谅解性地摊开了手，仿佛他是这个世界上最后一个能够背诵其他人的作品的人。

“没关系，就给我背诵一小段，让我体味一下老莪默。用英语，波斯语也可以，如果你愿意。”

此刻，他们被逼上了绝路，挤在一起窃窃私语。而 A.J. 呢，他等了一会儿，接着说道：

“如果那是伟大的东西，你肯定能背，不是吗？不能？你们不会？啊哈，好吧。那押韵吗？受不了不押韵的东西。”

这句关于押韵的评论加重了他们身上的压力，他们继续轻声说着他们的话。他们也许记不住一行诗，英文或波斯文都记不住，但是他们至少全都是评论家。

“其实，《失乐园》的运气真的不好。”长浅黄色头发的人说。

“有点为莎士比亚的戏剧遗憾。”脸色苍白的说。

这些刻意的贬低引发出一阵牛津式的咯咯笑声。

“好东西，韵律，”A.J. 重申道，“韵律就是一切。”

在老板添新一轮酒的时候，出现了一阵沉寂，A.J. 趁此背出了格雷[1]的《挽歌》的前四十二行，抹杀掉了他们讽刺性的笑容。就在脸色苍白的那个说出“天

[1] 托马斯·格雷（1716—1771），英国感伤主义派著名诗人。

啊，这正是我必须得说的本事”，A.J. 又紧跟着给他们背出了他最喜欢的散文，逐字逐句，一字不漏，从瑟蒂斯[1] 开始，他就站在那里，手中握着酒杯，背对着炉火，老板看得目瞪口呆，他以潇洒的《海华沙之歌》[2] 完美收官，散场落幕。

“亨利·瓦兹沃思·朗费罗作，”他补充道，带着一种屈尊俯就的笑容，“他真是个天杀的好诗人。来自缅因州波特兰，而不是波斯。”

那一晚结束的时候，他们都极度亢奋，一起唱着歌，彼此勾肩搭背。之前，A.J. 为了付酒钱，用几支粉笔在酒吧的黑色遮光板上画下了马和喝酒的年轻人，画中的三个年轻人都长着很像他们本人的迷惑的脸孔，倚在椅子中，向后仰着，几乎贴到了地面，笑着向下摔去。他们全都非常喜欢，他们都觉得他是个了不起的家伙。

A.J. 在门口向他们致意，然后骑着他的马昂首阔步地缓缓走在回拉莫纳的路上。

“还是叫我善感多愁的家伙吧，但是总的来说，”他抚摸着灰滴答强壮有力的脖子，“这是不赖的一天，滴答，总的来说，哈？”

波提切利的维纳斯

在离开伦敦的家来拉莫纳之前，弗洛伦斯·卡特－伍德走入了父亲的图书室，踮着脚尖，伸直胳膊取下了大大的皮面包装的英国地图册。她打开来摊在膝盖上，坐得挺挺的——坐得笔直挺拔是她的习惯，就是这个习惯立刻吸引到了吉尔伯特·伊文斯，招来了哈罗德·奈特的评论，还渐渐被多莉模仿——英国的景观就在她的手中。她轻轻翻动，抚摩着每一页，指尖划过西部的村镇。

西部。西部的乡村感觉是如此遥远，就像巴哈马一样遥远。弗洛伦斯确实曾经多次旅行，但是按照她能想起来的总是相同的旅行，从伦敦到卡莱尔，从

[1] 罗伯特·史密斯·瑟蒂斯（1803—1864），英国小说家，以幽默文风见长。
[2] 美国诗人朗费罗（1807—1882）所作长诗。

卡莱尔到伦敦，从城里到乡下别墅再回来，这些去往坎伯兰海岸的旅行总是在每年大致相同的时间进行，同行的总是相同的人。直到二十岁，她才意识到，她一直过着受到良好保护的生活。

对于她来说，地图的每一页都是一条开放的道路，即便说不上诱惑，也是一种可能性。她有钱，有爸爸那么慷慨的零花钱，有什么地方是她去不了的？有什么事情是她不能做的？

她抚摩着地图。她的指尖找到了康沃尔的西南角，顺着地图上的线向下，从彭冉向南，沿着蒙特湾，一直到了纽伦，然后到了保罗和茅斯霍尔，那里的道路似乎蜿蜒曲折，迂回绕转。茅斯霍尔？听起来就是个奇怪的地方。[1] 她笑了起来。而拉莫纳，听起来一点都不像英语。拉莫纳应该是巴哈马的海滩名，茅斯霍尔就不是。但是就是拉莫纳，乔伊说，那是这个世界上最神奇最了不起的人所住的地方。

“你说的这个美术学校在哪里，宝贝，茅斯霍尔还是纽伦？”

“纽伦，妈妈。”

“噢，很好，听起来很好，听着很惬意，不过我真不懂你为什么要跑这么远去写生。”

“她为什么非要去写生不可？”父亲用叉子叉着一块肾肉说。

这对弗洛伦斯来说是熟悉的领域。而刺绣和缝纫是父亲能够理解的，对他来说那才是一个女人应该做的事情。但是涂涂抹抹！面对着父亲和他的肾肉，弗洛伦斯以冰霜的镇定说：

“因为斯坦侯普·弗波斯先生——唉，我们已经讨论过太多次了——因为斯坦侯普·弗波斯先生在纽伦教课，因为在这教我的威柯斯先生没办法教了。”

母女二人听着卡特－伍德先生咀嚼的声音。这耗掉了一些时间。卡特－伍德先生吃得非常慢。弗洛伦斯不能理解的是一个吃那么多顿每顿吃那么多的人怎么还能保持那么瘦的身材。他抹了抹嘴，缓缓地放下餐巾，说道：

“对大多数家庭来说，威柯斯先生都是足够好的美术老师。不要太想入非非，乖女儿，否则你很快就会乖乖回家的。”他向后推了推椅子，借此结

[1] 茅斯霍尔，直译为老鼠洞。

束了对话。即便他这么说，就在女仆收拾碗盘的时候，弗洛伦斯已经想象她闻到了渴望已久的大西洋的味道。她的脸上洋溢着鲜活的孩子气的兴奋，她能感到清风吹拂在她的脸颊，那种兴奋是你在路上拐过一个弯柳暗花明的时候感受到的，是你在海上的旅途中眼睛第一次感受到从云隙射下的阳光，或是你靠在大门上，欣赏着眼前的美景，和睿智叛逆的画家开怀畅谈，或手挽手一起漫步。

所以，当她和爸爸道别（在帕丁顿亲吻他干燥的面颊）登上康沃尔里维埃拉的快车时，她并没有感受到应有的悲伤；当她在画室和母亲道别，母亲泪水涟涟，握着弗洛伦斯的手不放时，她也没有感受到应有的悲伤，只是感觉母亲握得比她希望的时间要久。当然，欣然同意陪她一起旅行的表姐露西，认为自己能够帮上很多忙。毕竟，这是她第一次离开家。

“正是。”弗洛伦斯坐进马车中，拿出了她的新写生本。这另一个英格兰，这西部，会和她坐在图书室中看着地图时想象的一样吗？听着露西在一边喋喋不休，恍惚之中，她画下了一些飞速闯入视野的东西，她看着窗外，目光忽上忽下，在风景和膝盖上的写生本之间游弋。但是窗外的风景飞逝而过，零零落落，留在她脑海里的不过是伊丽莎白时代风格的山墙、橡树和榆树、有柱子的门廊、缓缓的河流、透着暖意的整洁的红砖建筑的小镇、池塘边的小牛、田野中的马匹……越向西方（不，不，她真的不想吃三明治或是烤饼，谢谢，但你请自便），越向西方，长满橡树和榆树、流淌着缓缓而宽阔的河水的英格兰渐渐变成了波浪般起伏的原野，湍急的河流，朴实的村庄和饱经风霜的石墙构筑的乡村。

“你注意到了吗，露西，人少了？”

“很多人在普利茅斯下车了。”

“不，傻瓜，这里人少了，我是说房子少了，金雀花多了，你没注意到吗？板岩多了。”

“既然你这么说，”露西在她的面包上涂着李子酱，“这里离彭冉还有多远？”

本来她们距离彭冉还有不到二十分钟的路，但是走了两个半小时。雨开始连绵地下个不停，然后看不出什么明显的原因，快车突然间颠了起来，随之而来的是一系列的猛烈的颠簸和咔嗒声，把弗洛伦斯甩出了她的座位。火车一阵低声轰鸣，然后汽笛声大作，花了很长时间才慢了下来，最后停了下来。有一瞬间，万籁无声，然后传来了人们跑动和大声喊叫的声音。

暮色四合，大雨瓢泼。人们冒着大雨沿着铁路跑动。三个警卫聚在铁轨边，很快一个戴着闪光的帽子的警察和他们聚在了一起。看着这一切，弗洛伦斯非常镇定地坐着，只是眼睛动了动。她用手帕抹干净玻璃窗，看着迅猛的雨点比赛着敲下来，还有她自己的模糊的倒影。

露西长长地吐了一口气，然后又吐了一口，仿佛弗洛伦斯没有听到她第一次呼气。接着恼怒地走出车厢，想看看她能不能搞清楚到底是什么引发了这该死的延迟。弗洛伦斯趁着表姐不在，手滑入了她的口袋中，又一次读起了那封皱巴巴的信。

最亲爱的布洛特：

我已经决定，我不再接受任何的拒绝。如果你如同自己说的那般对跟着威柯斯先生学习缺少进步而沮丧，亲爱的妹妹，你一直都对我坦诚相见的，如果你真像我相信的那般渴求进步，那么你可以来这里找我。这里有足够的房间。我同时给爸爸写信劝说他允许你来。要被这里的画家团体认可，可比现身宫廷更值得期待，不是吗？

说到你的邻居，在右边的，我之前曾经跟你讲过，是哈罗德和劳拉·奈特，两个非常了不起的画家，而左边，我过去没跟你提过，因为她们新近才从柏孟塞搬过来，她们是多莉和普鲁登斯，两个顶漂亮的模特。上帝能在别的地方创造出这么完美的组合吗？

我在这已经待了六个月了——真的都已经六个月了？——我对人类和动物界的知识得到了长足的进步，比我在伦敦学的都要多。锦上添花的是吉尔伯特·伊文斯上尉的出现。他比我大五岁，但是对于真正的友谊来说，年龄有什么限制？

如果到目前为止我在海滩上的发现是一种引导，那么我肯定有一天我会震惊世界的。此刻，我不多说了，只是跟你保证这里的海葵和池塘精彩无比，还有帮你成为画家的无限可能。

确保带着合适的衣服过来。

爱你的哥哥

乔伊

“人类和动物界”！弗洛伦斯暗自笑着合上了这封爱她的哥哥写来的最长的一封信，将它放在外套口袋中，她希望自己的外套能够合适。她刚把信放好，露西就回到了车厢当中，带着出了意外的消息，但是由于没有人告诉露西到底发生了什么，弗洛伦斯自己站了起来，以她最镇定的方式，走向火车后部。走到那里，透过打开着的车厢门，她看到一个被放置在一架皮担架上的男人的躯体。他的腿和手都被切掉了。

这次延迟，加上乔伊承认他自己搞错了日子，说明了他与多莉和普鲁登斯在画室派对上聊天而没有去彭冉车站接她的原因，也说明了她为什么在令阿尔弗雷德·穆宁斯最恼怒的时刻出现。

弗洛伦斯此刻坐在邻居的小屋之中，和奈特夫妇坐在朴素的木桌子边，劳拉正在对弗洛伦斯讲述她的版本的关于阿尔弗雷德和狐狸的故事，在这个版本中，阿尔弗雷德更加勇敢。

哈罗德看着弗洛伦斯的侧脸：就是波提切利的维纳斯，一分不多，一分不少。

劳拉喋喋不休地讲述着阿尔弗雷德·穆宁斯，一分不多，一分不少。

哈罗德很早之前就切断了穆宁斯的故事，怀疑其中有很多劳拉的修饰润色，他扭开了自己审视的目光，仿佛正在用他明亮的心眼审视着画框当中的弗洛伦斯，凝视着她面部的线条，非常清晰。弗洛伦斯对于他来说堪称完美，完全符合他的画作的追求。她是如此镇定，如此苍白，就如同穆宁斯的酒糟鼻和肆无忌惮的嘴巴一样显眼，弗洛伦斯总是安静地坐着，而穆宁斯则比手画脚，好像是个风车一般。这个冗长的狐狸传奇一到酝酿已久的结局，哈罗德就问她，斯坦侯普·弗波斯的课程进展如何。

“噢，没有我希望的好，我必须得承认。”

“但是……已经很好？”哈罗德喜欢她的轻描淡写，让人从新鲜空气至上的队伍中得到了异常的放松。

“噢，对，已经很好了。”

“那……失望什么？你是有些失望吧？”

“乔和他的水族箱！你们愿意尽全力保证他和我一起上课吗？拜托，这性命攸关。嗯，真的是。”

哈罗德把眼镜往鼻子上推了推。

“我不肯定他会多么留心我。他可能更听劳拉的话。”

“但你可以试试。他来这是学画画的，不是研究在烂泥塘里发现的低级动物的。”

“我当然会试试的。但是你哥哥他非常——该怎么说呢——我行我素。我听说一个年轻人必须有自己的头脑。”

“哈罗德！”劳拉带着一种警告性的强调。

“你喜欢什么样的话题？”哈罗德立刻问道。

弗洛伦斯在二人之间移动，哈罗德，劳拉，然后又看向哈罗德，试图搞懂这个警告的意义，然后说道：

“现在我只是想提高我的绘画技巧。就如此，现在，这对我就足够了。”

她说话，她在每一个普通的词语中都投注了关注和精确。

“那就练习，这就够了。”劳拉加入了交谈，“你坚持下去，研究下去，一页接一页，画完一本再接着一本，相信我，我架子上堆满了，如果你喜欢可以自己去看看，在你说海葵之前，你可以发现——”

“但是要享受其中。”哈罗德插言道，带着从容的强调，又往鼻梁上推了推眼镜，“美术并非比赛，美术并不是比谁画了更多的纸。”

劳拉拍了拍手，站起身去泡茶。她十分清楚哈罗德既是在对弗洛伦斯讲话，也是在批评她，所以她切了几块面包，透过敞开的厨房门听着。弗洛伦斯·卡特－伍德在饮食奢华的日子是否见过大块的面包？劳拉表示怀疑。不过，无疑她丈夫哈罗德有兴趣。

仔细想想，劳拉·奈特心想，弗洛伦斯正好是哈罗德内心想寻找的，透着在安静的起居室中所需的声调和品质，能融合入在画廊某个僻静角落的画作所需要的背景中；她说话时候的语调甚至都和哈罗德的画一样透着完美的平衡。

劳拉端着面包片（比正常的要厚很多）回到起居室，告诉弗洛伦斯不用客气，请自便。但是弗洛伦斯没有吃。哈罗德呢,他甚至都没有注意到劳拉回到了房间中。他盯着坐在他对面的波提切利的维纳斯，构思着他的画作，用他的手和眼睛吞食她。尽管带着一股悲伤，但是劳拉觉得这一切都非常有趣。他看起来就如同一只瞄着田鼠的猎鸟，如同一只老练的秃鹰蛊惑地绕着一只毫无戒备的猎物……

不，不，打住，劳拉，现在就打住。

但是那盯视，凭良心说，足以令卡特－伍德家的姑娘分心。但是面对他的审查，她看起来完全没有不舒服，情况恰恰相反，她坐在那里，两手放在大腿上（已经拒绝了面包），等待着下一个问题。一切都是不可避免的。哈罗德预先清了清喉咙，然后拿一块大大的蓝色手帕彻底地将眼镜擦了一遍，然后那个问题终于如期而至。

“我想请你帮个忙，弗洛伦斯，我是否可以……”

“当然。”

“这实在是个不情之请。我希望能够画你……如果可以的话。”

“画我？”

“如果你有时间的话。不过你就住在隔壁，这真是种福气。”

他闭上眼睛，等待着肯定的答复。

“这可能有困难，我担心。目前来说如此。”

哈罗德睁开了眼睛。

“噢，我完全理解，你一周三天要去纽伦上课，你还得先顾及自己的创作。当然，当然，你正是因此才来到这里的，你说过的。”

“不，并不仅仅是因为我自己的创作，尽管那很重要。是因为我已经答应了穆宁斯先生坐在马上。”

“在……马上？”

哈罗德似乎难以接受这个理念。

“他今天问我的……今天早上他来拜访我们。反正我不能拒绝。”

“哦，他没有来我们这儿。”劳拉的声音中带着某种锐利的锋芒，“他是什么时候来的？”

“他希望画你坐在马上的样子？”哈罗德眨着眼睛问。

“是的，看起来是这样。在他画室外面。”

“噢，哈，噢，我，是的，我懂了。在……马上。是的。”

哈罗德带着悲伤点了点头，是对自己，和他脚边他们那只玳瑁色的猫。穆宁斯，他想到，穆宁斯，模特皮条客。

“你骑马，是不是？”劳拉问道，仿佛期待着大吃一惊。

“是的，我骑。”

“A.J.是一个伟大的骑手，这个地区最好的，我听说是，比所有人都要好。”

“我们听说如此。”哈罗德说，“我们听说如此。”

“锻炼没有任何错误，哈罗德。有些人非常热爱锻炼。”

哈罗德将目光聚焦在他瘦弱的膝盖之上，努力恢复自己的冷静，努力想象将弗洛伦斯这样一个玲珑剔透的美人放在一只动物的背上到底能得到什么结果。

“你可以让多莉来给你做模特，或是普鲁登斯。”劳拉接着说，“我肯定她们会非常乐意。”

“我想……也许……不。不太符合……我的……”

“品位？”劳拉问道。

“对，不太是。”他喃喃自语。

然后哈罗德听到自己表示抱歉，他要去完成一幅——其实，确切地说也不是完成——但是……必须得回去……继续……他在楼上的工作。

“那，”看着丈夫离去，劳拉接过了话题，“你在来这里之前到底在做些什么呢？”

“在伦敦的时候？”

“嗯。”

“什么都不做。”弗洛伦斯笑了，“完全什么都不做。就是在等待。”

“等待什么？”

“就是等待。”

弗洛伦斯直视劳拉，仿佛“等待”一语就已经交代得一清二楚。

“哦。”劳拉说。

然后弗伦洛斯笑了，她笑的方式令劳拉非常困扰，仿佛劳拉的问题非常荒诞。弗洛伦斯一意识到自己在笑，就立刻又严肃了起来。

“我能问你些问题吗，劳拉？”

“当然。”劳拉愉快地笑着说。

“你喜欢阿尔弗雷德·穆宁斯吗？”

“啊，这么个问题！这么个问题！”

“我希望你不要介意，我是说我看得出来他很粗鲁，很张扬，很粗野，乔伊说他在野餐的时候剪脚指甲，我想知道这是否妨碍你喜欢他。你很肯定自己不在意这些问题？”

“不，我不介意这些问题。”劳拉觉得血涌上了自己的脸，脸色从草莓的颜色变成了木莓的颜色，那颜色令弗洛伦斯想到了乔伊的水族箱中的一角。

“我认为阿尔弗雷德非常优秀，真的，他是百万中挑一，是一缕新鲜的空气，他坦白直率，毫无畏惧，而这样的品质永远都是好的。他有一种罕见的品质，他似乎能够捕捉生活，捕捉，我们当中并没有多少人能够做到这一点，不是吗？”

“你真的很喜欢他！”

“是的，我喜欢他。”

劳拉露齿一笑，透出的挑衅明显多过温暖。然后是一阵短暂的沉默。接着弗洛伦斯问道：

“那你喜欢伊文斯上尉吗？”

“吉尔伯特！”

“嗯。”

“吉尔伯特？当然喜欢了。老天啊，谁不喜欢他啊！还有别的问题吗？”

似乎是没有了。接着似乎又出现了一个问题。

“如果你不介意……但是我想我有些过了。”

“随便问，随便问，为什么不问呢？”

劳拉笑了。然后弗洛伦斯站了起来。

“不，我觉得我得走了。显然我已经待得太久了。”

劳拉跟着她走到前门。

“哎呀，不要走嘛，别走，我很喜欢咱们的谈话，没必要这么匆匆忙忙地离开，咱们刚开始彼此了解呢。”

“我得走了。请你原谅我好不好？另外请你告诉你丈夫我可以为他做模特……我刚才回答得太笨拙了，不是吗？非常蠢。特别是我刚要求他去热心地帮助和支持乔伊。有些时候我真自私。”

她们非常正式地握了握手，尽管弗洛伦斯只是顺着花园小径走回到墙的另一边。劳拉站在窗边注视着弗洛伦斯打开门，然后又转身关上。那没有任何笨拙。弗洛伦斯回望窗边观望的人并点头致意的方式也没有笨拙。

劳拉的脸又一次变了色，从草莓变成了木莓。

马背上的女孩

“我听你哥哥叫你布洛特，是不是？”

“是。”

“怎么拼？”

“b–l–o–t–e。”

“这该死的蠢名字到底算是什么呀？”

“我倒希望我知道。”

她对自己的名字兴趣恹恹，这令他好奇。他在画画，她坐在那里。然后她开始说话，没有丝毫改变她的姿势和语调。

“你必须一直都骂个不停吗？”

“是怎么来的？这个布——洛——特？”

“我必须承认我不知道。就是这么个词儿。”

弗洛伦斯的眼睛坚定地落在中间，正如 A.J. 所要求过的。她的表情透着深思，她苍白无瑕的肌肤，正符合他的期待。他也喜欢她的思维运作的古怪方式，还有她的回答给他的手带来的令人意想不到的微微振颤。他的画刷涂抹在画布上，不，伙计，这只是一种涂抹，但是不管任何困难，他在画布上太过用力了。冲击着他的视觉！他刚在画布上留下的——不是涂下的——一个糟糕的污点。不要告诉我这个女孩已经如此影响了他的技艺。他刮掉了一些，但是这只让一切更加糟糕了。他冲口喊道：

“你肯定有些想法！”

“我在卡莱尔的叔叔约翰是最早这么叫我的，据说。”

“呃，我个人非常想知道你为什么会被人这么叫，所以，去问他。”

“这很困难。他已经死了。”

她微微摇了摇头，灵敏，而透着得胜的感觉。

“抱歉。”

“死得非常痛苦，我听说。”

透过倾斜的巴拿马草帽的边缘，阿尔弗雷德抬头向上看，想去看清她脸上的表情。他有些看不清：一道明亮的光自她身后射来，她的眼睛和嘴巴，还有她的座位，都陷在阴影中。

她，弗洛伦斯·布洛特，如同一尊雕像一般静静地侧坐在美腿的鞍上，穿着及踝长的外套，戴着奶油色的帽子。那个下午，有一种感觉一次又一次地撞击着阿尔弗雷德：这位卡特－伍德小姐，和他曾经认识的一个女孩一样适合入画。不，她更加适合！她可以缔造出多么令人陶醉的画啊！他在诺维奇没有遇到过这样的人，在加利没有遇到过，在伦敦没有遇到过，即便是他在巴黎画室中看到的丰满的裸女也没有令他的手指产生比这个超然的女人——弗洛伦斯——引发的激情更多。

这种超然是她的天性，还是故作镇定？

好问题，A.J.！

不管是哪种，她都迥异于纽伦的那些脱衣舞娘或是精力充沛的渔夫妻子们，她们总是戴着黑色帽子，穿着黑色的围裙，成群结伙地站在房子外面；她也迥异于穿着平头钉靴、对他使眼色的充满阳刚气的劳拉·奈特。这个女孩是令人赏心悦目的，毫无疑问，赏心悦目，至于她腰间悬挂的那一小束甜豆角，则引发了一种甜美的混乱，这到底是无心之失，还是一个愚蠢的反应？

好问题，A.J.！

但是无疑，她有着他所见过的线条最完美的鼻子，可爱的下巴也是如此。还有完美的手，我们正在研究它。但是——问题是，当热辣的夜幕降临，玫瑰的气息弥漫，她的衬裙是否也会变得缭乱？

她会吗？

他放下画刷。现在是来上一小段赫里克[1]的时间了。是的，他能够感觉到有一小段赫里克正涌上来。他离开画布，弯起他僵硬的手指，稍微放松他直挺挺的后背，然后对着一片空寂说道：

“罗伯特·赫里克。”

她扭头望向树林。

“有人要来吗？你应该提前告诉我的。”

“不。我是说‘罗伯特·赫里克’。他是个诗人。”

“噢。”

“他养了一只宠物猪，赫里克养的。”

“真的吗？”

“还训练它从大酒杯里喝酒。他父亲自杀而亡。”

“我得说我并不惊奇。”

“不，赫里克一出生他就自杀了。在猪的事情之前。不过，听着，布洛特，听着，你找不到更好的了。”

“我要下来吗？”

“不，花不了多长时间。就听着吧。保持现在的姿势，认真听每一个词。”

裙衫甜美的凌乱
引燃衣裳的狂欢
肩上轻盈的围巾
披露出微妙的散漫
不安于室的罗带，四处
蛊惑猩红的胸衣
袖口疏忽职守，因而
丝带紊乱飘垂着
迷人的浪，引人注目

[1] 罗伯特·赫里克（1591—1674），英国抒情诗诗人，他的作品富于感性而简单，被认为是英国骑士派诗人中最伟大的诗人。

在汹涌的衬裙里翻腾
粗心大意的衣带，萦系着
野性的文雅
这些对我的魔力，远胜
一切中规中矩时

“你念得真美。”她说，“我喜欢最后几行。你愿不愿意再念一遍？”

他照办，她表示感谢。

“不，应该谢谢你认真倾听。更重要的是，这些诗句说得是千真万确的。你从方方面面证明了他们的正确。”她笑了，点头接受这种恭维。

“显然你特别喜欢诗歌？”

“我自己也写诗，如果你喜欢的话我可以为你写一首。”

“真的吗？你真的写诗？”

“绘画也是写诗，而写诗便是我在头脑中绘画。这幅画便是一首诗，是我所写过的最好的诗。”

他看着骑在马背上的弗洛伦斯，无法揣测出她的想法，然后充满期待地搓了搓手。

“那……还是回来工作吧。回来面对这个有一个谁也无法理解的名字的马上的女孩吧。”

“我记得你说这匹马叫作美腿？”

他顿住了。

有一瞬间，他被她的话搞懵了，然后便理解了。

“什么？噢，我明白了……总是搞不清楚语法之类的东西。”

美腿站在木屋旁边，非常靠近穆宁斯的画室，从这片空地，向另一个方向望去，能够看到磨坊的一部分。大多数晚上，在临睡前，阿尔弗雷德会带着塔菲漫步至此，倾听水花飞溅的声音。那声音令一切都截然不同，令一个男人找到归属的感觉。

弗洛伦斯调整着自己的帽子。

“不要动！”他咆哮道。

她头上的树叶沐浴着阳光，光线被反射到她的帽子上，将帽子映衬成几乎纯白的颜色，光必须得捕捉下来，现在就捕捉下来，他不可以错过，那光照射到她帽子上的感觉。他的眼睛上上下下，从她的脖子到她的袖口；前前后后，从一个光点到另一个光点。他走笔如飞，挥洒着绿色，黄色，白色，赭色，再多些蓝色，就……够了，不能再多一分，光线触手可及的感觉，几乎能够触摸到——她帽子下的棕色，如果他把那里涂白会更有益处……更加强烈，更加饱满……至关重要的是……

他嘟囔着，喃喃自语。

然后，视线没有离开画布，他问道：

"乔伊现在是个好孩子吗？"

"你是问他是不是去上课？"

"还有别的事情。你的头再向后侧一点。"

"像这样？"

"是的，对！"

"你显然听说了乔伊在逃学。"

"是的……还听说了他的台球。他……享受生活，你哥哥。他现在在干什么？在翻腾的浪花中看着他的美人们，是不是？带着他的凿子和牡蛎刀在外面？"

她不喜欢这种自以为洞悉一切的腔调。

"我真不知道。噢，他太烦人了，他会毁了一切的。"

"怎么毁？"

"他会牺牲掉我，我知道他会的，他会牺牲掉我，就为了去挖出一些潮水带来的东西。"

"呃，我们不能接受，是不是？你不能被牺牲掉……把手放低一点……袖口不太对。"

现在，仿佛那匹马也感染到了骑在它身上的人的镇定之风。阿尔弗雷德知道他不能错过这一个，这是一个飞扬的起点，尽管他可能需要再鞭策她一些，让她绕过拐弯处，走入大路。

"跟我讲讲你的家庭，再讲讲你自己。"

"我父亲在伦敦有个酿酒厂。"

“一个酿酒厂？”

“我们家在卡莱尔。”

“一个酿酒厂？那你最好让我远离它。”

“为什么？”

“为什么！”他吼着反问。

“因为你喝得太多？你是这个意思？”

A. J. 将双手肆无忌惮地背在屁股上，把画笔叼在牙缝间有一秒钟，就仿佛一个正在进攻的海盗停下来喘上一口气。她是个了不起的女孩，这个女孩了不起。一个看起来了解自己的能量的女孩。他感觉到血液爬上了自己的后脖子，他把画笔从嘴中拿出来。

“是的，我就是这个意思。我饮酒无度。这还好吧？”

“不过这和我没什么关系，是不是？男人们有自己的选择。”

他心中一部分的自我想要猛烈地攻击她，但是他需要她保持原样，待在原地，所以他点了点头，充满了悔恨的意味。

“不，不，你是对的。”

“我们在西洛斯还有一栋房子。”

“从来没有听说过那里。”

“呃，就在那儿，就在索尔威湾上。”

“从来没有听说过那里。”

“卡莱尔呢？你听说过湖吗？湖区？”

“华兹华斯[1]，他是个好人。这么说，你们是有钱人了？你给我的感觉是个有钱人。”

“是的，我们是。这不惹人讨厌吧，我希望？”

“不，不。”

“真好。”

他又开始画画。然后，他感到他的胸膛中开始鼓胀出一种充满竞争的骄傲，越来越强烈，几乎要炸开。

[1] 华兹华斯曾经长期居住在湖区，有湖畔诗人之称。

“我没钱，但我会变成有钱人，会很快。今年我已经卖掉了十幅画了，是住在这里的人的两倍多，包括劳拉，不到一个月之后我就要办一场画展。”

“我听说了。”

“听劳拉说的？你是从她那里听说的？是从劳拉那儿吗？”

“当然。她总是说你说个不停。不过我发现每个人都如此，劳拉，乔伊，吉尔伯特，每个人。”

“但是哈罗德不是吧？”

“哈罗德也是这样。”

此刻，他走笔如飞。他就是康斯坦布尔。

“在莱斯特画廊。我在那里展览。在莱斯特广场。”

“真的吗？我对那家画廊很熟。我和乔伊去过。”

“那好，下个月再去，你会看到阿尔弗雷德·穆宁斯的作品。”

“你会出名的，我看得出来，这一点毫无疑问。”

他需要鞭子。

“噢，安静地坐着！你表现得很好……是的，这样更好点。别动！我说了。那，那，你父亲把你们俩送到这里来，把你们赶出他的手掌心？”

“我父亲？不，我是自己决定来这里的，我想来。”

“但是他允许了？肯定是的。一个像你这样的女孩不可能跑来这里闲逛的吧？除非……是……不，你不是那种超前的女孩，不是吧，你？”

“我是必须有爸爸的许可，任何事情都需要，当然。所以，对我来说，这需要说服他。但是我不想……被埋没，如果你是想问这。”

“没听清，”他说，“说什么？”

“没什么，不重要。”

空地一片安宁，天空柔软温暖。他们能够听到磨坊的风车转动的声音。

“因此，你不是那种超前的女孩……穿着飘逸的丝绸衣服，读些自己不懂的书，头脑简单，给裸鸡弗莱作画，就是那种勾当。不是吧？真好，你不是！”

“显然不是。”

她的帽子为整幅画添彩。一切变得栩栩如生。加油，阿尔弗雷德，加油。画布之上的她就如同坐在美腿之上的她一样鲜活。他让光顺着她的外套射下来，移动起来，他正在做自己想要做的事情，今天，就在这片空地，他成为了康斯坦布尔。康斯坦布尔不是曾经说过吗，最美的风景绘画是自然科学的一个分支，这些树是一种永恒的生命，而非一种短暂的存在，这图画并非是哲学实验，你的整体身体都是鲜活的，与整个世界息息相关，和着尘世的韵律，他的身体紧张而又柔软，因那画作而鲜活，散发出一种充满能量的喧嚣，他知道这是他最好的作品，是一把熊熊烈火，这一切都理所当然，因为——好吧——

因为还有哪个女人坐在马上会更美？自有女人以来，自有马以来，还有哪个对马不那么热爱的女人能够在马上安之若素，恬然如斯？他们就是一体。他们就是为彼此而生。

“不过他让你来了康沃尔，因为在这你能够平安无虞？”

“是的。”

A.J. 抬起头来看她。在太阳的照射下，他的眼睛闪着光芒。

“而且能让你远离那些惹人厌的人？”

“我估计是这样，嗯。”

他咧嘴一笑，说：

“但是这个计划并没有成功，不是吗？”

“怎么没有呢？在这有谁不讨人喜欢呢，除了奈特先生？”

犀利！实在是犀利！ A.J. 放声大笑，他已经有很长时间——好吧，是有一阵子没有这么笑过了，上次是在狐狸和葡萄酒馆里面看到那些可怜的大学生的脸。可怜的老哈罗德。是的，这个女孩有几下子，这个现在坐在他面前为他当模特的女孩完全就是一匹能拿下冠军的小雌马，是一个能令人完败的调皮的小姑娘。但是他没笑几声便戛然而止，因为这个时候，塔菲，他那条该死的狗，因为主人的放声大笑也极度亢奋，从畜栏里跑了出来，边跑边吠，沿着小径狂奔。这让美腿不安起来。更重要的是，这搅乱了整幅画。A.J. 丢下画刷，追赶塔菲，如果他抓到这只小猎犬，他会狠狠地揍它一顿，用尽全身的每一分力气，只是他觉得自己必须有所收敛，因为那位犀利的模特正在密切地关注着他。塔菲用尽办法躲避着他，他跟在它身后，疯狂地兜着圈子。每一次 A.J. 低身去抓它，小狗都突然间猛地转身。

面对这场追逐，弗洛伦斯泰然自若，丝毫不为所动，她从马上下来，走到那幅未完成的画作跟前仔细端详，她研究着点画效果，研究着线条的交叉，研究着斯坦侯普·弗波斯昨天刚刚讲过的形式和技巧。可能，她可以从阿尔弗雷德·穆宁斯这里学到更多的东西。或者，最好的方法就是同时跟他们两个学习？她是不是可以如此花掉自己整天的时间？

“塔菲！过来！嘿，嘿！你这小杂种！”

对这个亡命之徒进行了五分钟充满羞辱和挫败的追逐后，穆宁斯最终抓住了狗，把它带了回来，基本是一路拖回来的，小狗的身体在地上跌跌撞撞。

“安静下来……你这小流氓……你这小杀手。”

弗洛伦斯的视线缓缓地离开画作，看向小狗。它并不像杀手。

“它不是杀手，对吧？它多可爱呀，做不了杀手。”

“它就是杀手。看看它的眼睛，你就能看出来了。看看它的眼睛。”

“眼睛怎么了？”

“有点像彩色玻璃。这双眼睛能够告诉你一切。”

她弯下腰，轻抚着小狗。她看着它的眼睛。

“我不信你。它的眼睛透着无限温柔。”

“你愿意信什么就他妈信吧。”穆宁斯还有点气喘吁吁。

“很多事儿都是你编的，我肯定。”

他的眼睛已经准备去直视她，但是控制住了。

被她纠正，甚至是被她羞辱，都感觉十分特别。

“去年一月，有27只小鸡，在早饭之前都死了，每只小鸡，都让我损失惨重。塔菲，是不是你？”

“是真的吗？”她问小狗。

“好吧，17只小鸡。17只，成了吧？你总是这么扫人兴吗？”

她走开了两步。

“狐狸的故事是真的吗？那只狐狸真活下来了吗？”

他拿出大大的彩色手帕，擦着前额上的汗水。

“啊哈，你听说了！”

“我很高兴你救了那只狐狸，相当相当高兴。”

“那只狐狸也高兴。”

她笑了。

是的，她令人赏心悦目，而且犀利，而且是如此沉着镇定，戴着手套，站在空地中，站在他面前。艺术就是艺术，人就是人，而当艺术是人的时候，确实是最好的状态。

“我有一次杀了一只老鼠。”他扭过头去点燃了一支烟。

“用鼠药？”

“不，在芦苇丛中，一枪打得它四分五裂，血肉横飞。砰！”

“你后悔吗？你确实后悔，告诉我你为此后悔。”

“是的，那实在太可怕了，太可怕了。但只是因为我离它太近了，没有别的原因。”

“再跟我讲些别的事情。”

他拿起画刷，看着她。

“嗯。”

“你觉得吉尔伯特·伊文斯杀过人吗？”

“吉尔伯特！”他笑了。

“你觉得呢？”

“吉尔伯特？他是地球上最温柔的人，最好心的人，绝不会伤害任何一个生命。”

“但是他之前在南非打过仗，所以他可能杀过人，不是吗？”

“那不一样，那不能相提并论。战争就是战争。”

“噢？就那样，是吗？”

“他如果杀过人你会高兴？”

他看着画布，收束心神，提醒自己所处的地方，准备继续创作。而这个时候，弗洛伦斯走开了，边走边拉了拉自己的手套。

“很抱歉，但我现在得走了。”

“走？现在？”

“对。”

“但你不可以走。现在不行！做点有用的事儿，坐到马上去。”

“我坐得发麻了。而且我还有自己的作业要做。我不可能同时身处画架两侧，不是吗？”

他一副凄楚的样子，摊开手，祈求着。他能够听到自己说话结结巴巴，他能够听到声音从自己口中一个一个地砸出来。

“但你看……我就快完成了……我正准备大干一场呢……该死的，你不能走！”

但是她能。她走了。

她顺着印着车辙的小径向磨坊走去，以一种不急不缓的步子。

他追上去，对着她的肩膀说：

“明天……可以吗？可以吗？或者下周？说可以。”

“可以。”

“什么时候？”

“下周。”

“好的，好的，下个……周二，好不好？周二？或者周三？周四怎么样？”

“周二。”她扭头看着他，“下午。如果天气好的时候，下周二下午没有问题。”

“我骑马去你们的木屋接你还是在这里等你？好的，就这么定了，我骑美腿过去接上你。你会喜欢的！”

他注意到自己的声音听起来有些不太一样了。而她的一如既往。

“没必要，谢谢。我和乔伊走过来。然后他可以在这儿看你画画，跟你学习。是的，这就是他能做的事情。”

“但他不会待在这的！他有自己的事儿的。”

她的脸上有一抹暴躁的神色出现而又转瞬即逝，但是那神色清楚无误。她迅速握了握他的手，然后穿过树林，渐渐远去的奶油色外套消失在一片青翠之中。

万能的上帝啊！

阿尔弗雷德转脸看着塔菲。

“这都是你的错，你这个该死的愚蠢的蠢笨的禽兽！你听到我什么了吗？”

小狗谨慎地向后一退，躲过了他挥来的拳头。

斯坦侯普·弗波斯

“今天所有人都在模仿巴斯琴－勒帕热，而巴斯琴－勒帕热似乎像所有人一样作画。”

也许巴黎不知道是该追随莫奈还是巴斯琴－勒帕热，但是纽伦有确定无疑的精神领袖：斯坦侯普·弗波斯。既受到艺术家的敬重，也受到渔民的热爱，自1884年开始，斯坦侯普·弗波斯便是一切的中心，是纽伦团体的核心和凝聚力。1899年他创办了他那富有开拓精神的学校，那时，整个镇子已经成为了英国的孔卡尔诺[1]，挤满了老老少少各个年龄的画家。

“教授”在三间木头画室里给学生上课。三间木屋总是挤满了画架和站着的学生，而弗洛伦斯·卡特－伍德通常都是第一个到教室的，脚上还带着走过保罗山时沾染的绽放着彩虹色光芒的露珠。她通常也是最后离开的。

她神采奕奕地走在铺着卵石的角落中挂满画的街道上，顺着陡峭的窄窄的小路一路向上，向教室走去，画室居高临下，俯视着下面宽广而忙碌的海滩。早晨，她向那里走去的时候头一直扭着。老人们从嘴里拿出烟斗，用他们蓝灰色的水汪汪的眼睛一路追随着她。他们很少见到她这样的人，在纽伦并不常见。很少有这样走路的人。很少有梳这样头发的人。

在拥挤的教室中，虽然压力巨大，但是弗洛伦斯散发着一种静谧，营造出一片属于自己的空间，以专注创造出一顶光环，一条静默的护城河。上午过半，教授——现在已经五十出头，发现自己站在了她身后。她知道，斯坦侯普·弗波斯的一个字就能够让她飞上天。同样，一个字也能够让她沉入谷底。通常，他什么都不说，用他不休的动作和不成调子的嗡嗡声让她心神不宁。在星期六，对于那些足够大胆敢于面对的人，他会发表他的“批语”。

第一间木屋是他为初学者设置的，他们照着石膏模型画画。有些人仅止于此，除非把自己豪华的精梳棉长袜露出来，乔伊也可能面临着这样的命运。在第二间屋子，也就是弗洛伦斯所处的教室，是活生生的模特，不过是穿着衣服

[1] 法国的一个海港小镇，旅游胜地。

的。如果天气允许的话，他们会到户外去。“走出门来，出来，快点。”教授催促着大家，有些时候会提到巴斯琴－勒帕热的名字，“当命运召唤的时候让眼睛进点灰又有什么关系？”

而裸体模特在第三间教室中。漂亮的本地女孩太过羞怯，无法摆出伦敦的大多数裸体模特都能摆出的姿势。只有最有天分、最勤奋刻苦的学生才能够进到第三间教室。在新生后面来来回回走动观察了好几个星期，欣赏她的画作（她的脖子还有她头发的颜色），教授认定卡特－伍德小姐天赋异禀，而且勤勉非常。不过，他清楚自己这次可能比过去感情用事，于是便向妻子伊丽莎白咨询对卡特－伍德小姐的作品的意见。很快他们就达成一致意见：弗洛伦斯依靠飞扬挥洒的颜色通过了考评。

就在教授告诉她可以升入第三教室的时候，弗洛伦斯感到无比荣光，同时也非常焦虑。除了镜子中的自己，她从来都没有见过一个裸体。

充血的眼睛

阿尔弗雷德看着那幅画，想要激起不到五分钟之前他所有的感觉。五分钟前，他是康斯坦布尔，正在创作杰作，他是约翰·西尔·科特曼[1]，他是神。但是他指尖的音乐已经悄然而逝。现在的他只是一只愠怒的公牛。这很难，太难了，要重拾当时的情绪，要回到他的画作当中。她怎么能够就这么飘走了呢？他的女主角，就这么戴着手套，仪态万方地飘走了？她怎么敢这样！他心中的怒火油然而生。确切地说，愤怒牢牢地攫住了他。他要把那幅该死的画剁成碎片。他拿起他最锋利的一把刀，缓缓走向画。他犹豫了。他把刀子扔到一边，拳头猛砸向自己。他向狗跑过去，抬脚就踢，只是这次狗反应迅速，又逃过了一劫，他一脚踢在了地上。

没有办法继续下去了。

[1] 约翰·西尔·科特曼（1782—1842），英国水手，画家，作家，诺维奇画派的领军人物。

他把头埋在手里。

不，这不可能。只有脆弱的人才会放弃。你只不过是遭遇了一天的挫败而已，不是永远。他在空地中踱来踱去，眼睛盯着一片绿色，想要将自己的愤怒发泄出来。他希望全世界都能听说他的画作，不是吗？就像是诗歌，就像是爱伦·坡，就像是赫里克，就像是海华沙，能够唱遍每一个画廊。为了让这一切成真，他必须要坚强，他必须要更上一层楼。

那就不要再这么瞎晃了！

一刻钟之后，他捡起画刷，开始勾勒背景中的树的骨骼和血肉，她可能不在了，但是树一直都在，这些英国的树，始终都在。

塔菲躺在主人的脚下，快乐而安全。

阿尔弗雷德得到了回报。那个星期二天气晴朗，弗洛伦斯和乔伊如约准时来到了他的画室。他本来以为她很可能已经厌烦了，他这么想着，但是转瞬便听到了他们的声音从空地传来。他一跃而起，跑下门外的木头台阶，伸展着胳膊表示欢迎。

兄妹二人都面色红润，透着健康的气息，乔伊背着帆布背包，而她，令阿尔弗雷德高兴的是，穿着上次穿的那件衣服，戴着上次戴的那顶帽子，这又一次显示出她不像其他女人那么愚蠢。她除了能够坐在马上当模特还会思考。她甚至梳着和上次一样的发型。噢，天，她都想到了。

他领着他们走上台阶。

“进来，进来，我来替你拿外套，就一会儿，一小会，乔伊，抱歉这乱七八糟的……你知道我就是这样，自己找个地方坐，把那些挪走。”

乔伊从椅子上拿走一些画。他注意到阿尔弗雷德仔细地梳洗过，头发梳得一丝不苟，靴子打过油。不止如此，他还情绪饱满，热情好客，不断地让他们吃这喝那，姜汁啤酒，葡萄酒，各种东西让来让去。他几乎都是在强迫他们吃了。幸好，顺着悬崖小径一路赶来，他们两个都饿了。

“吉尔伯特不在吗？”乔伊问，“我最近没见过他。”

“大忙人，我们的吉尔伯特。”阿尔弗雷德说，“我很快也要走了。”

“去伦敦，为了你的画展，我听说。”乔伊说，“真了不起。”

“不，在那之前，前半个月。我要上路。自己去。”

弗洛伦斯第一次开口讲话：

“你自己上路？去画画？”

他直直地看着她。她注意到他的眼睛充血。他注意到她有些苦恼。

“一直都是如此。”他说，“我必须一个人。”

“哦。”

“一直都是这样，好吧，也不完全是我一个人。我带着滴答和塔菲，有它们陪着，我从来都不会觉得孤单，它们就是我所需要的。还有我的画，还有阳光。”

“不带美腿？”她抿着姜汁啤酒问道。

“不。不带美腿。”他回答，大笑着。

“你住在哪？”乔伊嘟囔着问道，他的嘴被蛋糕塞得半满。

“四处为家……酒吧，谷仓，需要就睡。床是我最不操心的事情。”

“你是已经觉得拉莫纳无聊了吗？”

“布洛特！你真是的！”乔伊向她投去不赞成的一瞥。

“不，问得很好。是的，我经常觉得无聊，但是有点脑子的人谁不无聊呢？有些天我无聊得想吐，你们不是这样吗？拜托，说老实话。”

弗洛伦斯用手转动着玻璃杯。乔伊站在一片静默之中，望向窗外，他的徒步鞋走在木地板上，咔咔作响。外面一切都准备就绪：美腿被拴好了，沾满油彩的画架已经架起，只等着画布。画架之旁还有一桶水。

那幅画在屋内，靠在画室的墙上。又一次见到这幅画，弗洛伦斯心中一震。有些东西不对。画面已经很丰满了，不是一个粗糙的轮廓。上周的时候，她的帽子和外套已经完全完成了，但是现在她根本没有看到帽子和外套，只能看到她肩膀的线条。一切都已经完成，但是她消失了。

A.J. 看到了她的诧异。

“是的，我把一切都改了。感觉不够好，不够级别，弄了整夜，好吧，其实，不是整夜，但是差不多整夜，一直到早上五点，我一点都没有夸张，我是在五点才上床睡觉的。”

他结束的时候透着怒气。

“不过天空很美，”他接着说，“那很不平常，天空，那是我的飞来横财，你们也许会说是意外收获。那天空。”

弗洛伦斯走近那幅画，心中依然因为他做出的草率而不可挽回的决定而震惊。除了失落的她自己以外，背景上原本浓墨重彩的树现在也变成了一片空白。

“你能画画不用模特？”

“只要我把它印在脑子里，就能，我已经画了很多画了。不过我必须多画。”

他解释说。没过一秒，她更加震惊了。她看到了八九幅她的画，从各个角度画的她的脸，她走路的样子，她的站姿，她扭头时候的脖子和肩膀。

“但是我很多年都做不到这些。那得花上几年，那种技巧，不过我没有必要跟你讲这些，你自己就是个画家。”

“所以，我今天没必要来？”弗洛伦斯的笑透着安定的气息。

不假思索的回答从A.J.干哑的喉咙中冲出：

“当然需要你，我亲爱的姑娘！”

“但你显然已经把我记在记忆中了。”

他一跃而起。

“看，我讨厌谈论艺术！”他跺着脚说，“谁都能谈艺术！裸鸡弗莱总是谈艺术，咱们废话少说，言归正传，老天帮忙，咱们结束评论吧。”

A.J.拿起画布和拿得动的所有杂物向外走去。乔伊把背包甩到背上，拿起了剩下的东西，然后看着外面一切准备就绪的空地。他看着他帮助她蹬上美腿，非常殷勤。他看到他给了马一块糖，然后将弗洛伦斯的衣服下摆摆出他想要的模样。他看着他非常用心地举高手，拉了一下她的帽子，然后让她看着同一棵树的同一根树枝。对一切细节都心满意足后，A.J.摆开架势，仿佛击剑客一般，打量着她，弯起胳膊，开始工作。

“那我走了。”乔伊说。

他妹妹和画家都没有回答他，任由他一个人离去。弗洛伦斯唯一的动作就是挥手赶走了几只苍蝇。栖息在栏杆上的一只乌鸦看着一切。

由于对这一切和自己都充满不满，乔伊离开了，他不愿意一个人无所事事，因而希望能够在吉尔伯特的办公室找到他。

乔伊缓缓地走着，偶尔停下来看看磨坊池塘中的鸭子。有些刚刚放学的孩子，从他身边跑过。他四处闲逛，吸着烟斗。到底他因为妹妹的什么而如此斤斤计较呢？他一直都如此疼爱这个妹妹，一直都盼着她来这里和自己团聚的呀。她的表现是不是有些不同，一种他难以搞清缘由的不同？是不是因为她有史以来第一次纯粹地做自己，远离家，远离爸爸的监控，远离家庭生活的束缚，突然间进入这些古怪的人当中，比方说空地上的那个A.J.？

不去想得更多，他们两个人都在调整，准备进入生活的新阶段，这充满诱惑，但是得抵抗。比方说，他无法忘记她讲述铁路上的意外的方式。当然，从某种层面上说，一个人在面对这种惊恐的事情时绝对一无是处，真的，他当然也不希望她冷漠无情，不动声色，但是她对待这样的意外的方式，她谈起这样的恐怖事件的言辞和举止，肯定暗示了她对待生活的态度吧？

她都说了些什么呢？他尝试回忆当时她满脸的沉默和她所说的确切话语。

“肯定把你吓坏了。”他说。

“其实没有，”她说，“我只是等着火车开起来。”

当时乔伊已经迷迷糊糊，这句子凭空而来。此刻他看着鸭子这句话又浮上了心头。这让他困扰不堪，摸不着头脑。他将一根火柴丢进池塘中，看着火柴随着鸭子游动而漂来荡去，仿佛一只晃荡的孤舟。

那第一个晚上，当他沉迷于A.J.背诵《乌鸦》的表演时，布洛特悄声问他觉得这么一首奇怪的诗是否值得费尽所有力气记下来。好吧，A.J.是个有点人来疯的爱吹牛的家伙，有时候他会尝试耐心下来，但是他的心就像是一个桶，这种评论不值得他了解钟爱的布洛特说出来。

乔伊向着海湾走去。一场暴风正绕着里扎德而来，他把背包放在防波堤上，看着正在扩张的风。

而事情更奇怪的是，在刚才去见A.J.的路上，她表现出了前所未有的神采飞扬。她带着充满骄傲的口气告诉他她已经转去了第三教室，这暂时缓和她因他缺乏长进而生出的愤怒，但是一到A.J.面前，她就变了。是受其影响吗，还是她无法自控的东西？他向着扑来的海浪发问：她不能控制自己吗？

是吗？

“乔——伊！乔——伊！”

是吉尔伯特·伊文斯正从山下骑车而来，骑得飞快，来不及挥手示意。他如果稍不小心，他的前轮就可能撞上防波堤底部的小排水沟，将他自己扔过车把。乔伊一下兴起，从堤上跳下。

“吉尔——伯特！好呀！稳住！”

外套现在好了。帽子好了。马好了。充足的光线照射在马背上、马腰上和鬃毛上。他必须承认，他真的很满意这匹马。那纤细的树干，她视线的路径，美腿拢起的耳朵，倾洒在它后腿和臀部上的阳光，所有这一切都恰如其分，变幻的光线和树木投下的阴影都恰如其分。“不论是谁说没有捷径，”阿尔弗雷德自言自语，“他都说了再真不过的真话。”那介于温柔的触感和密集厚实的质地之间的张力，正如他天亮前所想的，而枝叶的交错纵横令这幅画有了一种他喜欢的鲜活感。

科特曼，克罗姆[1]，康斯坦布尔，还有……穆宁斯。

他应该与他们比肩而立。

他现在已经非常疲惫。他的眼睛刺痛，他的背酸疼。他的痛风到了有史以来的最严重的程度。也许，他每天拿香槟和野味派潦草应付的早餐，并没有给他带来什么好处，反而令他年纪轻轻地就患上了痛风，说出来都丢脸，在他此刻用心工作的时候让他难熬。他缓缓地向后退了两步，差一点落脚不稳，踉跄了一下。他稳住自己。看着他又一次细看那幅画，弗洛伦斯断定他喝了酒。他又向后退了半步，再次端详，然后又向左一步，再向右一步。他把头歪向一边，然后又歪向另一边。

就这样。

现在，阿尔弗雷德——

现在到了最麻烦的一个问题了。所有麻烦问题当中最麻烦的一个。这幅画对吗？他心底的批评家会怎么说？也许左下角的细节需要再丰富一点。现在那里有些模糊。也许她的右手没有被完全捕捉下来。好吧，那些很容易被修正。

“很容易，笨蛋！”他大声喊道。

任何事情都不容易，任何事情都不会比润色一件已经接近完成的好作品更

[1] 约翰·克罗姆（1768—1821），英国浪漫时期代表的风景画家，诺维奇画派主要画家。通常被人称作老克罗姆，他的儿子约翰·博纳·克罗姆也是一个画家。

容易的了。但是主要的问题是：整体的效果有了，一个漂亮的女人骑在一匹漂亮的马上，背后是漂亮的背景。艺术就意味着将真实的生命捕捉到画布，而且要捕捉得很漂亮，不是吗？而且他想好了画名。《晨骑》。是的，就叫这名字！

“真是天生绝配。”他说，没有看着她。

他是指画家和模特，还是模特和那匹马？

她不会问。

“我很高兴……你喜欢。”

“你们在一起真是完美。”

啊哈，是这样，模特和马。她的声音中含着一丝微微的愠怒。

“如果画完了，我能下来了吗？”

“下马？对对，你可以，可以。”

他帮助她下来，将手环在她的腰间，轻轻地帮她落地。一切如此轻松，这第一次触碰。她是如此轻盈。她脱掉外套，他能感到她的气息扑面而来。她背对着他，整理着头发。他意识到事情需要他的帮忙，他站在她的身后。她能感觉到他的呼吸。他站在她身后，一切的感觉和斯坦侯普·弗波斯站在她身后是如此不同。截然不同。他开口说话，带着一丝自我揶揄、保护的声调。

“华丽地完成了，是不是？”

她没有即刻回答。她的目光停留在画上，但是她的脊椎能够感受到他的存在。她看着画中的自己，只看着自己，她知道自己正看着自己。当她扭头面对他和他充血的眼睛时，她的嘴唇带上了一点蓝色。

“是的，我非常喜欢。”

“你还好吧？”

“嗯。”

“你不好，你看上去不好，进去坐会儿吧，求你了。”

“等一下。如果你不介意，我想多看一会儿。我能够从你身上学到好多。除非你介意？”

“介意？介意？我怎么会呢？现在都结束了。现在到了批评的时候了。”

他感觉自己笨手笨脚，眼睛刺痛，衣服领子也紧绷绷的。他把画刷收好。他拍了拍美腿，好姑娘，他又拍了拍塔菲，好小子。好姑娘，好小子。

弗洛伦斯上楼见他的时候，他正在他的矮脚椅中，伸展着四肢，腿分得很开，眼睛紧闭。他是一个能快速入睡的人。她踮着脚尖走到空着的椅子边，大气都不敢出。他在椅子中不安地挪动，头以一个别扭的角度向后垂着，他的脸冲着天花板。她看着他突起的喉结，看着他脖子上没有刮干净的短胡楂。她看着他的靴子，他紧绷的裤子和伸展着的长长瘦瘦的腿。她尝试不去看那隆起的地方，但那似乎是他身体的中心。她从来都没有见过爸爸或是乔伊这个样子地坐着，即便是在最放松的时候，一次都没有，坐得如此……开。不过，不久她就必须学习去面对和研究裸体。那会比这更加糟糕！

她感到胃中一阵翻动。她看着自己的手，然后又看向他突起的部位，然后又把视线投射到地上和墙上的各种画作。

“没有睡着。”他说，让她差点跳起来，“只是休息一下眼睛。”

“我希望我没有吵到你。”

“没有人会在你的陪伴下睡着。”

“如果吵到了你我很抱歉。”

“不——不……那么，我们……”他的眼睛依然闭着，“这一天结束了。”

“是的，的确是。”

“两个画家和一个批评家。”

从她所坐的位置，她能看到七幅她自己的画，依次排在地板上，是弗洛伦斯的七张脸。

“我不会说我是个批评家。”

“那你喜欢吗？我是说那幅画。那幅肖像，美腿上的布洛特。《晨骑》能通过考验吗？”

“晨骑？”

“可能选用的名字。”

“名字不重要，不是吗？重要的是画……那画很了不起。”

“是吗？”

他睁开了眼睛。

“真的。”

她的声音圆润而透着暖意，比他过去所听过的更加圆润。

他稍微动了动，微微有些不安。他的椅子吱嘎作响，发出一阵呻吟。她感到一丝恐惧。他轻快地摆了摆右手，然后一种精疲力竭的姿势将手从自己面前滑过。

“跟你说，布洛特！”

“你要跟我说什么？”

“我能够展现出很多我无法言传的东西，你的专家级的目光有没有告诉你这个？”

“我不是专家。”

“天杀的专家，用你的眼睛，天杀的专家，忘了我用过这个词。”

他坐起来一些，但是身子依然是向后仰的，他的胳膊肘还摊在椅子上，腿依然保持着原来的姿势。他问道：

“那，你还看过哪些好画？”

“我非常喜欢雷诺兹和根兹伯罗[1]。”

“雷诺兹和根兹伯罗！你喜欢他们？我也是。看，你就是个专家，你是一流的裁判。”

“我怎么就是了？”

“根兹伯罗也是萨福克人。”

“那重要吗？”

“是的，是的……你的目标肯定是要成为像根兹伯罗一样好的画家，或者比他更好的。”

“是的。”

“真好！现在……跟我说点别的。”

他们不安地对视。他拍了拍自己的靴子。

“乔伊会来接你吗？”

“我真不知道……我们没有计划。”

“他离开得很仓促，不是吗？应该是有约了……我敢说。”

“你是什么意思？”

---

[1] 托马斯·根兹伯罗（1727—1788），英国肖像与风景来画家。

“没什么。”他咧嘴一笑，“没什么意思。”

“咱们去散个步吧。”弗洛伦斯建议道,她直接站起身表示对这个建议的强调。

他还在椅子中，狂乱地舞动着胳膊，仿佛正在定位康沃尔所有的小路、悬崖和池塘。

“出去转转，你是说……如果你喜欢的话。如果这是你所想的？女人心，真是猜不透。从来都猜不透。”

“但你累坏了。”她说,“你就待在那里吧……我要走了。我觉得我该走了。”

“胡扯。”

他猛地站了起来，几乎一个踉跄，他搓了搓脸，然后透过窗户向外望去，看到两个村子里的小孩正从小径上招摇地冲下来，向着美腿丢小石子。他冲他们大吼，三步并作两步地跳下台阶，去追他们。带着一抹肯定接受的微笑，弗洛伦斯扣紧了外套的扣子，仿佛是在说，原本可能会更糟的。

他在门外台阶下面等着。她走下台阶，到了他身边，说道：

“有些事情我想问你。。”

他冲她微笑。

“不会碰巧是关于我喝酒和讲粗话的事情吧？”

“不是，不是那样的事儿。”

“你不是要纠结狐狸的事情吧？”

“不，也不是那。是你在画画的时候，有时候你……”

他站在原地等待着，眉毛都挑高了。

“什么？”

“有时候你非常易怒，狠狠地刮掉一块。而且，其实……我很难不注意到这个。”

“的确，是这样，因为那一块很糟糕，要么太过了，要么是缺了些什么，就是这么简单。你为什么要问这事儿？”

“因为斯坦侯普·弗波斯说，我们应该轻轻地手握画笔，就仿佛我们正手握一只小小的小鸟，但是你经常很用力地把画笔撞在画布上，我好奇你为什么要采取使用落笔方式。这和我之前见到的一切都如此不同。”

他的脸变白了。他脸上的肌肉绷紧了。她停了下来。他指着画架旁边的柳条椅子。刚才扔石子的两个小男孩现在正在小径的尽头观望着。

“坐下。”

“我宁愿去走走，如果你还想的话，你肯定已经准备……”

“坐下！”

几只机警的乌鸦从树顶上飞走。

他抓住她的胳膊，怒气冲冲地将她按在椅子当中。他站着，俯视着她，然后蹲下身子，脸和她的脸持平。恐慌在她心底悄然而生。他的鼻子就顶在她的鼻子之上。

“你很难不注意到，哈，你想知道我为什么‘砰’地撞进画布？我为什么要用那么多颜料？所以你有更好的眼光，是不是？看着！”

她转动眼珠，只看到两个小男孩注视着这一切。她看向树。但是他抓住了她的脸，用力扭着，她只能望向他的眼睛。他紧紧地锁住了她的脸。他捏着她的颧骨，它们都要碎了。

“而且……你能看到一点不对。一个看起来特别清晰……不……实际上可能有点充血。另一个看起来有些像烟熏的大理石……但是并不是烟熏的大理石。看着！我说，看着！”

“我看着呢。”她轻声说，从他的右眼看向左眼再看向右眼。她的脸流露着痛苦和紧张。

“原因是，我……美丽的弗洛伦斯，我亲爱的……布洛特，我可爱的卡特－伍德小姐，原因是我的左眼是全盲的。”

她发出了一丝响动。

“是的，”他说，“盲的。”

她想把手罩在自己的脸上，她再也无法承受他的盯视，但是他胳膊的姿势令她无法这么做。她无法承受那攻势，他的呼吸，他的脸颊上红棕色的毛发，还有他的鼻毛。

“因此，”他移开了右手，“我会撞下去。”

说完，他抬高右手，仿佛想要扇她耳光，但是他只是将两根手指缓缓地移向了她，手指大力捏住她柔软的脸颊，她没有料到也无法抵挡。

她的心怦怦猛跳，汗水混入了她的体息。

“这一切，是因为我没有两只眼睛的视觉。”

“我看到了。”她说。

“是吗？噢，很好！”

那时候他只有二十岁，那是十年前，或是十多年前，他当时住在姑姑波莉在木耳巴顿的农场，那里距离诺维奇不远。虽然当时只有二十岁，但是他已经饮酒过度，工作过度；虽然只有二十岁，但是他已经赢得了很多奖金，被很多酒吧赶出了门。但是和波莉姑姑的狗一起外出真的非常愉快，他们一起穿过宽广的田野，他满嘴胡言乱语，给这美好的一天加冕，仿佛美好的日子应该被加冕一般，同时心中期待着回到家推开一扇黑黑的橡木门，会有香肠、蘑菇和美味的啤酒迎接他。

和他在一起的有两只大狗和一只小狗崽。阿尔弗雷德无法抵抗小狗崽。他喜欢这些愚蠢的小东西。他能够带着狗崽在谷仓里或是地里打滚儿，他的内心中就是一个孩子，一个会让小狗舔他的小孩子，甚至他内心中有那么一丝小狗的自我。这时，两只大狗发现了一只野兔，立刻追了上去，阿尔弗雷德也许喜欢追逐，没有一只活泼好动的小狗会甘落人后而不去追逐前面的快乐。他们一路狂追，穿过了一片崎岖的田地，然后又是一片，阿尔弗雷德和小狗崽尽全力跟着前面的奔跑者。

阿尔弗雷德模仿着狩猎号角的声音，这时他们遇到了一道树篱和一个篱梯。一条狗翻身过去，第二条狗也过去了。但是小狗爬不过去，它无处落脚，也没有办法从底下钻过去，所以阿尔弗雷德拎起这小东西，用右肘顶开山楂树枝，然后把小狗丢到了另外一边。

急于赶上狗们的步伐，他想迅速地越过篱梯，却没有料到那被顶到一边的山楂树枝滑过了他的手肘，他只感到有人将一根针射入了他的右眼当中。他踩着碎步转来转去，用一块肮脏的黄色手帕盖在右眼上。他咒骂着那该死的愚蠢的灌木，将树枝猛地从树上扯了下来，甚至为此把手给割伤了。

当他拿开手绢，抹掉眼泪，有一层雾落了下来。他一动不动地站着。他用手盖住右眼，左眼看着一株橡树。好吧，也差不多。而当他用手盖住左眼的时候，整个世界变成了一片透着红色的蒙蒙的模糊。橡树呢？什么橡树？他只能够听到风中飘荡的犬吠声和教堂的钟声。半个小时后，当他步履蹒跚地回到农场的时候，那片雾变成了彻底的红色。

那天晚上，在木耳巴顿村公所，他右眼上蒙着眼罩，自称为海盗阿尔弗雷德，他安然地靠在木头椅子的背上，带着合唱团唱了两首令人满意的歌。然后按照众人惯常的要求，他又背诵了一段瑟蒂斯和一段朗费罗。他没有提及那场意外，只是喝了很多很多，绝望地想要通过这样来减轻疼痛。那是他有生以来“最愚蠢的错误”。他绑着绷带到伦敦摩尔菲德眼科医院的时候已经是几个星期后了，一切都已经太晚了。

就是这样。不过，有时候在喝了一品脱酒之后，他会说："在盲人的国度当中，一只眼的人就是国王。"

过去这些年，阿尔弗雷德一直在留意其他眼睛有问题的画家的名字：丢勒[1]，艾尔·格列柯[2]，雷诺兹，特纳[3]，康斯坦布尔，惠斯勒[4]，德加[5]，莫奈……还有（他会带着自我惩罚性质的咆哮道）“穆宁斯”。

水源勘探师

吉尔伯特从他的韦弗里自行车上迈下来，将车把递向乔伊：

“想骑吗？”

“想，当然啦。”

“那就骑吧。我肯定你不会有什么问题。”

[1] 阿尔布雷特·丢勒（1471—1528），德国画家、版画家及木版画设计家。丢勒的作品包括木刻版画及其他版画、油画、素描草图以及素描作品。他的作品中，以版画最具影响力。他是最出色的木刻版画和铜版画家之一。

[2] 艾尔·格列柯（1545—1614），西班牙画家。

[3] 特纳（1775—1851），英国浪漫主义风景画家，著名的水彩画家和版画家，有评论认为是英国人最喜欢的画家。

[4] 惠斯勒（1834—1903），美国画家，在美国本土、英国和法国都备受尊敬。

[5] 埃德加·德加（1834—1917），法国印象派重要画家。

乔伊坐在车座上，脚尖刚好够到地面。他带着歉意冲吉尔伯特笑了笑，然后摇摇摆摆地在海湾上兜了一个歪七扭八的圈子，万分凶险地擦着边躲过了堆在那里等待着装船运去伦敦的花岗岩石材，然后又万分凶险地绕过了防波堤。吉尔伯特点了一支烟，看着乔伊不确定但是非常显然的进步。乔伊身上有些东西让他不只想到了萨米（和弗洛伦斯），还想到了一个来他的队上报到的中尉，年轻强壮，大方慷慨，容光焕发，心中充满希望。

“加油，乔伊。”他大声喊道。

“再骑一分钟，可以吗？”

“随便骑你的。保证动力，不要松懈，卖力点蹬，再卖力点，就这样！”

乔伊喊道：

“你能朝山上骑多远，吉尔伯特，一口气不下车？”

“比你远。”

“我打赌你不能。”

“那你往山上骑，让我看看你的腿有多强壮。”

两个男人都知道他们此刻就像两个孩子似的说话，而他们两个都喜欢这种方式。乔伊朝着斜坡猛冲了一下，刚好到了拉莫纳的比奇家上方的拐弯处，然后他到了最艰苦的一段，但是提早放弃了，他本可以走得更远的。吉尔伯特有些失望，但是依然在乔伊滑下斜坡回来的时候说：“不错嘛，你什么时候想借自行车就借去吧。”

“咱们去看看阿尔弗雷德吧，好不好？”

“好。”

“布洛特也在那儿。”

“是吗？那，换个时间也没有问题的。”

“别傻了，吉尔伯特，她今天早上还说起你呢。”

吉尔伯特将他的卡坡斯坦香烟踩熄在防波堤上。

“我真不想打扰到什么。”

“有什么会打扰的呢，他正在画她，就是如此。你这么说话真让我生气！”

“我们可以去岩塘。为什么我们不去那呢？”

乔伊小心翼翼地将吉尔伯特的自行车靠在防波堤上，扶着车足有一秒钟以确保不会滑倒或翻到。

“我是说，”乔伊说，“那个人是个天才，不是吗？咱们直说了吧，他是百万中之一。”

确实如此，吉尔伯特点头承认，百万中之一，那你想说什么？他将靴子上的淤泥甩掉了一些。

“那你的绘画有什么进步吗，乔伊？”

“咱们还是谈谈你正在做的事情吧，吉尔伯特。如果你不介意的话。布洛特总是问：‘吉尔伯特到底做什么呢？’”

“我？到底？噢，寻常的事情，老伙计，拜访佃户，收租，主要是跑来跑去的基本事务，你知道的，来来去去。知道吗，中校有 30 多个小农场，30 多个，所以我可能会用 A. J. 友情提供的第二匹马。很多农场都远离大路，彼此相隔也都很远，那就考验到了韦弗里的极限了。”

为了显示这句评价中不带任何不尊重的感觉，吉尔伯特轻抚着自己的自行车。

“你是个好骑手吗，吉尔伯特？”

“我一直都骑马，算是个好骑手吧。”

“你带着猎犬骑马吗？”

“不，小时候那么干过，但现在没有兴趣了。告诉你吧，我要去见水源勘探师，就在特雷季菲安那边……我这是第三次去见她了，我想我们终于有地方去了。”

“见她？”乔伊的声音放射着惊讶的感觉。

“是的。我一直都对这种东西很怀疑，但是自从上个星期一和她聊了一个小时后，我觉得她真是个好人。她能够帮助拉莫纳。”

吉尔伯特对人的粗糙分类是广为人知的，在他眼中，人只分为三种：可怜人，好人，大好人。乔伊发现了可以戏弄吉尔伯特的机会。

“她是怎么从可怜人变成好人的？”

“她发现了三处水源。”

“这很棒吗？”

吉尔伯特亲昵地拍着乔伊。

“你们这些画家！脑袋一团糨糊！你们这些家伙也喝水洗澡，不是吗？至少我们希望你们能如此。所以你肯定知道水对于整个地区的重要性。你想过没有，在拉莫纳居住的人每个月都在递增，我几乎都没有办法和你们所有人保持联系，我们实际上必须为农民、为画家们、为每一个家庭提供优质的水源。”他指着大海，“而那帮不上忙，是不是？”

“从来都没有想过，吉尔伯特，抱歉。”

“好吧，那就认真想一下吧，老伙计。生活并不只是画布和水族箱。”

他们肩靠着肩，望向里扎德的方向，吉尔伯特描述着他在博斯科那的日常工作。他要管理包装鲜花的人，要负责收租，现在又热衷于水源的大问题。

“我们有你在就万无一失。”乔伊开怀地笑着说。

“你一直都跟我这么说。”

事实上，吉尔伯特操心悬崖上可能建筑新房子的地点问题，操心那里的土地需要平整，操心是否能够改善那些附属的房屋，能不能将那些随机点缀在田间和海岸斜坡上的小棚子加以利用。佩尼特中校几乎看不出来住在这些摇摇欲坠的小屋或是被荒废了的小棚子中的男男女女、家畜动物的价值，但是吉尔伯特希望能够看到更多的画家的画室。他看到有这种可能性。每栋建筑花上些力气就都能够被打扫干净，可以安全居住使用？中校对这一点持怀疑态度，但是承诺只要吉尔伯特列出一份详细的财产清单，他便会仔细地审查这个问题。

“就是这样，”吉尔伯特说，“就是为了这些事情……我每天的工作。”

“我要告诉布洛特，她会着迷的。”

吉尔伯特羞怯地笑了笑。

“她会吗？我觉得都是些日常琐事。”

“不，一点都不琐碎。想象一下，一个在户外的男人的肖像，这正是她的风格。”

“也不总是在户外啦。”

“那没什么……那就水仙花中的吉尔伯特……梯子上的吉尔伯特。”

吉尔伯特爬上缺了一根横杠的危险的梯子，把头探进蜘蛛网，探出屋顶上的洞；检查烟囱，查看雨水垛口，沿着小径游走，按压石膏看有没有干透，帮助人们推陷在烂泥里的车，将鲜花装在盒子里，吉尔伯特在每一座房屋的屋顶出现，然后吉尔伯特又低身走入地窖，走入冰冷岩石构筑的世界，走入鼻涕虫和青蛙组成的世界，一步三滑。

乔伊意识到，尽管是模模糊糊的，但这是一个特别的时刻。吉尔伯特身上有太多的东西不愿意被他人了解。他就是那种男人，那种你无法去强迫的谦恭而有礼的人。

“答应我点事，吉尔伯特。”

“只要我能做到。”

“找个星期六和我们一起去彭冉滑旱冰。拜托了。我已经答应布洛特会把大伙儿都叫上。”

吉尔伯特从防波堤边走开，看到风雨正绕过海角向他们逼近。他们应该来得及逃掉。乔伊拉紧了背包的带子。

“只要我能走得开。”吉尔伯特说。

“星期六还走不开？噢，拜托，你不能一直工作。那真的好玩得要命，你懂的，特别是大伙儿都要去。”

“所有人？”

“对。咱们去看看布洛特和A.J.吧。我说服不了你，他们应该可以。”

乔伊用胳膊环住吉尔伯特，两个人肩并肩地推着自行车走上陡峭的斜坡，路上乔伊一直在游说吉尔伯特当天晚上过来一起吃晚餐。奈特夫妇会到场，多莉和普鲁登斯也会去。乔伊坚持认为吉尔伯特是劳拉·奈特最喜欢的人。

“仅次于A.J.？”

“哦，当然，但这绝对是真的，她一直变着法地对所有人说这件事。多莉也很感兴趣。”

“噢，多莉？是吗？”

“是。”

就在他们拐向磨坊的时候，倾盆大雨落了下来，这一下子令吉尔伯特那泛红的脸颊冷了下来。他们躲在一扇锁着的大门边的一棵树下避雨，吉尔伯特看到他的脚下有一只死了的寒鸦。小东西啁啾婉转、振翅高飞的岁月就这么结束了。

“吉尔伯特？”

“在。”

大雨如注，乔伊的声音听起来有些不同，不过他的脸就是一幅无辜的画像。

“你介不介意告诉我你觉得我妹妹怎么样？”

一阵令人困惑的沉默。

他必须要小心谨慎。

吉尔伯特望着落下的雨，感觉到一种凄凉的美。

他不能够说，噢，在我的想象中我和她一块睡，哦，对，我就睡在她旁边，盖着一条散发着薰衣草清香的刚浆洗过的床单，我在我窄窄的床上和她一起醒来，我给她看鸟蛋，我告诉她（只对她一个人说）那晚我们被布尔人包围损失掉了十一个人，我和她一起骑着美腿，在散发着玉米香甜味的原野中驰骋，我们身边虞美人还在妖娆地绽放着，她搂着我的腰，她的脸贴在我的肩膀上，我和她一起玩槌球，并且故意让她赢，我们一起沿着岩石小径散步，十指紧扣，我们看着一丛丛的野芥子，手拉着手绕着美少女溜达，就在特雷季菲安上方发现了一个背风的地方，她告诉我她——

“你妹妹？我觉得她……真的非常棒。”

“别的呢？”

“什么意思？”

“任何你注意到的事情。”

吉尔伯特深吸了一口气，心想还有什么她的事情自己没有注意到。他的回答，这个哥哥可能会告诉给妹妹的说法，是否能够决定一切？

“只是……我从没有碰到过她这么美的人。”

对吉尔伯特这紧张的回答，乔伊笑了。

“是的，是的，我就知道，大伙儿都这么说，哈罗德这么说，连我都看得出来，但是你是一个很知性的人，我好奇，你懂的，坦白说，你有没有觉得她——”

“什么？”吉尔伯特问。

他们头顶上方，几片叶子因为承受不住雨水的重量，而将累积的雨水抖落了下来。一些雨水正好打在吉尔伯特的香烟上。为了保证烟不熄灭，吉尔伯特不得不猛吸起来，用热量对抗着潮湿。

“好吧，吉尔伯特，你觉得她怎么样？”

“我觉得她……与众不同。”

“与众不同？”乔伊问。

“嗯，是的。非常不同。”

“就这么简单。”

“对！她与众不同。绝对地与众不同。”

“但不是与众不同的奇怪？”

“不，一点都不奇怪，跟你说大实话。”

这时，他们两个都笑了起来，笑得就像两个孩子，笑得就像两个非常年幼非常亲密的朋友，他们离开这个庇护所，冲进了磅礴的大雨之中。一只狗跷着一只后腿从他们身边跑过，他们就如同两个绝对的与众不同的傻瓜一样，在雨中挽着胳膊笑个不停。

那天晚上，当吉尔伯特再度梦想和弗洛伦斯远离所有人彼此相依偎之前，他在他的日记中写下了这些话：

与乔伊和C-W小姐共进晚餐。奈特夫妇也在。多莉和普鲁登斯没来，尽管以为会来。十足享受。

他缓缓地合上日记本，拉开床单。他会读上一会儿书。心不在焉地翻了几页之后，他从床上起来，再次打开了日记本。他拿起笔。“十足享受？”他尖锐地对自己说。然后他突然间感觉到非常伤心，非常孤单。文字真是毫无用处。思绪起伏不停，他拿起裁纸刀，在手中翻来覆去，仔细打量，但是看到的东西不比从那几页书中看到的多。

他就不能在结尾的地方补充上一点？

比方说——

十足享受……差不多是。可能有一点不安。

不，那没有用。

他是不是应该写一本更加丰富的日记，记录下他所有的想法和感受？

不，现在不行。太多事情发生，就在他的心中。

他溜回床单中，对着墙，闭上了眼睛。她不在他身边。他下决心下一次睁开眼睛时看到的是一个明媚清新的早晨，有很多的工作和希望等待着他。这非常简单。在晚餐之上，他不得不告诉自己，把注意力集中在她的肩膀上，她的嘴上，在她转头问他问题时看她宽宽的嘴，但是当他睁开眼睛，和眼前的景象重合在一起的，是萨米临死前夜那肿胀的嘴唇。

不!

为了鼓舞自己，他会看到她的嘴，看到她浅浅地笑着，问出一个友善的问题，她的嘴做出一个简单的日常的戏弄的评论，因为她做出的任何评论，无论是关于她的绘画还是他的工作，都值得铭记，因为这是她做出来的。就在劳拉给他添土豆和韭菜的时候，她先对他开口说话。他能清晰地看到当时的画面，蓝色的盘子，白色的土豆，长长的灰绿色的韭菜，她长长的手指正在调整后颈部上的一枚发卡。他热爱她头发被卡得高高的方式，还有她的项链垂下的感觉。他抬头看着她，他低头看着她，从各个角度，悄悄地，悄悄地看着。

“伊文斯上尉，那天我见到你了。就在磨坊上面。”

“布洛特，是吉尔伯特，我们已经说好了。”

他的心猛跳。在哪里？就在磨坊上面？他没有看到她。他的嘴干巴巴的。他究竟怎么会没看到她的?

“非常抱歉，我没看到你。当时我在哪？”

“我当时和一个朋友一块散步，你从我们身边经过。我得说是一闪而过。”

他依然没有半点头绪。他没有理由出现在她说的地方。他困惑不解。他的心发出了一阵无声的呻吟。他完全记不起来这一切。她把手放在了他的胳膊上。

“你当时看起来非常严肃。就好像你现在一样。”

“是吗？我现在很严肃？”

“是的。”

“恐怕我经常如此，至少人们经常这么对我说。”

“但是我喜欢看起来严肃的人，斯坦侯普·弗波斯看起来也非常严肃，我真想知道这些严肃的人心中都在想什么，是什么让他们如此深沉。全神贯注的脸值得所有人欣赏，你不这么觉得吗？”

吉尔伯特决心开始品尝劳拉递过来的一些食物，但他还没来得及这么做，弗洛伦斯就笑着敲着自己的餐巾，仿佛是在说，这个小话题，关于他严肃的问题，尽管还没有解决，但是此刻，现在，她想问他一些重要的事情。她对他开口，仿佛桌上没有其他的人在。她不希望乔伊插进来。

“你做军官做了多久？我真的想知道。”

“八年，不，到现在九年了。在预备役部队。”

“你在南非打过仗，那时候你很年轻吧？”

吉尔伯特察觉到乔伊想要听他们在说什么。

“是的，去那儿的时候我才十九岁。”

“十九！那你比我现在还要小，去了那么远的地方，参加可怕的战斗。”

“很多人都是如此。”吉尔伯特说，“这没有什么不寻常。”

“你杀过人吗？这会非常不寻常，不是吗？”

吉尔伯特感到自己的胳膊打结了。他的思绪打结了。他不知道该做什么。就在长长的一秒钟之后，劳拉加入了对话，乔伊可能没有听见，但是劳拉肯定都听见了。

“我想，亲爱的，男人们不喜欢谈论这种事情。再来点酒吗，吉尔伯特？”

“噢？那以后我再也不提了。”

“不，我不介意——”吉尔伯特结结巴巴地说。

“不，劳拉说得没错，我肯定。”

“你们听说了吗？阿尔弗雷德很快就要离开了。”劳拉轻快地说。

“去哪里？”桌子另一边的乔伊问，同样轻快。

“伊文斯上尉，”弗洛伦斯放下刀叉，“我道歉，但是我来拉莫纳的时候乔伊跟我保证说你们任何事情都说，这让这个地方如此与众不同，有一种坦诚相见的感觉。咱们还是说回水源勘探师吧。”

在水边

她看到他一个人站在水边，正踢着什么东西。从她所处的地方看来，可能是卵石，他正在尝试把卵石尽可能地踢向远方。她向前走去，但是依然看不到。就是卵石。接下来的一下他只是潦草地一击，这次他完全错过了，卵石只擦着他的脚尖。他踢着沙子，用两只脚攻击着，发狂地踢着，踹着，就仿佛一个自己的沙堡被敌营破坏的孩子，想要将自己能看到的一切都破坏掉。这是一阵油然而生的可怕的怒气，会持续很长时间。看着这一切，她想大笑一场。她也想用胳膊环住他。当他停止踢沙子和他的狗（那个小杀手正在周围跳来跳去，无比享受)，她扣上外套的扣子，向他喊着，急匆匆地冲下沙滩。她的脸因为寒冷而刺痛。她叫他，他没有回头，尽管他肯定听到了她的声音。

“阿尔弗雷德！阿尔弗雷德！”

“噢，是你啊。”

“你肯定听到我了。”

“晚上太疯狂了。”

“嗯，我希望你的屋顶还在。”

“我没在家。”

“噢，那你在哪？”

他没有理会她。大海波涛起伏，灰色的巨浪高高抬起，泛着无数白色的浪花，吞噬海滩，拍击，然后再退去，就在离他们几尺远的地方。他沿着浪花的边缘而行。

“我正经历一段艰难的时期。”他说。

“为什么？”

“我画不出了。我再也画不出了。”

“哎，别说这种傻话。”

“只画了一幅难看得要死的，石头画得像海绵，猎人画得像雕塑，我就是画不对了，比初学者的垃圾还糟糕，比弗波斯第一间木屋里的人们画的还糟糕。”

“你可以给自己放一天假啊。”

“不，不是这样的，你不明白吗？”

“不，我不懂。”

“你他妈的不是在玩游戏，是吧？这是……是我除了你再也画不了别的了。”

“不会是这样的。”

“就是这样，没有你，我就没有办法工作。”

“但是在遇见我之前，你都画了那么多画了，能办展览了。”

“如果你想争论，那么就滚一边去。”

他又捡起一块石头，利落地凌空抽射。这次成功似乎令他振作了一些。

她和他保持着距离。她第一次感觉到，带着一种理解的刺痛感觉到，从某种意义上说，她是一个更成熟的人。这非常荒谬。他比她至少大十岁。他扭头看了看她，加速向前。她跟着他的脚步，但麻烦的是，她的脚深深陷入了软软的沙地之中。沿着海岸，遍布着烂泥，成堆的水草，被水冲得发白的木头，正在消散的泡沫。这么一个晚上他究竟在哪里睡的啊？

他开口说话，声音尖锐，但是没有看着她。

“你怎么一个人？”

“乔伊在驳船石标那边的山上。但我喜欢独处……”

“你独处时都干些什么？”

“整天画画，一天画上八到十个钟头，有空的时候就给隔壁的哈罗德做模特。”

“还有寻欢作乐，我听说。吉尔伯特·伊文斯说的。还跳舞。”

“是的，也做那个。”

“向你袒露他的灵魂了？他有没有？有没有？”

“不，他为什么要那么做？我非常喜欢和他在一块儿。”

他突然间把手放在头上，仿佛是在自我谴责。

“和你在一块，我表现得像个傻瓜……我是说上周的时候。我为什么要那么做呢？真是可怕的表现。”然后他粗暴地补充道，“菜鸟！”边说边狠狠地捶打自己。

“什么时候？”

“不要问我什么时候，你这个蠢女人！”

他用他的食指指着右眼。

“噢，是。”

“是，说得太多了，总是找麻烦，真是个该死的笨蛋，没脑子。”

“你有些夸张了。不过我很高兴你觉得自己可以把这事情告诉我，我非常想知道。”

“我没有觉得自己可以把事情告诉你，我失去控制了。”

“即便如此，我也更愿意人们能够讲真话，有那么多谈话都毫无意义，不是吗，即便是在这里？而要做到你所做的一切……是比……”她的声音消失了。

小狗看着他们俩，看着一个，然后另一个，就仿佛是在说“咱们走吧”，他们离开海滩，走上一条湿漉漉的小径，路旁绽放着雪茄棕色的石楠花。他们爬上山坡的时候，她注意到阿尔弗雷德的动作并不那么自如。她想问他是不是不舒服，却不敢。到了小路顶端，阿尔弗雷德由于用力过度而有些脚步不稳，气喘吁吁，他快速地说：

“我很快就要走了。”

“我知道。”

“我不得不走。”

“你那天也是这么说的。去哪儿？”

“不知道。只知道我要离开，否则就会爆炸。我想我会去你伦敦的房子看看，看看你是不是像你说的那样有钱。”

“我们在伦敦的家，不过——”

“不过我不会去，别担心。我想去诺福克，或萨福克，但我也可能不去。”

“你要离开多久？”

他摇了摇头，耸了耸肩，继续向上走。她不知道他要往哪走，为什么他的情绪能够如此深刻地感染自己。她试着想象他到访时母亲的表情。她试着想象他在她伦敦的画室中漫步，身上穿着他最怪诞的服装。她试着想象父亲和他相对而坐。她发现自己在笑，因他那乡音和不可避免的粗话能带来的冲突和反差。

“我走之前要再画你一次，什么时候可以？”

“我刚跟你说了，短时期内不行，我已经答应了哈罗德·奈特我会帮他——”

“我必须要画！这才是重点。”

“好吧，但是我必须也画你。”

他转头看着她，他的面色加重，目光犀利。

“你画我？”

“是……我想从你开始，还有更好的练习吗？”

“呃，你不可以。”

“那么，我也要让你失望了。”

“你就这样吗？”

“你是不是也应该问问自己这个问题？”

“噢，好吧，随你便吧。”

“你要去哪？”

“我呀，去喝一杯，然后去找能和我相处的人。”

说完，他转身钻入了湿气浓重的山毛榉丛中。塔非跳着跟在他身后。

“但为什么，”她喊道，“你为什么喝那么多酒？”

他有没有听到这个问题，她并不肯定。心中有些生自己的气，同时非常生他的气，她顺着小路折了回去，走回到了水边。沙滩上清晰可见他们不到15分钟前留下的向着另一个方向的脚印。

钱先生

一辆大篷车内

在汉普郡

银色的

月光下

亲爱的伊夫：

惊喜吧！

一封你朋友写来的信！而且这么快就收到了，我们刚分开一个星期。朋友就是这么做的，不是吗？他们想着彼此。

我们在闪亮度过了一个怎样的夜晚啊。杰弗瑞的那些美味的螃蟹，我从来都没有吃过更好吃的。我必须为我刚和你见面时的情绪道歉，我过了多么愚蠢的一天啊，我给大家留下了多么愚蠢的印象啊，我觉得自己就像是老公兔一样，在自己的笼子里面瞎蹦乱跳，但是我们肯定在闪亮焕然一新，你和我。我从来没有见过你那么神采奕奕！第二天早晨你头疼了吗？没有！在上帝的世界当中，还有更加生龙活虎的人吗（我并没有浮夸）？还有更值得依靠的人吗？对我来说，我们有些人真的非常胡闹，而有些人则真的十分理智。也许咱们都各属一类？

今夜我感觉如此才思敏捷！昨天在下雨，我想你会穿着长靴，走在博斯科那铺着鹅卵石的大院子中发号施令。到了晚上，你依然享受地飘来荡去，游乐，跳舞。是不是？我只希望没有我你不会那么享受。

我在哪里？

哈，想到正坐在自己房间内的你，和我旁边的大篷车中住的家伙，真是形成了鲜明对照啊。他戴着耳环（我能想象出你戴耳环的样子吗？），围着深红色的围巾，戴着黑色毡帽，穿着马甲和紧身裤。他坐在——噢，不，他现在没在篷车里。我扯个谎吧，他正在黄色车轮的吉普赛马车里。马上披着黄铜马鞍和马具。多美的东西啊！还有些事情值得你想一下，当你在检查水平线，巡查各处的农场和产业的时候，你可以想想这个——很快，就不会有车夫了，到时候会有小锅炉（那东西是叫这名字吗？）牵引，老天在上，水垢渐渐累积在里面，而这就需要你了，我的工程师，我的工兵朋友，到时候整个英国会充斥着喇叭声和汽笛声，哞哞的牛叫再也无处可闻。

我想到你，是因为我现在四周都是帐篷，军队里的那种老式的钟形帐篷，另外我也有些流氓，导演了一幕贼喊捉贼。我抽着偷来的烟草，如果它们再被偷走，我只希望它们不要属于皇家蒙默思郡工程师……或预备役或任何你能够呼风唤雨的部门——你绝对有足够的原因去待在那样的地方，而不是在吉普赛人的地面上搞些震惊世界的发明。

弗洛伦斯怎么样？劳拉怎么样？乔伊的表现如何？不，咱们还是坦诚相见吧，嗯，伊夫？弗洛伦斯怎么样？那个白日梦是不是表示我们两个都还承受得了？

你正坐在——我冒险一猜——乔瑞太太精心打理的舒服的房间中，或者，你也有可能正在吃午饭——你是在一个多么舒服的地方啊，或者无论你在哪里，你都令人们感觉仿佛回到了家中一般，因为你的沉静总是吸引着他们。——而我身处寒冷的原野之中，周围点缀着白色木头燃起的篝火，每辆车前都有一团。在每辆车下都有一条小猎犬和一条灰狗。拘谨的小风从我左边吹来，吹着一根绳子上挂着的马裤，而我的右边是一个端着大碗的男人，他正把烤肝分给饥饿的家人。孩子们争着抢着。狗们吠叫不止。母鸡都被吓坏了，小鸡也惊慌失措。马踢着蹄子和它们唱和。

生活。生活。哈？

在我左边再远一些，是一座传道士的小木屋。那里的人希望引领这些善良的吉普赛人走上正直的康庄大路，计划引领他们去见上帝。好吧！必须得承认我的钱对于目前状况的作用。目前为止，至少目前为止，我们的传道士依靠语言收效甚微。和他们一比，我就好像白雪一般纯洁无瑕。空气就像是营火一般透着蓝色。

“你再敢那么做，看我不踢折你的腿！”一个男人这么说。

“你再敢那么做，看我不把你的肠子都翻出来！”一个女人这么说。她是不是真的弄瞎了自己的孩子？一个吉普赛国王？她看起来是做得出这种事儿的。

我用工作来填充欲望。那欲望熊熊燃烧，然后一下子熄灭。我这里有很多很多的模特，大家都彼此认识（所以谁知道在屋里画画会怎么样呢？最好别问）。我该怎么向你描述他们呢，伊夫？咱们说一个标准吧，咱们两人都认识的，F.C.−W 小姐。这里的女人都很漂亮，真正的漂亮（当然弗洛伦斯也漂亮，但是她不想让你知道她漂亮）。这有一个是我的最爱。她总是穿着长长的百褶裙，配着粉红色的衬衫，外套一件黑色的丝围裙，只露出很少很少一点坚强的身体。（你会看到她的，伊夫，我的朋友，她就在我的画里，到时候看看我说得对不对！到时候看看她和布洛特之间的对比。顺便说一句，你不觉得布洛特是个蠢得要死的名字吗？）

她戴着红色的珠串，漂亮的耳环（她们是不是和男人比赛戴耳环？），映衬在最神奇的蓝黑色的头发下，噢，那是吉普赛人的头发，一顶装饰着鸵鸟羽毛的大黑帽子，当她走路的时候，她真的是在走路。你能够感受到她内在的生命的韵律。一个女人怎么会这样呢？你能看到？你能闻到？她不能入画？

“明天还要我来吗，钱先生？”她问。

钱先生！

是的，她觉得这是我的名字，或者这只是她的一个玩笑（永远都不要低估一个吉普赛女人）。如果这是个玩笑，那么你不会觉得好玩。穆宁斯先生付给吉普赛女人每小时一先令，一天十先令，以这样的投入去赚更多的钱，去震惊世界（还有其他女人？）。通过这样的方式，下层人民和上层人民连接在了一起。

她是个怎样的模特啊！她的皮肤都透着鲜活和快乐！有她这样的身体存在，这里每天都是个大日子。

“是的，夫人，”我说，“我希望你明天来，请一定来。”

“或者你想弄一匹马？”

“不，夫人，”我说，“只有你。我不想画马，我只希望夫人出现在马上。”

她喜欢我称呼她“夫人”，给了我那样的一个表情，然后回头看了看她的篷车（拉莫纳有谁能给出那样的表情？），那里有一个男人正在用刀子削一根棍子，令他担心的并不是我的篷车。他的刀子极端地锋利。我绝妙的模特，她的身体轻触我的身体，她帮我清洗画刷，不断地绕着我的画架打转，想看看自己是怎样的。

“哇！”她说，“哇”是她给出的最高的赞赏，“那是我？是不是，钱先生？你是冠军，没有错！”

她用手指轻抚我的胳膊，然后便离开了。

明天，我要画她，画她身子半探出门，手握缰绳。孩子们——是不是她的？谁知道呢？——露着高颧骨的笑脸，把鼻子贴在门上。其他人坐在车辕上，晃荡着双腿。家禽装在柳条箱或笼子里，挂在轮子旁。一只乌鸫飞过，在天空留下一道飞扬的墨迹。而所有这一切，我的朋友，你都会亲眼看到，由伟大的穆宁斯为你捕捉下来——不过也许不会，因为（该死的）我已经把它们卖了，我会不会？一只眼的画家就是为了金币而画吧？一只眼的作家就是为了金币而写吧？我猜测如此，你知道的。

总之，如果一切顺利的话，我三四天就完成一幅画，你的事情就看你自己的了。提醒你，有些事情会变糟的。我的手是蓝色的，我的左腿在调色板的重压下麻木，我的右脚因为痛风肿得像是马的大腿（我从来都没有跟你讲过我得了不该得的痛风吧？但我确实值得拥有你的友谊，是不是？两个问题应该都是肯定的答案）。

你在乔瑞旅馆，你在拉莫纳，你昨天晚上吃的什么？我知道，我知道，汤，冷羊肉蘸薄荷酱（很少一点），蛋黄还有奶油，弗洛伦斯和乔伊来你这里做客，和乔伊一起打台球，而弗洛伦斯是用来瞻仰的。如果我说对了，那就笑一个！

也许，我应该留在这里，也许这才是一个我这样不安定的人所应该处的环境。我是不是有一颗吉普赛人的心？

老劳拉怎么样了？还是像个气球一样跌跌撞撞？

乔伊怎么样？还在岩塘里寻找鲇鱼？

你怎么样？不要再在心中煎熬太多，好吗？你必须释放出蒸汽来，不要做自我扼杀的大师。要勇于与众不同，或者你更情愿选择一条被束缚的生命之路？

顺便问一句，多莉怎么样了？多莉，我觉得，她并没有那么出众，但也足够出众了。你懂我的意思吗？

我希望你们都身体健康，伊夫，我这封信会经过田间的小径，深深的地道，开阔的沟渠，被雨水冲洗的马路和绿色的原野（但老天啊，原野除了是绿色的，还能是怎样的？），最终到达你手里。

你的

A. J.

在他的签名下面，和信封的外面，画满了一蹴而就的滑稽素描，那是A.J.的世界吹来的一抹微风。

塞尚的苹果

就在钱先生去追寻黑发吉普赛人的几个星期中，悬崖上正在为一栋新房子打地基。这个地方距离乔瑞旅馆不远，吉尔伯特受中校委托，负责监督初期的工程。他欣然领命，非常高兴。因为这意味着可以少花些时间在博斯科那的铺着鹅卵石的大院子中，而多了很多和弗洛伦斯见面的机会。从那个地方，他只需要骑上十分钟的自行车，就可以到她的小屋，他会追上散步的她（乔伊至关重要，总是牵线搭桥），他会对正坐在哈罗德·奈特二楼画室中的她挥手打招呼，而在一个神奇的傍晚，一个白日梦成真了，他骑着美腿去了纽伦，接她下课。一路上每一步，他的心都在荡漾，都在歌唱。

吉尔伯特很快就发现，他是唯一收到阿尔弗雷德来信的人。这一点令他大吃一惊。他问了劳拉。他向弗洛伦斯旁敲侧击。不知为何，劳拉完全没有兴趣听这篇描述吉普赛人多过弗洛伦斯的狂想之作，只是十分笃定地说："为什么不呢？"不，她从来都没有盼着来信，或是任何东西，为什么要等呢？骑着美腿，收到信，频繁地见到弗洛伦斯，感觉到和她之间的距离越来越小，越过树篱向高处眺望，看着海鸥跟着村童飞过，看着一块陌生的土地在海中渐渐变大，享受着对变大变忙碌的世界的宽广视野，这一切都以迅雷不及掩耳之势进入了吉尔伯特的生活。

他的自信增长了。

他的世界扩展了。

他骑马去彭冉购物，就在他快步穿过通往市中心的马路时，教堂的钟声响起，仿佛是在欢迎吉尔伯特和他的思绪。最近几天，吉尔伯特发现他开始注意一些过去很少注意的事情。比方说今天，在来彭冉的路上，一只鸟落到了雕塑的头上。他看得如此真切。路过莫拉比公园的时候，他注意到了棕榈树和桃金娘，天竺葵和山茶花。

母亲的生日就在下个星期，而哥哥莱昂内尔的生日就在四天后。吉尔伯特在礼物这类的事情上一向没有什么创意，他知道自己会给妈妈买一本新书，他总是如此，会给莱昂内尔买一个新烟斗（一个琥珀柄的优质的罗伊牌烟斗）。在他单子的最下面（也可以说是最重要的位置），是去一次莫拉比图书馆。这正是他此刻要去的地方。

一切都进展完美。他完成了所有的事，在察贝尔街买了书和烟斗，去见了土地观察员，在一家小店喝了一杯姜汁啤酒，重新上马之前只剩下图书馆要去了。去图书馆的计划从来都没有如此令吉尔伯特兴奋，但是过去一整个星期，那个词，那些词，一直都在他的脑海中找碴，而唯一能够做的事情就是去查到那些词的源头，去找本字典。回来时顺着通往广场的莫拉比路而行，他向左拐入了莫拉比花园。他在太阳下坐了一阵子，距离大海仅咫尺之遥，听着海鸥鸣叫，听着棕榈树叶婆娑。

他记得在格拉比公学见到的那本黑色封面的大书，由林德和斯考特编纂，他还记得希腊语法有多难学。他跟着图书馆员穿过高高的安静的房间，没有走向林德和斯考特，而是走向了大大的《牛津英文词典》。他把需要的那一册取下来。一本词典怎么会令他双手发抖，胳膊上的肌肉绷得像根绳子一样？他把已经残破的书脊放在阅读桌上，尽可能轻手轻脚地翻动书页。

black

blanch

bloom

blossom

blot

令人吃惊的是，blot 的解释非常丰富。

blotchy

很快就要出现了，或者根本没有那个词，不要说没有——

blote

他的手指停住了。很明显这是这一页上解释最短的词条，而且似乎编纂者觉得这个词还有些疑问。他读到：

blote（已废弃不用）苍蝇和其他昆虫的卵或幼虫。

这完全不是吉尔伯特想要找到的答案。他没有想到自己一路追查，会发现“幼虫、苍蝇、其他昆虫”这样的答案。他挥去萨米的记忆，他让自己忘掉过往的一切，特别是棕蝇的声音和南非太阳的热度，他的朋友的脸上盖满苍蝇的画面，还有那匹开膛破肚、苍蝇在牙齿间进出的马的画面。

铅色？不，但是……灰色，苍白，她是苍白的。他又往下看。

bloten

bloten：使柔软或浸湿……涂油。湿润……弯曲。

他抬起头，看着房间的另一面。使柔软，浸湿，湿润，弯曲。他什么都没有看到，然后他看到了弗洛伦斯站在纽伦的画架旁，还有其他令他舒服的柔软的画面和意思迂回弯曲的词语，其他令他能够面对和掌控未来的词语。

弗洛伦斯并没有站在纽伦的第三画室中的画架旁，她本应该去那的。但是她此刻正坐着，双手交叠放在大腿上，坐在阿尔弗雷德·穆宁斯又一次搬到画室外二十码远的地方的柳条椅子中。椅子被安放在一片植物的绿色背景之中。她椭圆形的脸非常苍白。她的手镯在阳光下闪着光。她的头疼每分钟都在加重，因为她现在整张脸都在如炬的目光注视下。

阿尔弗雷德是在早饭的时候回来的，马车上装满了吉普赛人的画像，毫无预兆地来拜访她，在她搞清楚到底是怎么回事之前，在她来得及拒绝之前，她已经和他走在路上了。通常，他会坐着工作。但通常他也非常不安，就像个舞者或者生气的苍蝇一般动来动去。而现在的他，连夜赶路之后，舌尖上还有啤酒的味道，坐在一把低矮的挤奶凳上，他的长款荷兰画画专用外套已经染上了黄色，袖子卷着，巴拿马草帽歪戴着，睁着一只眼睛。自从那次恐怖的释放之后，她就不能问他的眼睛，也不敢直接看他。

他画着她，还不时在便笺上用铅笔做着记录，他的想法是一切可能的颜色难以传达的。

“常见到伊夫吧？”

“我们见了几次面。”

“好……好。觉得就这样。觉得你会的。”

“他们正在盖一栋新房子，你知道吗？”

她看着他的手。那双手被晒成了棕色。她看着他前额上露出的一小绺头发。她过去没有注意过。

“别动！”

“别冲我喊！”她喊着回答，“我的头已经疼了。”

“你如果一直动我就没办法工作。”

“你走后就没有人冲我喊过，一次都没有。那两个星期真是太美好了。”

太阳在闪光。她眨了眨眼睛。他很高兴她能喊着回答。

“你是我的苹果。你明白的。塞尚。听说过塞尚没有？”

“我当然听说过塞尚。我认为我对他的了解会和你一样多。”

“重点是，”他站起来重新整理了一下然后又坐下，“重点是，塞尚画同一碗苹果画了无数次——每次都会画出新意，你看，就一碗苹果，同样的一碗，他一直画，直到尽善尽美，这就是全情投入，布洛特，这就是艺术，记住，你是我的苹果。马也是如此。大多数人都不会画马，画不出它们的闪光点。”

“但是你能？”

“是的，我能。”

“你可真是谦虚至极啊，穆宁斯先生。”

“大多数谦虚的人毫无头脑，”他打了个哈欠，揉着他没有刮胡子的下巴，“抱歉，有点累，还有……马，是的，马的闪光，你看，等我带你去看赛马的时候你好好看看它们，你真正地去看，就会发现我是对的，画出它们的闪光是种挑战。”

“我会记住的。现在我觉得人就是一种足够的挑战了。”

“不过我更喜欢画牛。”

“牛？”

“牛，我是说。”

她开始颤抖。

“真荒唐，你真荒唐，我真不知道我为什么会在这。我应该去上课的。”

“我有过的最好的一头牛是弗里斯兰奶牛和泽西公牛的混种，身上长着白花。美极了！多好的模特啊！我刚买了一头牛，顺便提一句。”

“别胡扯了。你真是口无遮拦，口无遮拦。”

她必须站起来才能够止住笑声，但是这反而更糟了。

“不要怀疑，给我一头牛。它们会静静站着，它们没有野心，不需要被爱抚或是轻拍，不需要说‘可怜的小东西’或‘谢谢你’之类的，它们不需要了解任何它们的性格和角色，它们不像我认识的一些人那么高傲，它们不需要亲密，你不需要对一只牛致以敬意，它们从来都不抱怨头疼，是的，它们是我的模特，啊，该死的，见鬼的太阳照过来了，你也许需要稍微休息一下。我的蝴蝶结正吗？”

“不太正。”

“帮我弄正，谢谢。”

她照办。她的肩膀依然发抖，她的手颤微微地整理着他的领结。他的脸是红棕色的。她向后退一步。

“好了吗？”

他感觉了一下自己领子的位置。

“好了。你听到我说苹果的事情了？”

“是的，我听到了，阿尔弗雷德，我想彭冉的人都听到了。”

“啊，明白我的意思了吗？没有一头牛会这么说话。马也不会。看看滴答……过来，咱们去看看灰滴答。你可能觉得灰滴答和我们生活在完全不同的世界，但是你这么看：它的跗关节是你的踝骨，它的膝盖是你的手腕，它用手指和脚趾走路，它的膝关节是你的——”

接下来的词是 blotless（无瑕）。然后是 blotter（笔记簿）。他在学校时的笔记簿，吉尔伯特记得一清二楚，纯白的质地，缓缓地涂上钢笔的痕迹，画下神奇有趣的蜘蛛网，或是非洲的轮廓，或是一片叶子的形状，或是中枢神经系统。他的手指继续移动。不，他必须看回去，因为 blote 还是 bloat 一词的旧体，现已废弃不用。他向前翻了几页。

black

blithe（愉快的，高兴的），这是一个他一直都喜欢的词，blithe，真是一个令人愉快的词。

blizzard

bloat，他一下子情绪高涨。

但是膨胀，肿胀，蓬松，都不是他喜欢的词。那个拼写方式他也不喜欢。乔伊对这一点说得非常清楚，至少他们都一致认定该这么拼。

他把字典放回书架，太阳已经照到了书架的顶上。

现在该查桑德罗·波提切利了。他从图书馆最黑暗的角落的另一个书架上找到了三本艺术史方面的书,每一本对于弗洛伦斯的波提切利都有详尽的解释。(他从弗洛伦斯口中听到波提切利是多么美好的巧合，就仿佛神们预谋令这两个各方面都非常完美的女人并行。）他在第三本书中找到了真正想要的东西，一幅彩色的《维纳斯的诞生》。展现在他面前的便是波提切利的维纳斯。

维纳斯站在那一张书页中，赤裸着身体。几乎完全赤裸。弗洛伦斯站在那里。吉尔伯特审视着她。

他尽可能近地观察着她。

在清新的早晨的空气中，美和维纳斯一起来到这个世界。她的到来是一个谜团,她到来的时刻,被波提切利捕捉了下来。她赤裸着身体,从海中而出（康沃尔从来都没有过这样的海），站在优美的开着口的扇贝壳中，保持着微妙的平衡，头微微向前探。空气在她身边流转。尽管大海平静，灰色的水透着一种不真实的平静。维纳斯似乎在贝壳中优雅地晃动。那里应该非常不稳——真是危险啊——但是她保持着平衡，充满自信，神态怡然，肯定自己不会摔倒。这个维纳斯对地心引力置之不理。

吉尔伯特从图书馆员那里借了一只放大镜，然后转身背对着馆员，不让他看到自己正在仔细观察哪一幅画。他缓缓地移动着放大镜。两个展着翅膀的西风神，轻轻飞过，用一股充满欲望的空气吹动着她向岸边漂去。他们的呼吸透着暖意，空中飘飞着花朵，花朵悬浮飘荡在空中。通过更仔细的观察，吉尔伯特认出这是一阵玫瑰花雨,在茎部被切断。切花是吉尔伯特经常做的事情。“另一个信号。”他自言自语，“这完全对上了。一切都对上了。”

海滩之上站着时间女神，一个穿着白袍的仙女，脖子上挂着桃金娘花环，带着一件美丽的点缀着雏菊花样的紫色绣花斗篷等待着，这是要给她的斗篷吗？要给她遮挡裸体的斗篷？肯定不需要斗篷，维纳斯的眼神中完全没有这样的要求。这个女人，这个女神，一点都不为自己的处境尴尬。实际上，她邀请你去看她的眼睛。吉尔伯特的头又放低了一些，更仔细地研究。不，也许她的眼神是悲伤而包容的。噢，要读懂一个人的眼神是多困难啊，不是吗？

他牢牢地举着放大镜，缓缓地审视她的身体。她的右手遮挡着她的胸部，盖住了她圆圆的右胸。她的左手拿着一绺美妙的金棕色头发，遮挡在她赤裸的下体前。吉尔伯特想，盖住，是为了更吸引人们的注意力，对看不到的东西，想象会更加饱满。波提切利是故意要激起这样的想法吗？

不。

波提切利的维纳斯就如同弗洛伦斯一般精致温柔。她的皮肤是冷冷的，同样的冷。她是来自天堂的一份礼物，是来自神的礼物，她从康沃尔的海中走出，向他走来，拍打他靠着的门。她从海中走出，向他而来，沿路的橘子树和长满绿草的土丘对她的到来伸出了欢迎的手臂。

她向他而来，他在等待着。他伸出双手。

波提切利的维纳斯。

波提切利，弗洛伦斯的画家。

他合上书。他必须骑马回到博斯科那。

还有很多事情要做。他离开了莫拉比图书馆。

“你没在听。”

“我在听。”

“你没有，你只是点了点头而已。”

“我听了，我完全明白你关于马的想法。说白了吧，它几乎就像人类一样。”

“比我遇到的某些人类更加像人类。再喝点酒吧。”

他举起了瓶子。

“不了……我真的不能喝了。我的头嗡嗡地叫个不停。”

他给自己倒酒，把一些洒到了他的左鞋之上。

“还有，”他指着杯子对她说，“我再告诉你些别的事情。”

她知道他等着她问“什么”，但是她什么都没问。

“我画了很多很多得奖作品。但你是最好的。布洛特……是……最好的。”

“除了牛以外？”

他环顾空地。

“是的，当然，除了牛以外。”

他们坐在距离磨坊不远的草地上，在他们身后一只孔雀昂首阔步。她觉得疲惫至极，头晕目眩，她根本不明白自己为什么要问下一个问题，那问题就那么脱口而出，带着疲惫至极、头晕目眩的感觉。

“下个星期六你想去滑旱冰吗？”

“旱冰？下周六？”

一股恐惧出没在她的心底。他失明的一只眼睛会影响平衡吗？她是不是又冒犯到了他？

“来吧，求你了，你去了会非常好玩的。”

“可能不会，这得看情况。”

“什么情况？”

“很多。比方说，还有谁去？”

他突然间沉下去，整个背躺了下去，酒瓶还夹在他的肘弯处。

“就……乔伊和我。”

“坐在这儿。”他拍着他旁边的草地，斜眼看着她。

他看到她的嘴唇抿得紧紧的，眉头紧皱着，阳光的蚀刻的刀笔停留在那里。

“我这样很舒服，谢谢。”

他喝醉了。她听到了他大口大口地吞咽，如果他真的喝醉了，他能不能安静一些？

“很好，没关系。就待在那儿吧。很好。任何事情都和乔伊一起，是吗？”

“只要时间允许。但是他越来越常自己出去了。”

“他现在这样？不过，说心里话，你们是一对彼此深爱的兄妹，不是吗？”

“你可以这么说。他一点都不了解我，当然，不过是的，我们彼此深爱。发自内心的。”

“发自内心？从哪发的？”

“我认为你知道我是什么意思。”

“还有一件事情……你怎么知道他一点都不了解你？”

她用指尖抚摸着一丛长长的青草，然后非常审慎地摘下了一些雏菊。

“男孩对女孩了解都不多。女孩对男孩了解相当多。如果你仔细观察，仔细听，观察女孩的所作所为，这一点都不令人吃惊，不是吗？看，我能看出你非常累，所以我觉得我可以画你躺在这儿的样子，就保持你现在这个模样，你可以借机休息。”

“你已经决定了你要走的路，是不是，只做你想做的事情？”

“你根本不需要动。就待在那里。就这个姿势。”

“总之你现在不能画我。你头疼着呢。”

“你每天早上都带着头疼作画，你喝那么多酒，肯定到中午头才会不疼。我的头很少疼。”

“女人啊！”他喃喃自语。

“抱歉？”

“如果你坚持要画，那我坚持要坐在椅子中。”

他就坐在她刚才坐过的座位里，扭来扭去。紧张的一个钟头过去了。她上上下下地打量着他。他一会儿看左边，一会儿看右边，忽而看自己的脚，忽而看天空。他揉着自己的下巴。他扭来扭去，她始终一动不动。

“该死的，我讨厌这样……我还没刮胡子呢。”

“为我做模特为什么这么困难？”

“我不想。这是我最不想做的事情。”

“我今天早晨也不想给你做模特，但是你硬拉我来。”

“你没有连夜赶路。”

“这是真话。不过不是重点。你自己想连夜赶路的。”

“那，重点是什么？”

“重点是……你从来都不怎么善于接受某种规则。”

“噢，好吧，就这样吧。我已经在这他妈的好几个钟头了。”

“我怀疑我们只待了一个钟头。”

“从美术学校毕业就没做过这样的事情……至少得有十二年了。”

他安定了一些。

“你的美术学校在哪里？”

“诺维奇……是夜校……干完了一整天的工作之后上。每天晚上都有课。”

“那个时候你就自己付钱？”

“用白天挣的钱。不然还有谁会给我付钱？我给一个印刷工做了六年的学徒。”

“我并不是每天都有机会画你……所以……你能不能把那块彩色手帕放在你的口袋里？”

“这一块？放在胸前口袋？”

“如果你不介意的话。”

“像这样？”

“是的……就这样。如果你可以朝那边看……就好像选择越过我……看向磨坊。”

他把手挡在脸前。她能听到胡子的刮擦声。

“命令，命令……乔伊肯定是听了太多太多。我真替他觉得难过，非常非常难过。”

“就这样。越过我的肩膀……下巴再抬高一点。再……抬高点再……”

“你穿上罩衣并不代表你就是画家！”

这确实是一个很难维持的姿势，她了解，但是这个姿势能够精确地传达出他的傲慢和权威。还有他的暴躁。在牢牢地审视过他一番之后，她谨慎而小心地继续作画。他根本看不到她。

“把你的膝盖并在一起，谢谢。”

“我的膝盖！”

“没人想要看……那里。”

她轻声说，既是对他说，也是在自言自语。她接着说道：

“劳拉·奈特对我说，你会成为英国最有名的画家。她对我说过两次……都当着哈罗德的面。”

“劳拉怎么样？和多莉出去了，是不是？有段时间没见到她了。”

“请你别动……眼睛看向左边……对……膝盖并在一起。我相信她的话。你会的，我看得出来。你会非常出名。我想不出还有谁能像你一样。”

她仿佛是在宣布一个客观的事实。句子中没有特别崇拜的语气。他开头说的时候非常严肃，声音透着冷冷的肃穆。

“劳拉可能会比我有名，我会制造更多喧嚣，但是劳拉会是出名的那个人。”

“但是劳拉是个女人。”

“算是吧。”

她笑了，然后立刻就希望自己没有笑。

“这么说非常粗鲁。”她说。

“那你就不应该笑。我们的哈罗德怎么样？还是戴着礼服领结躲着大伙？”

“有空我就会去他们家。他们的房子非常可爱，而且凉快，没有咸涩的海水的味道。他们总是对我特别热情。热情非常重要。”

接下来有很长的一段时间，只有树叶在微微摇动。她的铅笔选取着精妙的角度。她用搜寻的眼睛看着他。他的椅子吱嘎作响。她留意到他肿起的眼袋。她想到他的失明，脸一下红了。没有人说话，直到他快陷入沉睡，才开口：

“你说，大约一个小时之前说到乔伊的时候，你说男孩对女孩了解不多。你是指男人和女人也是如此？”

“噢，是的。”

“你却了解这么多男人和女人的事儿，是不是？”

她没有回答。

“是不是？”

她尝试去捕捉他的左眼向上看的方式，尝试去捕捉他的嘴角的锐利曲线。他的嘴角比全身所有部位都更能传达他那喜怒无常的情绪。

“只要我父亲和母亲在家招待客人，我就会观察，观察男男女女的小花招，观察他们……彼此周旋的方式。”

“男人还说了些事情？对你说了些？”

“是的。”

“而且还做了，无疑？”说这句话时他嘴角上扬。她等着它们落回来。

“或者是尝试。有一次。我不会让这样的事情发生。”

她看到他肿胀的眼袋跳动了一下。她在他的眼睛和嘴巴之间画下了一些连接线，她非常笃定地画着。这个星期的每个早晨，她都早早起床，在卧室中画她自己——在乔伊起床前画上一个多钟头。她认真地观察镜子，认真地观察着自己，过去从来都没有如此认真，对自己观察得越多，她对自己的特征的把握就越强。身体的构造，头发垂下的方式，她都逐渐了解。她朝后退的模样，还有她把头靠在自己肩膀上的样子，再向后退，她的头就出了镜面，仿佛这面镜子就是一幅画，而头出了画框。最近，她会脱下自己的睡衣。起初她只会看自己的脸，接着便看向别处。然后她开始以一种新的开明的方式来看自己。用你的眼睛，她对自己说。不要看别处。多莉怎样呢？隔壁的多莉也像这样吗？像我这样吗？不要看别处。所有的女人是不是都这样？还是只有我？

她看着他的衣领和他的蝴蝶结领结……还有他的脖子，红棕色的。

“还有你的……蝴蝶结领结……”

她轻声低语，是自言自语。他却听到了。

“颜色不对？是不是？”

“不，我是想说，它在你身上非常完美。很多人戴蝴蝶结都显得非常傻。”

“你父亲戴吗？我想要画他。”

“他当然戴。”

“也许我很快就能见到他了。”

他放松了下来。他向后靠在椅子里。他准备问，她父亲是不是看起来非常愚蠢，很高很瘦但是很愚蠢，但是这时他看到了她的眼睛，放弃了这个想法。他因她无声的压力而恼怒，因为自己正臣服于那压力。这个该死的丫头到底以为自己是谁？他为什么要给她打下手？要挫挫她的锐气，他需要一些帮助，而帮助意外而至。就在他绝望地想着对策的时候,他的牛夏洛特迈着沉重的脚步，走进了视野。阿尔弗雷德什么都没有说。弗洛伦斯的角度看不到那头牛。他等待着，一直等到夏洛特走到她背后十码远的地方反刍着胃里的食物，他猛地站直身子，轻快而郑重地说：

“非常抱歉，但是请允许我介绍你认识我最喜爱的模特。”

她转过身去，发出一阵惊叫。

“所以你会去滑旱冰？”她问道。

“该死的，你知道得一清二楚，我会去。”

“我怎么会知道？”

“因为你会去，这就是原因。”

她没有说话，微笑了一下，然后说她很高兴，非常高兴。

她已经决定原谅他关于牛的事情，他很蠢，就是如此。但是他觉得应该让她再受点骚扰，给她那通常苍白的脸颊涂上多一些的颜色。

“你听说过盖尔吗？”

“盖尔？是吉尔伯特对我讲过的吉普赛模特？”

“不，不是。他跟你讲过我的吉普赛人，哈？”

“我想我不认识叫作盖尔的人。”

“其实，有一个。而且是个特别的女孩！”

“你是在耍我吗？盖尔是你那头牛的名字？”

他笑了。

“不……盖尔是个特别的女孩，她不是一头牛。”

有个年轻姑娘叫盖尔
胸前挂着尾巴的价格
在她身子的后面
为了照顾盲人能够懂
有同样的信息用盲文写

这，最终颠覆了一切，成了最后一根稻草。

阿尔弗雷德的五行打油诗就此结束了他的模特时段，而几乎在同一时刻，吉尔伯特叩响了橡木山小屋的大门。他发现没有人在家。

弗洛伦斯不在。劳拉不在。多莉不在。

只有哈罗德·奈特在楼上耐心地画着他的画。哈罗德打开窗户，探出身来。他的眼镜几乎从尖尖的鼻子上滑落。

“噢，吉尔伯特，”哈罗德说，“四处碰壁吧，恐怕是。”

“怎么了？”

“穆宁斯回来了。”他阴郁地说道，说完便缩回了头。

礁石上的多莉

那个星期的每一天，阳光都灿烂耀眼，劳拉和多莉都一起到礁石上去。拉莫纳海湾右侧就有大大的礁石环绕。当潮水退去，那里便形成了最神奇的天然池塘，比康沃尔西海岸所有的池塘都要好，池水深得足够游泳，同时那里还有完全平坦的大石头，可以坐在上面野餐。劳拉对吉尔伯特说，上帝在这里设置如此奇景，并非只为了海洋生物学家，还为了拉莫纳的画家们，那里巨大的石块，让生活变得更加甜蜜，让那些遭遇困境的人能够找到一片闪耀着艺术家所需的一切光芒的庇护所，平静下来，重新获得喜悦。

每天早上，很早很早，劳拉就会开始画多莉，研究她肩膀的线条，研究光线照射在她饱满的胸部的感觉，研究她胳膊的柔软弯起。多莉是劳拉见过的体型最美丽的人。劳拉看着她的肩胛骨，看着她的肋骨，看着她后背的形状。她就是个女神，是个来自塔纳格罗的希腊人，是太阳的女儿，每一次她看着多莉平顺的线条，精巧的腿部，她都庆幸自己把多莉雇了下来。

向后看，或是向外看向里扎德的方向，劳拉不由怒火中烧，她荒废了那么多年在室内寻找画裸体模特的自信，都没有走出过大门，来到这驳船标石处的礁石上开阔的空气中。这一切跟裸体有什么关系？一个人不穿衣服是变得更加真实了还是更加不真实了？二十岁的时候，劳拉已经在美术学校对着雕塑画了很多，但是或早或晚，她必须从生活入手。（或早或晚，正如她向哈罗德抱怨的，掷铁饼者[1]会扔掉他手中的铁饼。）蹉跎了多少岁月之后，此刻，在这里，在拉莫纳附近的礁石上，看着里扎德的方向。她做到了。

“你还好吧，多莉？”

[1] 著名的雕塑。

“我？很好。”

“还舒服吧？”

“再舒服不过了。”

“你不想下面再铺个毯子吗？”

“不，生活就是这样。”

多莉的伦敦口音，和这令人满意的见解，让劳拉莞尔一笑。

“饿了的时候就告诉我，好吗？”

“不，给我些苹果吃，不用在意我。”

但是劳拉非常在意她的模特，特别是多莉。

“你喜欢在这和我们在一起吗？你不觉得很无聊吗？”

“这是我做过的最好的工作了，我是指来这里。”

“你能不能把你的右膝向外挪一点？”

多莉不费吹灰之力地办到了。

“像这样？”

“非常可爱。你能待多久？”

“一直到圣诞节，如果你高兴的话。”

“不……我是说今天。”

“四点……我四点的时候要去见个人。”

“噢，太棒了，我真高兴你交上朋友了。非常高兴。”

“我自己也是。”

劳拉似乎并没有弗洛伦斯那种自负的教养。（真是奇怪啊，她总是想，多奇怪呀，故作文雅的穿着顶级内衣的弗洛伦斯·卡特－伍德住在一边，而多莉就住在另一边。）至于她自己，她感觉自己已经开始枯萎，她曾经见过太多的死亡，他们在家中一向百无禁忌，言论自由，尽管现在明白了，但是多年以来，她就是没有意识去把握那些就在眼前的最美好的东西。比方说她姐姐夏娃。如果不是顾及所谓的体统，劳拉会在火灾发生前画下她姐姐在圆桶中沐浴的画面，就在他们在诺丁汉的家中的厨房里，姐姐那令人想拥抱的小小躯体顶着一头金色的头发（就像多莉的一样金黄）。但是体统搅了进来。经常如此。在哈罗德家中，体统是一种束缚，强大异常，她敢打赌，体统对于卡特－伍德家也有着同样强大的束缚。劳拉真想知道，到底有多少生命因为礼俗的限制而心寒透顶？又有多少生命因为所谓的体统而永远都无法长大，或是过早衰老？她相信，多得就像是康沃尔被季风吹弯的树一样。

劳拉最终画了她在室内的第一个裸体模特，说来令人吃惊，那是一个男性，叫作杰克·普莱斯，是个年轻的盲人，但是有着健美的身体，在诺丁汉美术学校做模特。起初，她不敢看他，选择了一个她看不到他的阴茎的角度。但是当他每小时一次的休息时刻时，他常常会转身朝着她的方向，头向上斜着，伸着手，叫劳拉过来帮助他走下模特台。她觉得，他本可以叫哈罗德或班上的其他学生，但是他没有，他总是专门向劳拉求助。在他走下台之前，他总是让劳拉用粉笔标出他的脚的位置，以便休息之后能够回到原来的位置。手中拿着那根粉笔，脸和他的私处距离非常近，她总是红着脸，画下标记。这真是可怕而残酷的考验。

反正，哈罗德（恰好相反他很少露出自己的阴茎）只要能够在楼上他自己的画室中以他自己的速度完成他自己的工作，对于她和多莉脱掉衣服的进展就不会提出什么异议。哈罗德甚至喜欢他和这个伯蒙齐女孩进行的诡异对话。不管你信不信，多莉在来到拉莫纳之前完全不知道乌鸦长什么样子，而且她认为卷心菜是长在树上的。

经过几夜充足的睡眠以及和弗洛伦斯几次长长的漫步后阿尔弗雷德又回到最佳状态。他告诉闪亮里面所有人关于他的牛的事情，以及他和吉普赛人一起旅行的时光，他骑着灰滴答四处纵横，招呼朋友去参加他下一次派对，而在名单最顶端的，就是他的好友，他的挚友，吉尔伯特·伊文斯。但是吉尔伯特并不在博斯科那，他正在海湾悬崖上的新房子那儿，所以阿尔弗雷德骑马穿过罗斯孟德莱斯归来，海洋和沿海公路就在他的右侧，他一路兴奋地大声喊叫着，咆哮呐喊着穿过罗斯孟德莱斯，疯狂到极点。

距离驳船石标半英里的时候，他放慢了马。他能够看到两个女人正顺着小路，肩并肩直直地向他走来。她们的举止中流露着一种使命的感觉，这在康沃尔非常不同寻常，特别是在这么热的一天中。如果说真有什么使命，那今天是一个适合骑骑马、在礁石上野餐，在太阳下打盹的日子。他停下了脚步。

他用马鞭轻触帽檐。

“下午好，女士们，天气真好啊。”

她们的穿着适合严肃的散步，她们严肃的脸和实用的衣服正好相配。

“下午好。”稍高的女人说道，“你知道这是谁的土地吗？”

“我们急需知道。”矮个子补充。

“是的，实际上我知道。我能帮上忙吗？”

“这不是你的土地吧？”矮个子问道。

“我的？不，我倒希望是我的。不，这是佩尼特中校的。我刚从他那过来。”

两个女人彼此对望，仿佛是在确认一个心照不宣的决定，然后向阿尔弗雷德询问博斯科那的方向。某种直觉让他想要拖延她们一阵。

“出了什么糟糕的事情吗？”

“糟极了！确实发生了某些非常糟糕的事情，但是是我们不想以任何方式任何语言来讨论的事情。”

矮个子扭头看了看，浑身战栗，然后走开盯着大海。鼻子非常显眼的高个子建议阿尔弗雷德绕过下一段礁石，离得越远越好。

“但是我非常了解这片地区，是什么这么危险？”

高个子想要开口说话，却闭上双眼。最后她终于带着凶狠而冰冷的笑容说了出来：

“不知你能否好心指引我们去……”

“佩尼特中校的家，对，你们穿过这片田，然后再穿过一片，顺着防波堤走，过了那座木屋，你们看到没，那座，然后有一条小路，小心那里的悬钩子，从那一直向前走，你——嘿，既然那么紧急，让我带你们去那儿怎么样？滴答能够驮动我和一个你们这样的女士，你可不可以，滴答？”

灰滴答喷了一下鼻息，但她们态度很坚决，她们完全置之不理。穆宁斯微笑地坚持着。她们毫无笑容，站在原地。

“不，不了，谢谢你，但是不用了。”

她们从他身边大步走开，走向第一片田地，目光坚定地望着前方的目标。

“好吧，下午好，女士们。”

阿尔弗雷德沉思地看着她们急匆匆地走向远方，然后便继续向拉莫纳而去。

这到底是怎么一回事，啊，滴答？靠近岩塘的时候，他慢了下来，最后停了下来，翻身下马。让咱们看看那里到底有什么值得大惊小怪的，让咱们做一番侦察，好不好？他一边嘀咕着一边把灰滴答拴在了一段破败的篱笆上。一只兔子蹦了出来，又蹦了回去。我的天啊，风景真美啊！我的神啊，天气真好啊！他呼吸着大西洋的空气。振翅欲飞啊！

但是……等一下，对啦，啊哈，对啦。

噢，就是那里。

是的，女士们，他现在看到是怎么回事了。这是另一幕美景。他的马靴鞋底很滑，所以他小心翼翼地向左移动，走向长草的地方，然后坐着滑了下去，用手和脚跟来做刹车。这一举动十分冒险，因为斜坡非常干燥。他一寸一寸地向前挪，就在能够从石头上看到他之前，他牢牢地站定，蹲了下来。整个过程中他始终看着下面的。

他感觉自己像个猎人。此刻，他就在劳拉和多莉上方三十英尺的地方。他观察着。

然后，他就像只狐狸，鬼鬼祟祟地，又向前挪了一些。他的右脚踢松了一块小石头，但是他及时抓住了石头，没有让它掉下去。现在，他确实已经足够近了，近在咫尺，触手可及，仿佛一只猎鸟盯着一口肉。他趴下来，就在她们上方，他棕色的头发和被太阳晒黑的脸与周围粗野的草地和石楠花融为一体。但是干燥的土地令他鼻子发痒，眼睛刺痛，他费了九牛二虎之力才压抑住打喷嚏的欲望。他用他的彩色大手帕以尽可能小的动作擦着前额，然后缓缓地松开领结和领子。离地表那么近，实在是很热。

他把身子贴在地上。他尽可能一动不动地看着。汗水在他手背上的汗毛中闪烁，在他的后颈部发着光。多莉的一只膝盖举起，另一条腿伸展。她的头发蓬松地摊在肩膀上，比弗洛伦斯的还要漂亮一些。也许是强烈的光线映照的结果。

这是一幅画！

他能够记住吗？

他会记住吗？

他曾经尝试去捕捉的弗洛伦斯的头发颜色棕色更重一些，但是他从来都没有见过她的头发如此飘荡。从来都没有。但是他必须要见。他必须要见！

多莉比弗洛伦斯要高一些。不，他怎么分得出来呢？如果她站起来就能比较了，但是如果她站起来，她就能看到他了。想到这里，因为自己所处的位置，因为可能会引发的尴尬和羞耻，他的身体恐慌地颤抖起来。

一个偷窥狂！

她的腿有些像弗洛伦斯的。但是他怎么能够这么说呢？他从来都没有见过弗洛伦斯的腿，没有像这样见过，没有见过她如此漫不经心地分着腿。汗水顺着他的眉毛向下流淌。他抹了一把，汗水反而跑到了他的鼻子上和他的手背上。

多莉看着海。他能够听到她在吃苹果。他看着她的背，他几乎就在她的上方，仿佛红隼一般在她上方盘旋。他能够听到她舔着嘴上的苹果汁。他看着她，从她的胸一直看到她的脚。他的嘴就仿佛他身下的大地一般炎热而干燥。他看着她的两腿之间，一直看着。他近距离地偷窥着。

多莉，我看过你了。真好。弗洛伦斯像你一样吗？弗洛伦斯像这一样吗？他盯着。弗洛伦斯看起来也会这么美吗？他必须回到他的马旁，但是他又必须留下来。一只海鸥突然飞扑而来，厉声尖叫，让他的心跳得更加狂野。

“讨厌！”多莉笑着，然后模仿海鸥的叫声，“呱！呱！”

要爬回光滑的斜坡比下坡更加困难，困难得多，他很容易就会踢下去石头。

劳拉会说什么呢？如果劳拉转身看到他会说什么呢？他的心又一次贴着大地狂跳。

炎热的感觉肆意流淌，他的身上已经浸满了汗水，湿漉漉的，而下面的那一幕就如同一块烙铁。

他被熨在原地。

择伴

他们都同意去彭冉，他们都答应两点的时候在舞会溜冰场碰头，劳拉，我们全都要去，弗洛伦斯，你也要去，多莉，不许找借口，吉尔伯特，你没有那么忙的，到时候见，阿尔弗雷德，不要迟到，我们都希望你去的。

天气又变得恼人了，波浪上下颠簸，大海仿佛一锅沸汤，它的情绪比穆宁斯还要不稳定。渔夫的妻子都被迫戴着黑帽子穿着黑围裙挤成一团，对抗如刀子般锋利的狂风。乔伊和弗洛伦斯出发的时候天气还好,他们驾着乔伊的小马,赶着双轮轻便马车。一路上,乔伊用一只六音孔的玩具哨笛吹着苏格兰的调子,弗洛伦斯和着曲调随意唱着。能够和妹妹一起上路，能够和这样的美人一起，让乔伊感到非常骄傲。渔夫的妻子们都盯着他们看个不停。

乔伊过去滑过几次旱冰，弗洛伦斯从来没有滑过。乔伊帮助妹妹穿上轮滑鞋，然后将技术提示和警戒性的故事灌输给初学者。她将他强调的要领和禁忌记在心中，然后等着他穿上轮滑鞋，这个过程中他们一直说个不停，然后，他们手挽着手，迈向了滑冰场。

他们一进入滑冰场，其他人便都转身看着他们。更糟糕也更令乔伊恼怒的是，他技术明显不足，没有办法跟上妹妹的脚步。他半跑半推着他的脚冲过滑冰场的中间，转弯，然后继续凶猛地推进他的轮滑鞋，他感到鞋底都燃烧了起来，他急匆匆地奔跑，仿佛想要在越野比赛中争先，却只是将脚尖插到了多莉面前，他向前摇晃，然后无助地向后摆动，最后摔倒在旁边的木板上。他拒绝了多莉的帮助，踉跄着红着脸站了起来。

而她呢，弗洛伦斯最初一直在外围的边缘处，然后毫不费力地踏上了轮滑之路，踩着假想中的华尔兹舞步，轻声哼着乔伊的苏格兰小调，仿佛是在一场死板的舞会上和某个不喜欢的舞伴共舞，他们尽可能沉默寡言，如同随意悬挂的松松的丝绸。很快，她便构筑出一种稳定、流畅而轻松的韵律，躲避着他人的冲撞，因为有规律的运动而身体渐渐发热。

经过一段时间，不断修正自己的技术，乔伊已经完全能够胜任溜冰者的角色，不过脸上淤青的骄傲标记能令人一眼就认出他来。他兜着圈子滑动，希望能够和妹妹重组，但是太晚了。她已经接到了另一个男人的邀请。

然后是另一个。

然后又是另一个。

否则会是什么时候呢?

阿尔弗雷德骑着灰滴答离开画室的时间与弗洛伦斯和乔伊出发的时间差不

多。我们出发去彭冉，他对他的马说，我情绪饱满。我要不要告诉你为什么，滴答，要不要？因为……因为我在那断崖上，我认真工作，不得不说我画出了一些好东西，一直到中午都没有休息。那是一个女孩，你知道吗，滴答，她是一个秘密，她是一张门票，滴答，好吧，女孩们，实际上是复数。

但是在早上七点——他并没有告诉他的马这件事——他的脾气非常暴躁。他感到有一个挑剔的批评者，一个不受欢迎的合作者，一个批评者总是在他身后对他最新的作品做着最刻薄的评论。好吧，他把他送走，到了中午，他的臀部又因为过度疲劳而开始疼痛了，而他也感觉更加自信了。到了中午，画中的猎人看起来都是活的猎人，不再是雕塑了，岩石也是岩石了，不再像是黑色的海绵了。你想知道我怎么办到的吗？

告诉你一个秘密，好不好？

今天，当我觉得情绪稍微有些低落，我就想礁石上的多莉，想那个女孩，然后突然间我便活了起来，充满了惊奇，我在画中是活的，这种时候我就知道自己状态很好，当我活在画中，我能够感受到，通过我的重心，我的脚，我甚至找回了两只眼睛的视觉（尽管这根本是胡扯），我能够在我的手里看到，她们就和我在一起，你明白吗，她们都如同惊雷一般，在岩石上的那个女孩穿着弗洛伦斯的衣服，观望着，弗洛伦斯在那里……腿放在礁石上，像多莉那样躺着，弗洛伦斯没有穿衣服，多莉穿着弗洛伦斯的衣服向我走来，因为她想，她们全都赤身裸体地站在我面前，都躺在我的画室中，都躺在我的床上，都是可以入画的。滴答，她们都是如此适于入画，一个穿着衣服，一个看着，然后她们互换衣服，力量倾注在我的画中，有时候我很累，滴答，但是你看她们两个都希望被画在地板上，她们都希望被用彩虹的颜色来描绘，她们都恳求我在她们躺着或是赤脚走在地板上时继续画，在她们经过时画，我画她们的背，画她们的正面，我们扑进画中，嘲笑哈罗德·奈特，他只会像刺绣一样拼凑出一幅画来，那不好，一点都不好，所以我们画她们，她们被画，没开玩笑，一切都充满戏剧性，充满男子气概，坦率真诚，这就是艺术。

这就是艺术。

阿尔弗雷德加力踢马，向彭冉而行，他和灰滴答融为一体，能够体察到彼此的身体，就仿佛是画家和模特。他们走到了星星旅店，这里处于纽伦的边缘，阿尔弗雷德说自己被烤焦了，他这么告诉灰滴答。他的嘴就像那天在多莉上方俯视时一般干渴。

“烤焦了。”他对店主人说着，把自己从马上抛了下来，分开腿坐在窗边一张木头矮凳上，透过窗户能够看到蒙特湾的海景，一艘大船正从海面驶过。稳稳地吸了三口，他喝掉了第一品脱酒。他舔了舔嘴唇，打了个嗝。他对自己宣称，他还是焦的。

“还是焦。”他带着挑衅的笑容说道，仿佛是在提醒那位麻脸的店家保证下次倒出更多更好的一品脱酒。

“给你自己也倒上一杯，和我一起喝吧！”

在午餐的时候就碰到了这样一个恩客，店主人摸索着他的火柴，把没点燃的烟斗放在一边，回到了酒桶旁边。

“谢谢你，先生，我会的。”

弗洛伦斯在一英里之外的地方仿佛松散的丝绸一般兜着圈子滑着旱冰，而他们开始了交谈，男人和男人的谈话，店主人和穆宁斯先生，肩并肩肘挨肘，发现他们有共同的猎人朋友，发现狐狸的故事依然在流传，阿尔弗雷德安排着给他的坐骑送去了足有一吨的干草，然后他们开始谈到了天气和海洋的多变，接着自然转向了马和女人和生活，他们说有些女人不用费力就非常好看，而有些女人费尽力气还是看着非常蠢笨；他们说懂马、女人和生活的男人知道骑着马穿过树林回家的乐趣，一轮新月在天空照耀，马蹄之下踩着东西吱嘎作响，乐趣无边。

有一阵子，A.J.因为满满的苍蝇瓶而分心了，因为酒馆里的苍蝇被瓶子里的啤酒吸引，掉进洞中，被封住，最后被淹死。阿尔弗雷德用手指戳着瓶子说：“那就是生活。”

“和死亡。”店主人说。两位哲学家一下子都笑了。

四品脱酒之后，感觉愈加和谐，阿尔弗雷德付了酒钱，在一张纸片上迅速画了一幅素描，将其送给店主人，和他依依惜别一番，便将柠檬黄色的围巾绕在脖子上，走入了外面的风中。在去往溜冰场最后一段路途中，他拍打着他那陈旧但宽大有光泽的呢绒马鞍，问了灰滴答一些问题，比方说：

为什么我会被一个酒馆触动，呃，不对，是在一个酒馆当中被触动，就如同被一幅画触动，如同因与一个陌生的人觥筹交错而被触动，就如同被一匹马、被小路上一匹马的气味、被进入他们肌肤毛孔的牧场上的气息触动。他一边问着这些问题，一边抚摸着灰滴答长长的卷曲的鬃毛。

奥热罗、无政府主义者、鲁弗斯、跳樱桃、冬日玫瑰、红王子、范妮、美腿和灰滴答。

回想起这一串他养过的马的名字，他就仿佛已经看到了那修剪过马毛的皮毛的反光，看到了那矮种马中的勇士，看到了那匹有着长长的黑腿、马蹄附近长着花纹的母马，看到了那长着阿拉伯面孔的白色母马……

那都是多好的马啊！

那都是多好的朋友啊！

而另一件事情，他今天是多么能说会道啊！今天，他能够解释清楚一切事情。阿尔弗雷德经常发现，当在画廊里当着劳拉·奈特或是某个批评家的面，他就很难表达出一幅画的意义。他往往词不达意，他的舌头仿佛是打了结。整个评估和比较的勾当，总是让他捶胸顿足，让他内心七上八下，肠胃翻来覆去，以至于他都不再相信自己的屁股能够放出屁来。但是就在他走出酒馆的时候，他却十分清楚地知道自己对马、女人、艺术、思维狭隘的卫理公会和该死的严守安息日的信徒有些什么想法，并且他知道自己能对所有人，对三教九流说出自己的想法，巨细无遗。

而相反的是，那天的所有事情，似乎都是针对吉尔伯特的。午饭的时候，他已经对前往溜冰场不抱任何希望了。清晨，他一醒来便因感冒而发起了高烧。祸不单行的是，佩尼特中校特地到乔瑞旅馆让他在十点钟前后到博斯科那，一起讨论吉尔伯特在拉莫纳的新办公室可能的改进和发展。由于他在村子里外监督新房子的建造工作所需的时间越来越多，吉尔伯特明白这项计划是大有好处的。这会节省他的时间，这很明智，会让对各项产业的管理更加高效，中校能够考虑这项计划实在是很好心，但是他们一直站在刺骨的风中讨论，吉尔伯特期待已久的星期六的光阴就这么一分一秒、一个小时接一个小时地逝去了。他觉得，如果自己盯着地面足够长的时间，那么中校最终一定能够心领神会的。

最后，中校终于明白了。

“不管怎样，吉尔伯特，我不能再耽搁你了，毕竟今天是星期六，你们年轻人需要放松。”

“这真的没什么的，中校。”

“但是你对水源乐观吗？用管道，比方说？”

“嗯，是的，我很乐观。拉莫纳现在在地图上可是个显眼的地方了。”

“新房的地基，一切都符合计划吗？”

“非常符合。将来完成的时候那会是个漂亮的地方。”

“是那种某天你会考虑自己住的地方，是不是？一切都顺利吧？”

“先生，如果我结婚的话，如果我的荷包支持，我就会考虑。”

“你走之前还有件事情，佩尼特太太无比期待你尽快过来吃顿晚饭，在狗那件事情上你彻底赢得了她的心，一举成功。”

“我很高兴狗最后没事。我刚还见到了小情人，看起来活蹦乱跳的。”

“也许我们会叫上卡特－伍德小姐，真是个美人啊，哈？”

“我肯定她会欣然同意。”

“非常迷她，我们都！”

“我们也都是。”

“好的。好的。我们到时候在车上安排这些事情。顺便说一句，吉尔伯特，你的表现实在是一流的，一流的，真不知道没有了你我们该怎么办。”

“谢谢，中校。”

“而且人们都知道你很好。就应该如此。好小伙子。”

吉尔伯特因受到这样的夸奖，心潮澎湃，双腿用最快的速度蹬着自行车往回赶，他顺着小径一路狂奔，回到旅馆，囫囵吞下乔瑞太太给他特意保温的热饭。从博斯科那回来的路上，他已经决定要省掉午饭，但是看到乔瑞太太的眼神，他便立刻改变了策略。他坐了下来。他喝汤吃派。乔瑞太太坚持认为，一个绅士，饮食应该有节有时。他看了看餐具柜上的钟，肯定他现在已经错过了在彭冉度过美好的周六下午的整个计划。谢过乔瑞太太之后，他跑上了楼上自己的房间，花了不必要的十分钟，试戴三个不同的领结，想从蓝色、红色和绿色团花领结中挑出一个来，直到他手心开始冒汗，衣领都被蹭热了。他有生以来从没在领结这样无足轻重的事情上如此大费周章。这根本不是他的作风。而更加添乱的是，他无意中想起了 A.J. 的一首傻气的打油诗：

你只能戴一个领结
只能戴一副眼镜
死后你只能睡一个棺材
你不知道吗？

该死的 A.J.，总是要四处插足！

即便那时，尽管已经很迟了，他还是看了一眼那一托盘的鸟蛋，然后又上了一次厕所，才开始攀上漫长的山坡，双腿尽可能地用力，好去追赶逝去的时间。但是他被一群牛给耽搁住了，而到了山下要进入彭冉时，他气鼓鼓地推着车步行。是的，又一次扎胎，而又一次扎胎则意味着自鸣得意的 A.J. 又多了一次取笑他的机会。

三点钟，当他把他那辆受损的自行车停靠在长长的钢铁围栏的旁边时，溜冰场内已经挤满了人，是如此地拥挤，以至于他起初断定他所有的朋友肯定都已经走了。她肯定已经走了。弗洛伦斯不在那。没关系。

你是什么意思，没关系？

请注意，他并不十分清楚自己期待着能找到什么。推着自行车的时候，他思绪飘忽，仿佛看到了她和其他大约 20 人在溜冰场中。但是实际上，溜冰场中肯定有 100 多人，一片喧嚣，充满了溜冰的声音，有兴奋的叫喊，也有苦恼的警告，有侥幸免撞脱险的欢呼，也有经过连续大转弯的喜悦。这些声音，这些人，他一个都不认识。

然后他看到了 A.J. 柠檬黄的围巾飞扬在身后，A.J. 梳着孩子气的发型，面泛酡红，仿佛波尔图红酒，飞速滑过，就像一个正在被一群泼妇追赶的车夫。只是他还带着一个人和他共赴地狱。是多莉！他用一只手勾住她的腰，他勾着她的腰，那架势仿佛根本不在乎谁他妈会看他勾着她的腰。他又一次飞速滑过，他的夹克，暗灰色的美尔顿夹克，衣摆飞扬。他并没有什么，他没有那么紧地搂住她，而她也并不享受。

看到吉尔伯特，他伸展双臂致意，几乎失去了平衡。

“吉尔伯特！谢天谢地！你终于来了！”A.J. 喊道，他的眼睛就像是麻雀一样尖，他猛地转向，差点撞上了人。他胳膊环绕在多莉的腰间便冲了过来。

“你去哪了？”

“工作，我怕是。多莉，你滑得真太好了！”

“工作？”多莉说，“在星期六？”

“你的意思是说我滑得不好喽？”A.J. 问。

“吉尔伯特！”

是劳拉，她像个气球一样跳了过来。

“劳拉！”

“我们都以为你不理我们了，你到底去哪了？不，别告诉我，那个机器，我从你的脸上能看出来，灾难再度来袭？”

“是的，我想是如此。”

吉尔伯特觉得自己就是愚蠢的化身，劳拉笑得恣意放肆，毫无风范。

“你这可怜的孩子，还是相信这个吧。”劳拉说着指了指她穿着鞋子的脚。

“我有消息带给你，劳拉。非常好的消息。”

“真的？”

“在两位女士的事件之后。”

“什么事件？”

“你没听说佩尼特中校和投诉者的事情？你肯定听说了。”

“没有。”

于是，吉尔伯特向她从头交代，他大声喊叫，以确保劳拉在滑冰者的喧嚣声中听到自己的声音。她被吓呆了。

“噢，天啊。真的吗？不！我不明白！我总这么做啊！”

“不，不，听着，拜托。中校一丁点都没有在意，他把她们轰走了，你会爱死那一幕的。她们走进来，中校听她们说，然后看着她们的眼睛说：‘奈特太太住在我的地方，奈特太太是个了不起的画家，奈特太太能够画她喜欢的任何人任何东西。还请二位见谅，我琐事缠身不便相陪。’”

“中校这么说的？你当时在场？”

“不，他逐字逐句向我复述的。他显然非常以此为傲。”

“那他应该，”她拍着手说，“他应该骄傲。”

劳拉上蹿下跳，脸红红的，粗布裙子旋转飞扬，不羁的头发也起伏飘荡。

“还有还有……就在我走之前，他还跟我说他非常希望你能够在他的土地上设立画室。”

“但是我承担不起。我的画还赶不上A.J.的价格，你知道的！”

“房租免费，只要你愿意，我承诺，房租免费，那只是一间小木棚，但我昨天下午去查看过了，只要花点工夫——”

“不是去特雷季菲安路上的那一间吧，我们刚刚经过。”

那个地方很干燥，大海尽收眼底，屋顶绝佳，是个四方形的房间，空间足够摆下一张桌子、画架和一把椅子，身处其中，画家会不知时日飞逝。

“是的，就是那里。”

劳拉紧紧地抱住了他，响亮地亲了他的两侧脸颊。叭！叭！“吉尔伯特·伊文斯，你是我的救世主。”

吉尔伯特非常为她高兴，只是她拥抱的长度和力量而有点不太舒服。劳拉的声调升高，消息迅速传播，人尽皆知，立刻，救世主吉尔伯特便被A.J.、多莉、弗洛伦斯和乔伊围在当中。A.J.递上一小瓶威士忌来庆祝，劳拉向阿尔弗雷德复述了刚刚的故事，多莉听得喜出望外，眼睛瞪得大大的，用手捂着嘴，不断地说：“不！不！是真的吗？”

弗洛伦斯牢牢地盯着多莉，然后牢牢地盯着吉尔伯特。他感觉自己必须要释放，但是不知道该如何来表达——他动了起来，仿佛都是自动的——吉尔伯特发现自己已经拉起了弗洛伦斯的肘部，尽管一言未发，但是他和她一起滑向了冰场的中心。她看起来十分高兴。他并没有说话，但是他似乎让自己摆脱了人群，和她单独相处，这就是一切的意义，这就是最重要的，他已经做到了他最想做的事情，他和她在一起，他拉着她的手。

“你滑得很好。”她说。

“你也是。”

当他们再度经过那群喧闹的人，A.J.一边叫着什么，一边指着多莉。吉尔伯特并没有听清楚他说什么，但是他看到多莉笑得前仰后合。

“你听到了吗？”弗洛伦斯是在暗示她听到了。

“没，是什么？”

“只是一首他糟糕的打油诗。”

微微摇了摇头，她结束了这个话题，微笑地看着他。

几圈之后，吉尔伯特心中的幸福每分钟都在增长。她在冰场的另一头滑了出去，滑向一条木头长凳，这显示他可以坐在她旁边。她解开外套的扣子，牢牢地看着冰场的对面。

“吉尔伯特？”

“在。”

“刚才你觉得自己不得不救我？”

“不，我只是想和你一起滑冰。”

“劳拉对阿尔弗雷德非常着迷，是不是？这太明显了。”

“我觉得他们更像是两个同一类型的人。”吉尔伯特说。

“两个同一类型的人？”

“她非常爱哈罗德。这很明显。”

“是吗？我肯定你是对的。多可爱啊……能这么热爱。但是劳拉和阿尔弗雷德为什么是两个同一类型的人？”

“也许她应该做个男孩，谁知道呢，很明显，她无法容忍自大的男人。”

“但是谁能比 A.J. 更自大呢？”

“正是。”

“而他也许不能容忍……自大的女人，你是这么形容她们的吗？”

“我觉得差不多，是的。”

“比方说多莉。”

“什么？”

“这非常有说服力，真的。”

她向前探身，碰了碰他的胳膊。他感到他的身体一下子绷紧了。

“再告诉我些别的，如果你愿意的话。一些与众不同的事儿。你觉不觉得，能理解画家的人只有其他的画家？我听乔伊这么说，不过你不是画家，所以我想我得问问伊文斯上尉。”

说完“伊文斯上尉”她笑了。他坐在这里，远离其他人，和这个世界上最美丽的人，值得波提切利挥洒才华的美女说着悄悄话。

“不，我不这么觉得。的确，我不是画家，但是最主要的事情是想象自己成为其他人，去设身处地地感受。如果做到这一点，你便进了理解 A. J. 或劳拉或是任何人的大门。”

“而劳拉喜欢粗俗的东西？”

“她有吗？”

“是的，她当然了。我必须记住这一点，因为对我来说，既鄙视又倾慕实在是非常困难。”

吉尔伯特一头雾水。

“她喜欢享受。”他说，“就是如此，这是健康的享受，不是吗？”

“阿尔弗雷德 · 穆宁斯也是一种享受？”

“是的。”

“因为他打破陈规？而你没有？”

“是的，你肯定像我一样清楚。他做他喜欢的事情，他将这里的一切都改变了，不是吗？我从来没有遇到过像他这样的人。”

“我似乎天天都听人这么说。”

“是吗，你有吗？你碰到过像他这样的人吗？”

她的眼睛瞪大了。

“不，当然没有。我到哪儿去碰呀？顺便提一句，在你来到之前，劳拉说了一些非常恶心的事情。确实非常恶心的事情。”

“是吗？她说了什么？”

“你真想知道？”

“如果对我有好处的话。”

“她说，她不喜欢脸色那么红，所以年轻的时候，等着哈罗德娶她的时候，她经常到家中的后厨房中，你相信吗，她去那儿摸放在那儿的一颗牛心……那东西放在盘子里，近距离地观察，然后摸，这会令她难受，脸色发白……于是她回到房间见哈罗德时候，脸色就像她希望的那么苍白了。”

吉尔伯特笑了，本身非常苍白的弗洛伦斯扭脸看着他。

“这很恶心，不是吗？”

“我不把它当真。”吉尔伯特说,“劳拉说的很多事情,还有阿尔弗雷德说的,只是为了效果,为了好笑。他们都想吸引注意力,想获得掌声,我在学校里和军队里都有这样的朋友,总是想要显摆炫耀……这完全无害,只是娱乐。相信我,还有很多比摸牛心更恶心的事情。”

“有吗?”

“噢,有的,很多。”

“如此,我向你的丰富阅历鞠躬。”

不肯定自己到底说了什么赢来了这番回答,他说道:

“没有必要如此。”

“我说我向你的阅历鞠躬,我是认真的。”

“是吗?”

“毕竟,你是唯一一个阿尔弗雷德愿意与之交流的人。”

“你是说他和吉普赛人待在一起的时候?你当时希望他给你写信?”

一片沉默,不断蔓延。然后她轻巧地站了起来,走回滑冰场。在边缘处,她转身拉起吉尔伯特的胳膊。缓缓地移动,然后一起滑了起来,高高的优雅的一对儿,他们经过乔伊和多莉身边,然后与 A.J. 和劳拉迎头相遇,然后又看到 A.J. 和多莉,乔伊和劳拉组合在一起。滑冰场上不断变化出不同的组合,但是弗洛伦斯拒绝了滑冰场上其他人的邀约。其他所有人整个下午随意交换搭档,但是她让吉尔伯特确信和他一起滑冰,她开心至极,她享受着每一分钟,她期待着和中校与佩尼特夫人共进晚餐的夜晚,不管那是什么时候。她曾经见过博斯科那那栋围墙当中的庄园,非常期待能够进去看看,希望能和他交流更多。吉尔伯特感到充满力量,却又感到非常无力。在滑冰场上,他感到玫瑰花雨在飘落,从茎上被切断的玫瑰花,飘荡悬浮在空中。

那天晚上,吉尔伯特拿出他的日记本,把笔蘸进墨水当中。他写得非常慢:

漫长的一天。《蒙默思郡预备役历史》邮寄到。早上和佩尼特中校在博斯科那。下午到彭冉，滑冰。路上扎了胎。A.J.和C–W小姐宣布订婚。

萨米的练习簿

昨天晚上，就在我的晚饭准备好之前，劳拉·奈特急匆匆地赶到乔瑞旅馆的二楼楼梯平台，告诉我婚礼上发生的一切。她向我保证过会这么做的。不过，她敲响我的门冲进房间的时候，脸色比我认为她此刻应有的脸色更加苍白，我能看得出来，她的消息十分震惊。

一个多星期后，等他们回到这儿来，我肯定就能够弄清楚更多事情。劳拉把她所知道的和所能猜测出来的一切都告诉了我。然后她补充说：

“还有，谢天谢地，他们要来住在旅馆里。”

“这里！”我说。

“你到时候肯定得帮很多忙，吉尔伯特。”

“我会吗？”

“是的！当然，你当然会了，这是最可能的了。肯定你能想象出来？”

尽管没有那么震惊，但是这比她刚才说的恐怖消息对我打击更大。唯一可能让他们入住的房间——乔瑞太太唯一能空出的房间——就在我的隔壁。他们将成为我最近的邻居，她就住在隔壁，和我一墙之隔。我们上一次说话的时候，得承认那是几个星期之前了，弗洛伦斯让我相信他们租下了彭冉郊区的一栋房子，打算住在那里。我们都认为这是一个明智的计划，对我们来说，几英里的距离要比几英尺的距离更加轻松。我甚至去看了几次那栋房子，想看看那是不是那片地方当中他们能够找到的最舒服的居所，有足够的空间给他们二人作为画室，实际上每人一间，而且附近还有马厩。是的。而现在，按照我得到的消息，如果劳拉没有错，他们会回到这里，作为一对夫妻，回到拉莫纳，住在这间旅馆，住在这层楼上，和我在同一张桌子进餐。

他们到底在想什么呀！这到底是谁的主意啊！

在这发生之前，在这段日子，重要的是，我要理清自他们在滑冰场宣布了未来的计划到劳拉报告了恐怖的消息之间所发生的一切。

有一件事情非常明白，我的日记派不上用场。我年复一年使用的那内页窄窄的小小的列茨日记本记录的只是每天最简明的流水账。通常情况下那非常有效。这是我在军队受到的训练，我当然会继续按照那种方式记录发生的大事，而将这个练习簿（是在我收拾弟弟萨米的东西时在他卧室当中找到的——封面上甚至还有他的名字）作为更私人的记录本。

在弗洛伦斯和穆宁斯订婚后的最初几个星期内，我觉得自己像是汪洋大海中的孤独泳者。我几乎看不到她,更是完全看不到他。这非常刻意。由于骄傲，由于我心中愁肠百结，我发现自己不能够继续帮助乔伊去探索岩塘，尽管我知道他发现了一只大丽花海葵,这通常只能在约克郡海岸找到。但是看到他的脸，就像是看到了她的脸，我们到底该怎么避免整个问题呢？同样，我害怕，我发现自己再也不能骑美腿了。我不能去问穆宁斯能否借我那匹马，尽管这非常不方便。日复一日的步行跋涉和蹬自行车让我精疲力竭，但是我很满足。

所以，为了弥补因此损失的时间，我每天越起越早。很快我便生活在了不懈工作的半球之中，忍受着分裂的汹涌的凄惨，生活在一片苍凉的土地上，入眼的只有无尽的颓败。我检查了一处又一处的产业。我更加卖力地督促工人工作。我每天清理我的桌子，重新整理我在拉莫纳办公室当中的所有抽屉。有一天晚上，我把头撞在了一根低低的横梁上，撞得如此之猛，我晕了半个小时，但是即便那样也没有引起疼痛。我对一切心不在焉，我羞于承认，自己住在英格兰最美丽的海岸边。这一切最大的好处就是当我脱掉衣服便能倒头睡着，睡得像死了一般。只是，当然，我会梦到最恐怖的事，我现在依然如此。

她选择了他。这就是事情的结局。对于弗洛伦斯，我曾经和她在滑冰场上有过轻浅的情感交流。也许，她看到了我对她的关心，还有我对她的不断接近(如果我有的话)，而对她来说，也许，关心是一种束缚。

要躲开穆宁斯并不难。在他订婚后到婚礼前,他留在拉莫纳的时间并不多。

他去了伦敦（为了他在莱斯特广场的画展，还有其他必需的约会），去了汉普郡，去了诺福克，他在诺福克给我写了信。

他在伦敦的画展名为“马，狩猎和乡村生活”，获得了巨大的成功。劳拉向我描述过，并且给我看了一篇《每日电讯报》的评论，评论称这些画作“狠狠地打了皇家学院一耳光，同时也是英国美术界期待已久的转机”。开幕式的时候，弗洛伦斯和劳拉一起乘坐康沃尔特快前往，阿尔弗雷德自己提前走了。弗洛伦斯后来对我说，这是“自我们认识后”，自她看到那个人悲惨地被拦腰轧断成功结束了自己的生命之后，她第一次乘坐火车。

大多数的男人是否像我一样好奇女人们聚在一起躲在房间里或是在火车上的包厢中会说些什么？我发现很难想象出弗洛伦斯和劳拉从彭冉到帕丁顿一路畅谈的画面。她们讨论未来的婚礼了吗？她们谈论劳拉和哈罗德的婚姻了吗？她们讨论阿尔弗雷德这个她们无疑以非常不同的方式同时爱着的男人了吗？她们谈论艺术了吗？带着会意的微笑了吗？我不知道。大多数拥有我这样的背景、身处我这样位置的男人，宁愿对女人们关心什么一无所知。

在那次去伦敦的旅途中，还有另外一件事情像画展一样未能尘埃落定。穆宁斯必须亲自去卡特－伍德府上拜访，正式请求将弗洛伦斯嫁给他。委婉地说，这次会见并不怎么成功（劳拉说的）。似乎，穆宁斯急匆匆地闯入屋中，穿过红木家具，走过大理石地板，仿佛是要和乔伊一起去闪亮处理一笔无聊的拖欠了很久的债务——他得到的只是“请坐”。

坐在那里，绝对不是穆宁斯在最佳状态时候喜欢的姿势，非常严厉的卡特－伍德先生告知他，自己对艺术家从来都不信任，此刻也没有看到什么证据让他改变这一想法，艺术家们总是无法提供一个温暖的家，让自己过上正常的日子，对妻子和家人不管不顾。而他的女儿习惯了娇生惯养，事事优先，大家都期待着她能嫁户好人家；而他的儿子和继承人，乔伊，将宝贵的青春浪费在上山下海，在岩塘里收集颜色灿烂的比画家还要奇怪的物种，而已经收了巨额学费的纽伦的斯坦侯普·弗波斯先生对乔瑟夫非常陌生，这位斯坦侯普·弗波斯先生甚至都不能把乔伊·卡特－伍德的人和名字对上号。而穆宁斯先生，如果要表达严肃的希望和光荣的梦想，成为他的女儿伊迪丝·弗洛伦斯未来的丈夫，同时成为他的女婿，则需要先赚上一千基尼以展示他的决心，然后大家才能考虑坐下来探讨婚礼日期和安排的可能性。

这番逐条详述的演说之后，卡特－伍德先生向后坐下，与穆宁斯隔着宽大的红木桌子相对而坐。他高高的瘦瘦的，身材挺拔，等待着穆宁斯逐条回复。红脸膛的穆宁斯却站了起来，隔着桌子伸出右手，说：“成交！”

“成交！”他说完转身而去。

没有人能了解，回顾谈论弗洛伦斯一生归宿的方式，令我多么痛苦，但是即便当我写的时候，我不得不承认，我对这个男人充满了敬意：他戏剧化的随和，他不甘于被困原地，还有他讽刺性的顺从。当然，由劳拉转述的穆宁斯会见的细节，是否和事实相符，我并不清楚，但是在拉莫纳，我们见过了太多的事情，因此都相信这是真的。实在是见过太多了。

“一千基尼！”在闪亮酒馆，他向我叫道，伸出手来拥抱我，喋喋不休地跟我说个不停，他的手和头都摇来摆去，好像是一台失去了控制的自鸣钟。“她值那么多钱吗，伊夫？”他问，但是他的笑声让我确信他只是在开玩笑，根本不需要回答，这是件好事，因为我那已经坏掉的血液，此刻重新在我的血管中沸腾。

他笑着自己的笑话，笑着弗洛伦斯的未来，笑着他自己不够血性，我第一次注意到他的前牙有多么尖。尽管他平时感觉迟钝，但是过了一会儿，他便看到我的紧张和沉默寡言。他说他自己也口干舌燥，不过，他打着哈欠说：

“那么，那么一切都怎么样了，伊夫？中校没有让你过度操劳吧，山上的房子怎么样了，岩塘那有没有上演更多好戏，还有没有被吓到的过客，感觉有好几年没见过你了，上次是什么时候？”

“在滑冰场。”

“噢，那就是吧，所以，你看我必须得去捞一笔，一千基尼，不能少，如果需要的话，就粗制滥造一批，甚至堕落到去弄些漂亮的海葵，提醒你，那个蠢货不知道我已经通过一次交易赚了四百基尼，所以，再给我一个月，我们就差不多够了。”

“是，我相信你能。”

我尖锐的声音落在空洞的地上。

“我们要搞个大派对，好不好？搞一场空间绝后的婚礼！老 C－W 会不敢相信自己的眼睛的！我们所有人一起。”

“劳拉给我看了报纸，好样的。”

“你看到《泰晤士报》上的结婚通告了？非常豪华，嗯？”

“不，是你展览的消息，真是一场胜利。”

“噢，那个啊，《电讯报》，是不是？”

“批评家这次当然是非常喜欢你，阿尔弗雷德。”

“一锅粥，一锅炖肉，他们根本分不出好坏来。”

我告诉他我不明白，他喝光了他杯中的酒，咂了咂嘴唇。

“我把他们大部分都愚弄了，他们知道什么！”

“但是如果他们不喜欢你的画，你也会叫他们傻瓜。”

“说得好，伊夫。你可能说对了。”

“但你难道不会吗？”

我注意到我的声音变得暴躁而高昂。他把他的手放在我的膝盖上，让我平静下来。

“是的，当然，尖锐的观点。我不是个好人……从来都不是。所以，再来一杯？好的！”

他离开我们的桌子。在一个晦暗的角落，靠近火炉的地方，我的眼睛被两个男人吸引住了。他们也都是闪亮的常客，抽着烟斗，玩着多米诺骨牌，他们的脸就像是腌胡桃，被醋都泡黑了。他们全副精神投注在游戏当中。他们的多米诺圈住了他们的思维和他们的手，我真羡慕他们。在吧台那边，两个人正在因为牛的价格而争执不休。我也羡慕他们。

穆宁斯再度坐下，将又一大杯淡色啤酒推到我的面前。他已经将自己的那杯递到了自己的唇边。

“祝酒。”

“祝你健康。”我喃喃着。

“台球打得怎么样？”他喝着啤酒问道，“依然是打得最好的，依然大杀四方？”

“我有好一阵子没玩过了。”

“乔伊呢？”

“我也不太经常见他。”

“打赌你还是军官食堂里的冠军，是吧？”

“实际上，食堂里面根本没有台球桌。”

他环顾酒吧，悄悄地打了个嗝，然后轻轻地揉着自己的胃部。

“太忙了，为太多人做了太多事情，这就是你的麻烦，伊夫，你人太好了，所以我觉得很糟糕，要请你额外帮我一个大忙。这让我真的觉得很糟糕。”

“是吗？”

他用手背抹干自己的嘴，将他那双明察秋毫的眼睛射向我。

“我要再度离开，每年这个时候我都出去，所谓的远行，这至关重要，换换环境。”

“不过你才刚回来。”

“那是从伦敦回来，伦敦不算数。”

“你要再去汉普郡，再去找吉普赛人？”

他大笑起来。

“不，不，这次不是去汉普郡，这次是诺福克。”

“啊，寻根之旅啊。”

“其实，差不多吧，诺福克或是萨福克，我离开这段时间，要凑钱去堵住卡特－伍德先生的嘴，你愿意为我做些事情吗，一些非常特别的事，只有你能做？你愿意吗，伊夫？”

他边说边抓住了我的胳膊，盯着我的眼睛。我能够听到他的呼吸声，还有背景中多米诺骨牌传来的叮当声。

“当然，如果我能做到的话。”

我希望他的手能放开我的胳膊。

“看着布洛特，可以吗，老伙计？帮我。”

这并非噩梦。一切都是真实发生的。我尽力让自己的声音保持平静。

“但她不是有乔伊了吗？他们能彼此照顾，而且劳拉一直都住在隔壁，哈罗德格外喜欢弗洛伦斯，她能——”

我中断没有说下去，埋头喝起了酒。他的手依然握着我的胳膊，说：

“乔伊？劳拉和哈罗德？”

“是的，他们实际上整天混在一起。”

“噢，拜托，伊夫！”

“她不可能找到比他们更好或是更亲密的朋友了。”

“是也不是，是也不是，但是她是个坚决的姑娘，你明白的，总是按她自己的方式做事，有她自己的一套。她已经开始长时间地画画，画很久很久，当然是好主意，绝对比她从老弗波斯那学到的多，谁知道呢，也许她觉得自己出师了，觉得她可以向我证明，真奇怪，女孩们都真怪，如果她觉得孤单了，她不会自己去找你，她不是那种向人求助的人，她不是容易追到的女孩，她不是，如果你能明白我的想法。”

“我懂，”我呆呆地说，“我们都会围在她周围，她总是人见人爱。”

他抓得我更紧了，他的指甲刺入了我的小臂。

“围在周围？你没听我说，伊夫，没有吧？我们都……非常喜欢你。我们两个都喜欢。你是我认识的最诚实的人，我并不是在说她人见人爱，那真他妈胡扯，不是吗？我就想听一句话，你现在对我说，你对一个朋友说。”

“我觉得我发现这更像是一个奇怪的要求。”

“有什么奇怪的？我也会为你做同样的事情的。我把马借给你了，有没有？”

“是的，不过那完全——”

“比方说，你可以带她去看赛马，带她去户外，她会喜欢的。”

“她会吗？”

“会的，她会爱死的。”

我明白要拒绝已经毫无希望了，所以，我答应了，我一同意要“看着她”，他就笑了，很快松开了抓着我的手，紧张也因此消失了。很快我们便喝得更加畅快了。我们开始谈论其他的事情，谈论地产，马匹，悬崖上的新房子，溪钓，还有吧台上传播的关于法国船又一次潜入海湾偷走了杰弗瑞的捕蟹船的消息。A.J. 说他想用枪崩死所有的法国佬。

午夜，我坐在他的画室中喝着酒。

我为什么这么快就原谅了他？

不过，过了一整个星期之后，我才开始“看着她”。这完全是天气的原因。天气实在太糟糕了，不是暴雨倾盆就是狂风怒吼。我经常骑着自行车冲入清晨的风雨中，到达工作地点的时候整个人就湿透了，从头湿到脚。多恩斯巴恩和博拉都有屋顶被狂风掀起。尽管面对接连不断的打击我都感觉自己溃烂了，但是还是想办法熬了过来。奇怪的是，我有时候觉得那狂风暴雨给了我巨大的慰藉。我的感觉和雨心意相通。

天气稍微好些后，我决定去看看她，不去她们的小木屋，如果可能的话，在斯坦侯普·弗波斯的美术学校门外。哈罗德·奈特向我担保说她在那里。突然间海面平静得就像是我现在正在用的这张纸一般。我的新自行车——黑暗歌者牌的——车轮滚滚向前，一路上除了和一只讨厌自行车的狂叫的狗发生了短暂的纠缠之外，可以说就像美梦一般舒服。到达纽伦的时候我的左耳当中回荡着一首曲调，这几乎是在嘲弄我。我记得，那是在我们滑冰的时候弗洛伦斯哼给自己听的最后几段曲调。我并不擅长音乐，求学过程中也不幸欠了这方面的教育，但是我搞清楚了这段曲子来自舒曼的《童年情景》。因那段回忆而疯狂，我后来对劳拉哼过这段曲子，她立刻就听了出来，兴高采烈地在乔瑞旅馆中的钢琴上为我演奏。

我站在路边，看着路对面的房子，期待着她从中走出来。我想象着她会胳膊底下夹着一沓画作。毕竟我不想看到她和别人一起出来，至少不愿看到清一色的一群女生。而我自己呢，我希望我看上去不会和这个环境太不搭调，或是太笨拙。如果穆宁斯说的是对的，她把所有时间都花在画画上，如果她真的要和他因为荣誉而竞赛，那么她很可能会出来得比较晚。

我等待着，我的手表的指针似乎是被粘住了。一股紧张的感觉涌了上来，紧紧抓住了我的胃。我为什么要在那里，既然我如此痛恨自己的遭遇？我为什么要在那里，既然她在那个星期六下午让我相信我的陪伴是她的最爱？但很明显，她的幸福并不依赖于我对她的臣服。

我站在那里，我的新自行车是我唯一的伴侣，无疑透着傻气，这一切难道只是因为我的性格不够强硬，不能告诉穆宁斯这一切不关我的事，让他另外找别人来看着他的未婚妻，满足他的心愿，好让他安心地去赚上一千基尼，来将她娶走？

“看着她。”我越想这这话，越觉得真是厚颜无耻。

而且，我到底还能够怎么做呢？你不能通过代理来保有别人的爱意或是去爱。我觉得，这更像是我通过帮他这个忙，来往我的爱火之上添些柴，让它死灰复燃，让那火焰再闪耀那么一瞬，重新点燃我的希望，尽管，他从诺福克或是萨福克凯旋的时候那火焰便会再度暗淡熄灭。我到底在做什么呢？我不是他的仆人，不是给他取洗澡水的仆人！

她出现了。

她先开口。

“伊文斯上尉，实在是个惊喜啊！”

“我要去彭冉买东西，突然间想来这看看。”

这并不能让她信服，也不能让我自己信服。我继续快速说：

“你今天怎么样？”

“画真人……不过你看起来不太好。你是不是病了？”

我一直都非常讨厌谈论疾病，尤其讨厌谈论我自己的病，我该怎么告诉她我的胃不舒服，失眠，而她正是病因？

“没什么严重的，”我说，“就是有点不舒服，你画真人画得怎么样？”

“你肯定不严重？你看上去都瘦了。让我好好看看你。”

我发现自己无法承受她关切的盯视。我开始漫无目的地走，为了说话而说话，用自行车挡在我们中间，但是不管我问什么，她都会将话题转移。实际上，我似乎也没有问她任何问题。有些时候，我的问题与她提供的回答之间貌似有所关联。这让我觉得像是在打网球，而对方根本不努力，不了解规则，总是在球落地之后才挥拍。到我告诉她我要从劳拉·奈特用作画室的小木屋中撬下一些已经变形的钢，她的思维才开始和我同步，问我是否也能够帮她找到一个类似的地方，说她是如此想要一个完全属于她的空间，胜过想要其他一切，如果我能够帮她找一个，她必定满怀感激。她的声音中有着一种不顾一切的信息。

“不过，”我说，“只要你结婚了，就能应有尽有不是吗？”

“我怎么会应有尽有呢？你相信会那样？”

“我肯定 A.J. 会给你最好的画室，我肯定他会的。”

“但是我想要一个在苍茫原野中的地方。我们能够一起找一个吗？求你了！”

这令我困扰，令我兴奋。我们继续向前走。

“要找一个，应该不太难。”我说，“你清楚他要离开多久吗？”

“阿尔弗雷德，你是说？”

“是的，当然。”

我还能说谁？

“我怎么会知道？”

“但你肯定知道。”

“不，我真不知道，自从他走后，我就没听到他的消息了。”

“哦。”

“他不是个擅长写信的人。至少对我不是。”

“我猜，他要做的事情太多了，有太多事情要完成，但是我知道他会有多么想你。我肯定他迫不及待地想回到你身边。”

我滔滔不绝地说着。她死死地站住，直直地看着我——我们现在已经将纽伦甩在了身后。然后，没有进一步评论，她把她的胳膊插在我的臂弯中，用一点压力提示我继续说。

她的胳膊挽着我的胳膊。

“乔伊怎么样？”我问，绞尽脑汁地思考着。

“得你来告诉我，”她笑了，“我很少看到他。”

“我这段日子也不怎么见他。”

“真的吗？可真怪！他总是‘去看看吉尔伯特’，至少，他出门的时候是这么说的。”

“我也很好奇啊。”我快速说道，“我希望你会愿意去看看赛马，在圣博洋，和我一起去。”

“赛马？”

“是的，很多人都要去的。”

“真的吗？”

“嗯，在下个星期六……如果你有时间的话……但是我猜测你可能没有。”

“我想去，真的。”

“你会去？”

“是的。和你一起出去走一天，我会更加懂得马身上有什么魅力，令某些人对它们如此着迷。”

某些人。我觉得这个说法真奇怪。她是在说阿尔弗雷德吗？如果是的话，她为什么不直接说阿尔弗雷德呢？

我们向山上走，胳膊挽着胳膊，我向她说那天会非常美好，我会挑个好时间来接她，如果她愿意的话，我们能够看全部六场比赛。比赛在午饭后开场，她说自己对马一无所知，这根本没有什么关系，因为别人，至少我，也知道得不多。我们在一个大门边的水坑旁停下脚步，看着一群棕色的牛在水坑中挤来挤去，嬉戏玩耍。我们继续向前，穿过一片生机勃勃的大黄。

现在，一切都精彩绚烂。我的脚下仿佛生了弹簧，我的声音中透着自然，我感到前景一片美好。我仿佛看到她轻快地绕过围场，而我在赛马场，一马当先跳过障碍，想到这里时，我脚下一个踉跄。

她又一次直直地看着我，问道：

“你过去这样过？”

“去圣博洋赛马场？噢，是的，去过。”

实际上，我刚刚成为那里的副主管，但是我并没有告诉她。

“这一切都是谁的主意，我能够问一下吗？”

“谁的主意？”

我感觉自己的膝盖都变软了。

“对。”

“我应该陪你去赛马场的事？好吧，当然是我的，如果你想去的话。”

她笑得十分灿烂，美态毕现，她开怀地笑着，压了压我的胳膊。

“噢，很好，你明白，如果我觉得你是代表，那我一点都不享受。那……我会拒绝。”

代表。再没有两个字比这两个令我更加受伤。在这样一个美丽的傍晚，我们已经渐渐靠近她的小屋，我却感到透不过气，脚下也像是灌了铅一般。

“是的，当然，我能明白。”

“当我看到你扶着自行车站在街对面的时候，我想……哦，天啊，他是别人派来的，他看起来糟透了。”

“派来的？”

“看起来就是这样，第一印象。”

“如果你不想去，”我尖锐地说，“我完全理解。”

“不，我非常想去，因为这是你的主意，非常想去。谢谢你。我太无聊了，太太无聊了。”

“我想象不出来你会无聊，从来没有。”我说。

“噢，我都无聊得想要大叫几声了。”

我笑了。

“是吗？”

她没有回应我的笑容。

“噢，是的，某天我很快乐，某天我很无聊，我自己都算不清楚了，这完全……无法计算。”

我们继续向前。

“回望一切，吉尔伯特，真是种很奇怪的感觉。你看，就如此轻松地让步了。”

“噢，肯定不是吧？我不相信会这样。”

“但是，阿尔弗雷德是个天才，这个世界上他是独一无二的，没有人像他一样。”

我十分肯定，这就是她当时所说的话，尽管现在写在纸上显得那么奇怪。而更奇怪的是，就在她说这话的时候，我看到乔伊急匆匆穿过天竺葵花坛，冲进了她身后的小屋当中，而且明显盼着不要被我们两个当中的任何一个看到。弗洛伦斯从我腋下抽出她的胳膊，转脸看着我，笑着。

“谢谢你陪我回家，吉尔伯特，我非常高兴。我会告诉乔伊我们遇到了。”她抬起手纠正道，“如果，他回来了的话。”

就在圣博洋的赛马开始两天前，有一封信到达了我的旅馆。我认识那笔迹。看起来，我又一次成为了被选中的那个人。

亲爱的伊夫：

亲爱的小伙子！你会对着信说什么呢？拜托，承认吧，你根本没有想到会这么快收到我的消息，是不是？我也许确实是个比较难缠的小伙子，但是我在这里，笔下如有神，不过，不是在汉普郡长满蛇麻草的荒野中和漂亮的吉普赛人一起，而是在遥远的寒冷的诺福克。我回家旅行，途经埃克塞思和伊普斯威奇，现在就在诺维奇的南部。尽管我所有的心思都在拉莫纳的你们身上，但是这里是我的家，是我安息的地方。到底是什么——有些时候如此强烈地召唤我去西方——又将我带回了东方？

直觉，哈，直觉，福斯泰夫[1]的直觉。

相信我，一切都自然而然地发生，完全没有我的干预。我突然间就上了路，扑向了一个目标，我想象自己穿着麦尔顿夹克，布朗顶级靴子，光鲜亮丽，开始一次诡异而毫无计划的回归，是如此诡异，如此偶然，一切肯定都是有预谋的。但是在我经历这次诡异的回乡之旅的跌宕起伏时，我很高兴得知你在康沃尔，帮我看着她，就和其他人一样。噢，你是不——可——或——缺——的。

过去是怎样的一个星期啊，充满了骚动的一个星期！我可能会认为史瑞普是始作俑者。但是，习惯使然，我急匆匆地一往无前，还没有跟你讲我最喜欢的模特呢——不，我不是说我的母牛夏洛特或者我那可以入画的姑娘，我那迷人的布洛特——我说的是史瑞普。

我碰上了史瑞普，当时他正把玩他的酒杯，胡子刮得很潦草，那是在一个暖和的小酒馆里（不然还能是哪里呢？），他面前放着一摞摞的硬币，就如同跳棋一般。我在拉莫纳的磨坊边安定下来（不要笑，我现在比任何时候都要安定）之前的早年岁月，就是站在那里的史瑞普，一直都担任我的模特。你也许会问，作为模特，他是否格外帅气优雅，是否能够和国王相对？

不，伊夫，他一点也不。他非常粗鲁，非常凶恶，个子小小的，阴险狡诈，十足一个恶棍，一个土匪。他与小偷在篷车下混日子，与贪婪成性的人、人口贩子、飞扬跋扈的人一起狩猎。（现在，请注意我用的排比句，老伙计！我花了好几分钟才“才思敏捷”地想到了这些。）他睡在路上。据我所知，他没有家，至少他从没有谈起过，我心中却与此有所共鸣。他是一个虚张声势的人，是个爱吹牛的人，是

[1] 莎士比亚戏剧中一个肥胖、机智、乐观、爱吹牛的武士。

令主角无光的皮斯托尔[1]。莎士比亚都会为他骄傲的。如果我告诉你，他从我面前经过，满嘴骂骂咧咧，穿着一件带黑珍珠纽扣的马甲，两手插在黑色紧身裤子的前口袋中，你也许能够想象出那幅画面。但是任何一个人（甚至包括你，伊夫）都无法想象他驾驭着最狂野、最不安分的小马的方式，或是他坐在一匹未驯服的马上的样子，因为没人会有像他那样善于对待动物的手，可以如此自然地驯服大自然。

因为你是一个受过教育的人，吉尔伯特，无疑，在某个地方受过时髦的教育，而且现在还成了圣博洋赛马场的副主管，而我是一个半瓶子醋的画家，和一个不成熟的绅士也毫无相似之处。我问你：有没有可能既未受过教育又知识广博？还是让我来解救你吧，答案是“有的，请容许我向你介绍史瑞普！”

史瑞普是一个野人，毋庸置疑。他有着清澈的蓝眼睛，好像矢车菊一般清澈无辜，但是同时有着红肿的眼睑——这不是秘密，哈——这个当代的皮斯托尔，这个不用马鞍的骑士，就像老板娘一样偏爱一品脱大小的酒壶。他同样爱他的烟斗。在吞云吐雾之间，一马当先的他扭过头来说：

“那，公子哥，你在哪儿混呢？”

这个家伙真是出言不逊！公子哥！确实是这个词。我在哪儿混呢？

“我正使劲让自己快点儿被套牢。”

他笑了，极度傲慢的笑，仿佛是在怀疑我根本不是适合结婚的人，不过我没有理会。他能看出我画得不太耐心，而他是非常适合入画的；他就是孔雀，他知道这一点，就像是女性一样虚荣。他自在地穿着他的靴子，他喜欢自己在镜子中的样子，他仿佛照亮了我，激发了我的灵感，但是他是一个恶棍。他激怒了我（我，最谦逊的人）。他越加狡猾，越加流氓，实际上，他有些像是狐狸——

我说到哪了啊？是的——

星期一，那天快结束的时候，我告诉他赶着蓝色篷车和马先去猎

---

[1] 皮斯托尔是莎士比亚戏剧《亨利五世》中的一个角色。

鹰，那是克斯特塞的一家酒馆，我计划到那里去吃晚饭。他以最快的速度一跃而起，只瞥了一眼我的画说："缰绳不对。"这让我破口大骂。这个无知的牛仔兼驯兽者到底以为自己是谁，居然把自己当成是批评家？但是他说的没错，完全正确。缰绳确实不对，非常有问题。不过，这依然是一个美丽的冬日，是个星期一，那天空是如此美丽啊（而你，我想象，正骑着美腿沿着悬崖而行），而我还有最多两个小时的天光来修改那个拙劣的缰绳。

和那完美的一天一样完美的，是我所选择的地点：那是一条通向河的路，一直连着一座老旧的能通车的桥，我的视线在河两侧有些倾斜的坡地之间游弋。越过白杨树，我能够看到一座磨坊的尖顶。我在沉寂冰冷中辛勤劳作，怔怔出神，我靠近沉寂的河水，我想象夏天时，树叶如帘幕，大地上满是猩红色的虞美人闪烁着微光。而令我高兴的是，我发现我能够将我所想象的一切画下来！时间飞逝，吉尔伯特（我为什么要一直叫你"伊夫"），当你在户外工作，巴斯琴－勒帕热就在某个你看不到的地方陪着你，时间的流逝是多么迅速啊！当我收拾东西带着大包小包起程去酒馆的时候，缰绳已经没有问题了。

我走在路上，想着酒壶，我舔了舔自己干渴的嘴唇，我的胳膊生疼，痛风发作的脚也非常痛，随时都要跌倒，我穿过一座挤满了惊恐的母鸡的农家庭院，尽管非常疲惫，我还是没有错过青苔反射的那一缕奄奄一息的阳光。在旅馆门口，面对着它漂亮的前门，我碰到了店主人，红脸膛，鹅卵石花纹的眼睛，红棕色的络腮胡，一张口便露出一寸长的牙龈的牙齿。麻烦就正在那双眼睛中酝酿。

史瑞普和篷车也刚刚到。店主人说，事实上，从史瑞普露面的那一刻，一切就一目了然。他站直身子，微微摇晃，从车辕上面朝下栽了下来。他平静地躺在那里，仿佛醉死了一般，前车轮就停在他的头边。他没有打破自己的脑袋真算是一个奇迹。有一阵子我希望这个无赖真做到了这事情。他是个恶棍，我说过的，而且不会有所改善。

"咱们给他点教训尝尝。"我对店主人说。

所以我们把他抬到了后院，把他的头放在水泵下面，店主人压水，我扶着这个淹得半死的小老鼠。猛然之间，被冰冷的水一激，这土匪醒了过来，仿佛一个负隅顽抗的獾一般拳打脚踢，聚集了小腿上的全部力气踢向我，告诉我，如果我他妈敢再这么做，他就他妈的杀了我，于是，我们往他的脏嘴里面又压了一些水。

我告诉他我会原谅他的，希望他能够吸取教训。

这惩罚足够了，你也许觉得，足够令他改邪归正了。（军队里面会如何行事？）但是不！星期三，不过是两天后，你能相信吗，他在奥德波罗集市上因为出言不逊且袭击他人被逮捕了。当我正平静地画着一伙完美的焊锅匠（真是一个多彩的团队）的时候，他挑起了争斗。一场混乱。被捕告终。不过我不能任我的模特被拘押。他对于我的工作（以及我和布洛特的未来）至关重要。我付给巡官足足50个先令，而这一切还是当着过来看热闹的人群做的。

"他很幸运，"负责拘捕的警官说，"能有一位先生愿意为他花钱。"我一边递钱一边信誓旦旦地保证所有事情都是非常不寻常的举动。

"谢喽，公子哥。"暴风雨已经过去了。史瑞普说着，举起了一只手表示感谢。这个毫无廉耻的家伙，如此便原谅了自己，一副怡然自得的模样，简直气得我中风。我多需要一些你那样的军队控制力啊！我告诉他，如果再有类似的事情，再有类似的举动，那他和我在一起工作的日子就到头了，也就是他赚钱的日子到头了，这个小恶棍非常热爱金钱。他在金币上摩挲双手，他用体温温暖那些金币，然后才会在酒馆中和它们依依惜别，分道扬镳。

接下来的整个下午，他一直低着头，闷闷不乐，脸色阴森，眉头紧蹙，用膝盖紧紧夹着马，一动不动，仿佛冬天的树一般。我画着，仿佛在梦境中，一片寂静之中只有乌鸦的歌声和我的画刷噌噌流动的声音，冬日的暖阳照在马的腰间，让它的皮毛也亮起来。三个小时，史瑞普就那么坐着，一声未吭。你能想象出来，他与动物沟通的技巧该有多大价值吗？绝对应该奖励他些金币！我从来都没有见过一匹马会静静地站那么久。你能够通过马的毛孔闻到牧场的气息，和该死的汽油的味道截然不同。史瑞普长长的帽舌遮住了他傲慢的嘴巴，掩盖住了他那蓝色的眼睛和肿胀的眼睑,但是如果我告诉他"让它欢快点",仅需轻轻一触，那马就会进入状态。你能明白的，他是我的棋盘上最重要的一个棋子。

"受到惩罚了,是不是？"过后他问道,他飘来荡去,手插在口袋里,踢着地面，或轻轻地吹着口哨。"受到了合理正当的惩罚。"这次，我能够看到真正的忏悔。他为自己的行为而抱歉，我为他而难过。

"跟你讲，公子哥，"他继续说道，"这真是个该死的无聊活。我的腿疼死了。"无聊与否，他的酗酒闹事、污言秽语、打人行凶，都已经恶贯满盈了，他不会再肆意妄为了。

这有多堕落啊！

昨天晚上，在经历了又一个成功的日子后，我做着幸福的美梦，睡得就仿佛是快乐的陀螺一般，但是一个轻轻的声音，一个撞击声令我渐渐醒了过来。那是一个沉静的夜晚，一个寒冷的夜晚，一个月光明亮的夜晚。这到底是什么呢？动物,当然了,但是它们在做什么呢？有些牲口肯定就在旅馆旁边的草地上游荡。我拿起我那有一个沉重的节结的手杖，穿着睡衣走了出去。我听着，踮着脚尖走着。然后，我意识到声音越来越微弱，便踮着脚尖往回走，最后寻到了声音的来源，你相信吗？就在我的篷车下面，我弯下腰，看到了史瑞普，还有雄鹰酒馆里的一个女仆。我拉着他的脚，把他拖了出来，他的背在月光下闪着白光，我继续拖着。很痛，这毫无疑问，但是问题是，伊夫，这就发生在我的篷车下面,他们两个盖着一床鸭绒被子和一张防水帆布。就在这样的天气当中！真是不知羞耻的禽兽！

他的小情人有些慌乱，那是一个体魄强健的粗野姑娘，伸手准备揍我。我建议她回到她正确的床上。但就她而言，她显然对任何人都毫不尊重，因为她用她的尖头鞋子狠狠地踢我。

"天啊！"她大叫道，"这一切都是天性。"

"天性？"我怒吼道。

"管好你自己的事吧！"她咬牙切齿地说，"你到底是谁，来管我们的事！"

“滚开！”我冲史瑞普大喝，他扎上了裤子，正系着扣子，“出去，你这个骑无鞍马的骑手！”

他们跑进了灌木丛中。

发生这一切之后，我无法入睡了。我和清澈的夜空交心，但是在我的意识之眼中，我承认，我仿佛回到了篷车之下，看着史瑞普趴在一个摆好姿势的女孩身上。只是天性？我猜测你可能会这么问，而在早晨，我注定感受到了冷餐冷饭。

你可以争辩说他似乎是一个质朴自然的小英雄，这个史瑞普，一个缺少教养的小英雄，而我的确认为他的不可靠会激怒你，伊夫，随时随地都会令你爆发。在这封信中就有充分的证据显示，他需要被狠狠揍上一顿。

然而。

然而，他有着性格魅力，确实过着充满魅力的生活，而当我去细想乏味的卡莱尔的卡特－伍德先生和伦敦有多么莫可名状时，我便会好奇，我是否能够忍受穿上臃肿的衬衫，身处油头粉面的人中间，我要因为婚姻进入一个令我强忍着连连哈欠的圈子吗？当我开始想到这些的时候，我便对我的小土匪充满了热情，当我看到黑色屁股下的老马的白毛，我就会充满感激地哽咽。

你能明白，我需要他。真相将会大白，如果这些事情让你觉得我不配得到你的友谊，我很抱歉，不过我也不会继续说下去了。有太多的人，我发现，对于失败者和弱者都没有同情心。你看，我梦想着巨大的成功，我梦想着功成名就，我梦想着我的名字能够人尽皆知，史瑞普是我未来要画的人物。但是我四处闲逛，我大声咆哮。

你怎么样，吉尔伯特？忙啊忙，我肯定会得到这样的答复。想着其他人，我一直思绪难平，尽管我的身体正在诺福克的小旅馆中晃悠。每当我看到十字路口，闪着路标的十字路口，给我指着东南西北，我总是想和它们谈谈。艰难的营生，我是说这生活。不过，我肯定，你将你的眼睛放在每一个人身上，以你不偏不倚的公正，带着你谦逊的高贵。

有时候，我会想，如果人们认为是我俘虏了布洛特——不过算了，还是换个时候再说这事情吧，另外，我想起来了你在面对不公正的暗示时的礼貌。我甚至怀疑，你有着如此清白坦荡如同救世主一般的性格，而我对你讲述史瑞普那放荡的小夜曲是否明智。

哦，是的，我肯定会记得问一句。你那可怜的自行车怎么样了？一定要躲开刺和钉子，你会吗？但是不……我还是不挖苦你了。另外，我请你将信中的附件交给布洛特，跟你保证我很快就会回来见你。

你善良忠诚的好友

A.J.M.

我把他的这封长信读了两遍。第二次读的时候，我发现我大半的思绪都围绕着附在里面的那个小信封。没多久，我发现自己小心翼翼地打开了那个信封，这是我一生中从来都没有做过的事情，一个我只会在这个绝密的本子中承认的举动。我心怦怦跳着，用尽了我所有的技巧，打开了它。在信封上，他亲手写的，我用罪恶的颤抖的手捧着读他的字句：

致布洛特

时光飞逝，画家最终发现
他自己站在正确的地点
盒子，篷车，画架，包中还带着干粮
甚至酒瓶都没有被遗忘

时光流逝，他画着蓝天
画着遥远的距离和色调
四下无人，没有灵魂从旁经过
他在平静与孤寂中工作

但是我们的画家，孤独地坐着
他的脑海中却并不平静
一切在悄悄上演，在他处游荡
随着蓟的冠毛在风中飘动

他在那里绘画，啊！忘情于此
他的思绪沿着护城河飘忽
飞去了遥远陌生的地方，落在某张脸上
那是可爱的布洛特的脸！

另外，我们一定要在伦敦相见，我一定要带你去萨福克。我一定订一套西装，除了在南方大陆还能在哪里？建议你和吉尔伯特做这样的旅行，将这建议告诉他。我知道在伦敦有个地方适合我们的吉尔伯特。是家好旅馆。

我把信封重新封好。没有留下任何明显的篡改痕迹。那天晚上稍晚一些时候，我将那封信放在了她家前门。

弗洛伦斯在那里，等着我。

在我看来，她从来都没有如此可爱过。

在我们见面前的那些日子当中，时钟上的指针仿佛是陷进了泥潭之中，前进速度极缓慢。我认真负责中校的产业，另外在我的房间中做着额外的小项目(在我卧室和起居室的门背面装上新的钩子)，任何事情都不琐碎，只要能够打发时间，否则我只能盯着我床边退色的小毯子，看着时间一分一秒地慢慢流走，我的手指不安地敲动着，我的心思起伏忐忑。女仆急匆匆地离开熨衣间，在我身边打扫，仿佛我是泥塑木雕一般。阿尔弗雷德是否会在圣博洋赛马会的前一天带着他满肚子的故事回来呢？弗洛伦斯会带着难以计数的无聊醒来然后大声叫出来，在最后一刻改变主意吗？我真的不清楚她到底有什么打算，因此我该怎么做出判断呢？如果他的情诗能够直指她的内心，以一种新的毁灭一切进取心的方式影响她呢？她会提到阿尔弗雷德让我们进行伦敦之旅的建议吗？如果这样，我该怎么融入这样的冒险呢？我不会冒险。首先，不管我读到了什么，都不能表现出来。每一次我想到那件事，我都会脸红。

天亮了，阿尔弗雷德并没有从诺福克回来，她在等着我。

她看起来——这些词必须要说——是如此美丽。

波提切利的弗洛伦斯，波提切利的维纳斯。

此外，没有那些假模假样的女孩在这种场合下惯常的迟到拖延。乔瑞，马具叮当作响，啤酒和洋葱的味道依然在他的衣服当中，这是被他称为闪亮的香气的味道，用双轮马车将我送到了她的小屋。我能够看到弗洛伦斯笔直地坐在小小的起居前室当中。她站起身来，欢快地招手示意。她没有等着我敲门，而是在我走到门边的时候，冲到了我面前，大叫着：

“早上好，吉尔伯特……早上好，乔瑞先生，谢谢你准时前来，我太兴奋了，都快受不了了。”

她满怀信心地笑着，在我身边坐下。要旅行顺利，我知道，我也必须要充满自信，谦恭有礼，但是充满信心。我已经注意到了，女人不喜欢慌张的人。而且我还怀疑，女人不喜欢替人跑腿的人。溪边钓鱼的时候，我通常都因为起竿太晚而错失很多大鱼，不过，幸好，在打台球的时候我总能瞅准时机。我们肩并肩坐着。顺便说一句，我已经雇了乔瑞一整天的时间。和我在一起，即便是宿醉未醒，他也从来都不乱发脾气，实际上，他总是过于热情，我怀疑这有一部分原因是为了让他妻子难堪——从某个意义上讲，他们二人在我面前竞争。大多数的男人总是想要安抚他们发怒的妻子，乔瑞却是得寸进尺，火上浇油。当然，他的热心还有一个很大的原因，是因为他一直都幻想有一天能够去赛马场。现在，他驾车载着我们，他用他那宽厚的下嘴唇、他歪着嘴的笑容、他那颗摇摇晃晃的牙齿，快乐地唠叨着，将他的宿醉一扫而空，告诉弗洛伦斯他今天要在哪匹马身上下注，哪匹马瞎眼的傻瓜才会下注的。面对诱惑，乔瑞通常既狂野又顽强，弗洛伦斯专心地听着，然后转向我。

“吉尔伯特，我能请你帮个忙吗？”

“当然。”我说。

“这真是个很大的忙，也许和你的计划不一致。”

“只要我能帮你，我会的。”

“阿尔弗雷德让我去伦敦与他会合，他想知道你是否愿意陪我去。如果你能的话，我将无比高兴。那会让一切都截然不同。”

乔瑞似乎选择了这一刻来快马加鞭。

“伦敦？让我想想。”我停顿了一下，仿佛是给自己时间来思考这个问题。“和你一起去伦敦，什么时候？”

“尽快。只要你同意，噢，求你了，同意吧。”

“还有要……待多久？”

“我不知道……也许一个星期。也许要更短些。你能够走开吗？你不想享受一个假期吗？我肯定你需要的。”

“我能问问中校……可能非常难，事情太多了。”

“如果我也向他开口是否会有所帮助？”

这个建议，她能看出来，真的让我进退两难，她的手抓着我的胳膊，接着说：

“反正，你愿意仔细想想吗……想想伦敦！”

走在去往圣博洋的狭窄小径上，从始至终她都一心一意的，兴奋异常，欣赏着周围修剪整齐的树篱，指点着路边的倒挂金钟，问我是否知道那些小径通往何处。我的眼睛跟随着她的视线，乔瑞和我尽我们所能回答她的问题。当她和乔瑞谈论马匹的时候，我审视着她的脸。她改变发型了吗？她过分关注自己了吗，还是一切都是天然的？她就是天然的。这时，我听到她动员乔瑞来说服我和她一起去伦敦。

“如果你不愿意，先生，我愿意，”乔瑞笑了，露出了他的牙，“只要年轻的小姐肯叫我。”

我们一路就是如此亲昵，当我们到达的时候，自然很容易便让乔瑞帮她标记下注卡。乔瑞用一只小铅笔在四匹马旁边打上叉，这是他做出的标记。弗洛伦斯似乎对这一切都无比严肃认真。

我们丰盛的午饭装满了一个大篮子。午饭之时，我尝试问她关于她画画的事情，但是她一点都不愿意提。关于阿尔弗雷德的话题，她也没有什么热心，也不关心他写给我的信的内容，而乔瑞的一个问题明显激怒了她。但是一看到马，看到骑师们拿着短鞭，闻到马匹散发出来的味道，则意味着阿尔弗雷德的灵魂笼罩着我们，确实我发现那一整天他那扰人的存在一直都在骚扰着我们。就仿佛我一直在撞向他。我看着老乔瑞坐在旁边，搔着头，吃着面包、奶酪和油酥蛋糕，我看着他的马贝斯，贝斯的鼻子探在一个装满草料的大粗布袋子里，我想：“如果阿尔弗雷德和我们在一起，甚至就在我们坐着谈话的时候，他也会画下它们来。”

那个该死的家伙不在的时候也依然在这里。

我说“笼罩着我们”，但是我并不清楚弗洛伦斯是否像我一样感觉到了他那不可见的主导一切的存在，也不知道她是否想到了他。肯定她没有“如此轻易放下自己”，以至于现在从来都不会想他吧？不。更像是她对他是如此肯定，根本都不需要提及他的名字。

我们一结束午餐，她就独自离开了，去研究选手。她坚持不要人陪伴。

“拜托，”她对我说，“能不被过分娇纵或过于保护，实在太好了，而且我有好多钱。”

我已经站起身来准备去陪着她，但是她的态度十分坚决。她把手放在我的手上，表示拒绝。

“不，谢谢你，吉尔伯特，你实在是很好心，但是我想在每场比赛结束时再和你碰头，那时我会更加享受你的陪伴。”

接下来的几个小时，铁蹄飞扬的马匹仿佛旋涡一样从我面前奔驰而过。她就如同一只逃离了笼子的小鸟，眼中满是兴奋、紧张和绝望，还时不时地爆发出阵阵欢乐的尖叫。有一次，她看好的马似乎就要被超过了，我真的觉得她可能快疯了，每一场比赛，她都不理会乔瑞的建议，每次都孤注一掷，全力以赴。有三次，我都看到她抛出了坚实的赌注。

“最主要的是，”她一脸肃穆地扭头看我，“规则并不限制我们这么做。”

她许诺的每场比赛结束时的交谈也几乎没有兑现，因为她要么去收她赢的钱，要么注意力都在下一场比赛上。由于她的兴奋，我也非常兴奋，我隔着一段小小的距离跟在她身后，很近，也很远。穆宁斯也许是个幸运的男人，但是当我看着她，表现出我过去从来都没有见过的生气勃勃，我感觉我的生活也被赋予了无限美好。

在最后一场比赛结束前，有一阵子，她突然间说：

“我觉得他的诗不怎么样，你呢？”

“什么……诗？”我努力维持镇定。

她又低头看着她的投注卡。

“哦，你说什么，我想说的其实是这些比赛让我有些迷糊了。”

她赢得盆满钵足。我们回家的路上，她的情绪一直都难以控制地高昂，她想要把她赢的钱相当一部分塞到我的手里。我不可能接受，我也是如此告诉她的。她说，这钱对她来说一点都不重要，而如果能够与人分享，会给她带来无尽乐趣。

我对着乔瑞的背点了点头。起初，他也表示拒绝，他说，没有女人，没有女士，给过他钱，而且他已经收到了伊文斯上尉的合理报酬。尽管他下的赌都输掉了，他回到闪亮时，是一个比过去富足的男人，只是不再相信自己的运气。

“我就像个蜜蜂一样满载而归。”她说。

我带着困扰回到了旅馆。因为当我们分别的时候，弗洛伦斯踮起脚尖吻了我的脸颊，说：

“你会去伦敦，是吧？阿尔弗雷德和我都希望你能去。”

“我得问问中校我能不能去。”

她微微向后撤身，看着我。

“咱们明天去散步吧。你来选择走哪条路，吉尔伯特，你来决定咱们什么时候碰头。我有太多事情想和你谈谈了。”

“是吗？”

“这个世界上没有其他人了，我指望不了其他人，没有人有你的忠诚。今天在赛马场真是太美好了，太美好了，不管将来发生什么，回想起今天来的时候我都会带着快乐。”

我心中烦乱无比，坐在我的床上，仔细回想着今天的一言一行，我觉得自己既是一个赢家，又是一个输家。

我想知道，有多少男人在他们的心中住着一个女人，而这个女人比现实更加鲜活？有多少男人日复一日的苦恼，因为他们心中的那个女人是别人的妻子？阿尔弗雷德还没有娶弗洛伦斯，不过这并没有什么区别。

对于我要请几天假的要求，佩尼特中校欣然应允，这让我非常高兴。他甚至劝我，如果我高兴可以一整个星期都留在城里。我拒绝了。尽管那些工人都表现优秀，但是我还是不希望中校的事情有所耽搁，尽管中校补充说我最近看上去很疲倦，他肯定我需要休息一下。

阿尔弗雷德帮我在海德公园附近的富勒旅馆订了一个房间，而且为了表示“感谢”我护送他的未婚妻，帮我付了账单。弗洛伦斯要住在家里。阿尔弗雷德的具体计划，弗洛伦斯并不怎么清楚，只知道他会到帕丁顿车站接我们。

乔瑞太太摆出一副不支持的绷着脸的表情，交给了我一个大午餐篮供我们路上吃，然后乔瑞载我去接弗洛伦斯，接着去彭冉车站赶早班火车，一路都非常愉快，直到出现了一个傻瓜开着他的沃尔斯利汽车翻在了路中间，几乎令我们都陷入了泥潭。尽管这不是乔瑞的错，也不是我的错，我却发现我在帮助弗洛伦斯坐回原位的时候一直在道歉。有时，我保持礼节的尝试，结果变成了不合时宜的道歉。

“哦，没事儿，”她说，“能够感到心怦怦跳实在挺好玩的。毕竟，他们现在坐飞机飞跃海峡了。”

“汽车和飞机！”乔瑞充满恶意地说。

之后，乔瑞快马加鞭，惊起了路口边的一些小鸡，很快就出色地将我们安顿在车厢中。车厢里还有另外四个人，其中有个长着红鼻子的阴沉脸的人，似乎对我们的出现和弗洛伦斯的行李有无限怨言。

“你和你妻子，”他说，“可不是沙滩上唯一的卵石。你得知道。”

弗洛伦斯对我笑了笑，没有牵动一根肌肉。而“妻子”的说法令我如此仓皇，我结结巴巴地说出了一句毫无意义的反驳，说我住在康沃尔，对于卵石和海滩知之甚详，十分感谢。

我有差不多两年没有去过伦敦了，实际上，自从我几乎决定去秘鲁之后就没有去过。结果，我没有成为南美洲的水产部官员，而在最终时刻决定前往西康沃尔做一个地产经纪人，而谢天谢地，如果不是这样，我永远都不会遇到弗洛伦斯，也不会和她紧挨着在火车上共度几个小时的光阴，尽管这其中有一段时间她在阅读勃朗宁。她的目光停留在书页之上，她的嘴轻轻开合，但是我并没有感受到拒绝和不被需要。相反，我尝试想象她期待着能够拥有什么样的婚姻生活，但是当她把书签放在书中，我问这首诗是写什么的，她大吃一惊。

“你没读过《指环与书》？”

我没有读过，对她如实相告。

“这是一个罗马的谋杀故事。”

“看上去非常长。”

“是的……是，的确很长。但是要找到真相，总得花很长时间，不是吗？在勃朗宁的书中，所有的人物都有他们的发言权。事情本就该如此。”

“里面有英雄吗？”

“有一个女英雄。”她笑了，看向了别处。

“你很快就能看到阿尔弗雷德了。”我说。

“是啊，真让人高兴。”她对着窗户说。

我们到达帕丁顿的时候，晚点了一个半小时，阿尔弗雷德穿着他黑白相间的短外套，在月台上走来走去。他没有处于最好的状态。因为延迟而怒火中烧，他赶着我们快点奔向皮卡迪利大街。

“现在就去那里真的那么重要吗？”弗洛伦斯对着他的后背问道。

“是的，”他说，“你必须亲眼去看看。”

“我们要去哪？”我问。

“夏季展览。”他斩钉截铁地回答说，“不然还能去哪？”

我几乎已经忘了阿尔弗雷德是一个多么强硬多么有说服力的人了。这和最近给我写来充实而迷人的信件的人是同一个人吗？信是从汉普郡和诺福克寄来的，那里是否有某种魔力？似乎是他，而不是我，从火车离开彭冉之前就一直身处那车厢中，无所不在。当他在你身边的时候，你会感觉呼吸的空间如此之小。就仿佛有一种化学的力量，他不断扩张填充了所有可能的空间。不过，他在和弗洛伦斯打招呼的时候没有表现出特别的兴奋。我已经自己准备好了，站在月台的一侧，让他们享受激动人心的重逢。但是没有发生。除了说他把我们都当作同性，我真的想不出来还有什么更好的解释。

我们匆匆穿过伯林顿府铺着卵石的庭院，他朝着卵石开了第一枪。学院内的墙壁上挂满了画，有些地方挂了三排。在我这种非专业的眼光看来，所有画都非常绚烂美丽。但是他则有不同的想法，立刻便用最高的声调开始谈论。在火车上，弗洛伦斯只要问起我早年的生活就会轻声细语，让其他人都没有办法听到，维持一种私密的灵魂。但是阿尔弗雷德则完全相反。他在向全世界宣言。

“老天啊，布洛特，”他说，“金斯堡会对这些干什么呢？雷诺兹会干什么呢？还有贺加斯[1]！这个地方得被彻底端掉，砰！我要把这里炸掉，伊夫，无论是画了画的房顶还是没有画画的房顶。再想想我居然一直遭到这个鬼地方的

[1] 威廉·贺加斯（1697—1764），英国艺术家，他的讽刺画批评了当时社会上奢侈和贫穷之间的强烈反差。

严肃拒绝！某个专家，某个带着粉笔的评鉴家，打上叉表示否决，写上一个D表示怀疑。D，表示怀疑！”

我能够看到其他的访客看着穆宁斯，仿佛是在说：“那家伙到底是谁啊？”

也许是没有意识到，反正他十足的泰然自若，他领着我们东游西逛，把嗓音拔高到一个不合时宜的高度，偶尔会说出一两个表示赞扬的词，但是更多的时候是唐突的否定。我们从一个房间到了另一个怨声沸腾的房间，他的傲慢越来越亢奋，一口断言，在小便池看到的尿渍都比这儿的艺术要高超，声称皇家学院不只需要来自法国公厕的一缕清新空气。

最后，我们转过了一个拐角，猛地惊住了，因为面前是三幅他自己的画。第一幅是西部猎人在泽诺山上追逐狐狸的画面。第二幅，《通往果园的小径》描绘了一个戴着白色亚麻布帽子和围裙的女孩牵着一匹马走在小路上，在前景中开满了白色和猩红色的夹竹桃。这是一幅令人欢乐令人兴奋的画。第三幅是《晨骑》，弗洛伦斯坐在美腿之上。

“你明白你为什么必须来这里了吧，”他大笑着说，“你明白你为什么在这儿了吧。”

弗洛伦斯站着，一言不发，面色苍白，就站在画的面前。

“嗯……嗯，我懂了，”我说，“好样的，A.J.，非常好。”

他牢牢地拥住了我。

“而你，”他对弗洛伦斯说，“装点了皇家学院，让整个世界都见到了你！”

我们全都看着《晨骑》。弗洛伦斯说得没错，这个男人是个天才。

晚上躺在床上，耳朵边充斥着伦敦交通的喧嚣，我第一次问了自己一些不可思议的问题。为什么穆宁斯——无论他天才与否——会想娶弗洛伦斯？我曾经想过这个问题，此刻又问了一遍。当然，我明白有一个答案一目了然：任何思维正常的男人都会想要娶她。但是我躺在那里，辗转难眠，不敢去面对我的梦，第二种、第三种、第四种可能的答案出现了。我让自己先想着第一个想法，然后其他的如同海浪一般接连而来，困扰的疑惑如同涨潮一般，拍击在拉莫纳海湾，碎成千朵浪。

他，一个狂野的酒鬼，一个挥金如土的人，想要也需要她家庭的经济支持，那个家庭能够支持住在特定的地方。

他是一个出身卑微的男人，是萨福克一个磨坊主的儿子，在现有的秩序之中感觉自己的身份格格不入，因此想要和一个富有而有成就的女人联姻来提升自己，这个女人不仅支持艺术创作，本身也是一个画家。

他在对一个不想接纳他的世界实施复仇，就像他对皇家学院的感受和表达一样。

他计划不把妻子当作一个漂亮的存在，而是作为一个抹杀个性、不会反抗的人，在妻子面前，他会像是一个神，一个英雄，会露出愉快的欢迎的脸，会成为可爱的孩子的父亲。在他那迷糊的思维当中，是否设想过一个玩桥牌、吃姜饼的妻子？是否设想过撑着花边阳伞、戴着插满鲜花的帽子、轻舟荡桨的生活？但是不！他不能！因为弗洛伦斯不是这样的女人。如果她不是，那么弗洛伦斯又在他身上看到了什么呢？

我的头脑中刮着猛烈的风暴，盘旋着这些分析沉思。我能看到未来的几个月，穆宁斯日渐狂暴，而弗洛伦斯日渐沮丧。我从床上起身，在闷热狭窄的房间内走来走去。我想知道她在自己家中度过的夜晚是怎么样的。我想知道A.J. 待在哪里。

当然我不想自己与A.J. 和弗洛伦斯的一切都只是表面现象。这不是一场爱的角逐吗？还是只是简单的异性相吸？是的。日久见人心，时间长了，一切自然见分晓。我又一次躺回到自己的床上。毕竟，那不是我的事情，现在该睡觉了，我闭上了眼睛。

只是，另一个巨浪拍了过来。

为什么，就在他的求婚刚被接受的时候，他就远行，而且去了那么久？逃避，实际上是？而且，在离开的时候，他为什么要给我写那么长的信？而那个下午，我们离开皇家学院的时候，为什么他要摆出马戏团老板的姿态来，喝了一杯又喝一杯，然后开始讲述他那些最尖酸刻薄的故事，毫不理会烙印在弗洛伦斯脸上清楚明白的哀伤的信号？

当然，这些夜晚的思绪，就如同那些夜晚一般，从来都没有令阿尔弗雷德的门楣暗淡。也许，他只是因为自己的成功带来的微风而欣喜若狂，全副心思都想着未来的路，而根本没有留意到他自己在做什么。但是如果他继续如此不顾弗洛伦斯的需要，一个这样漂亮、这样有才华的女人能够坚持多久？换种方式说，她是否就因为在彭冉滑冰场一个自负的下午而从此永远困住了自己？或者，她是否能够就此折回原路？如果她能的话，她的脚步是否会通向我？

危险的想法。

我尝试睡觉，却看到在火车上她坐在我旁边的画面。我感受到她的肩膀传递来的温暖。她在车厢当中向我投来的眼光，然后在学院又再度投来同样的目光，那些压力和目光是否在鼓励我丢开自我否定，不要再只做一个普通朋友或旁观者？成为阿尔弗雷德的竞争对手？婚约不能够被打破，即便是到了最后的时刻。

不。

我知道我必须熄掉这些危险的想法。

我早上醒来的时候头痛欲裂，完全不知道自己身处何方，只是非常清楚我做了非常可怕的噩梦。通常，有两个梦一直缠绕着我。将它们写下来，谁知道呢，也许我能将那些凄惨的事情驱散，重新获得安宁。劳拉·奈特告诉我，写下它们通常能够驱散它们的魔力。我们能够看到的。到那个时候，尽管我卖力工作想让自己精疲力竭，沉沉睡去，但是我发现它们还是有规律地来访，就如同旋转木马上不断重复的光怪陆离的脸孔。

现在出现了第三个梦。

第一个梦：那是一个大热天。我杀了某个人。我不记得事情的情况，也不记得为什么要犯下这样的罪行，只是有一个人死在我的脚下。我觉得恶心想要呕吐，却吐不出来。没有鲜血，没有证据。没有任何人看到我做了这件事。我非常小心地将他埋了，选择了精确的地点，并在上面做了标记。毕竟，我是一个土地测量员。我观察地面，在我的小笔记本上记录了一些标记，就夹杂在我抓住的鲑鱼数量、我的自行车的里程数和我在台球桌上的犯规的次数之中。我记得那片土地没有明显的特征，没有树，没有灌木，没有小路。但是我清清楚楚地知道我把那……把那个人放在了哪里。当我回来检查，想看看有没有人来过，我没有发现任何痕迹。就仿佛我没有做过。但是我做过。我知道我做过。

每次从这个梦中惊醒，我都无比痛苦。

第二个梦：阳光耀眼。我的腿被晒伤了。我在南非，是一个官方的战地画家。我被任命，用尽可能多的细节，以尽可能忠实的手法，记录下我所看到的一切。

这令我非常困扰，因为我根本不是一个军官，也不是一个画家。我被要求在歌剧当中担任领唱，我毫无选择。

到底是南非哪个地方，梦里并不十分清楚，但是我非常肯定那就是南非。我知道我面对着布尔人。他们都长着大胡子。他们背上斜背着来复枪，骑着巴苏陀马。很难画出全速奔驰的马屁股,但是我知道有一个著名的英国画家可以。我不记得他的名字了。那些布尔人胸口缠着子弹带。发生了一场小冲突。因为我对于马匹没有太大自信，所以便把精神集中在描绘毛瑟-60机枪和英国15磅野战炮的细节之上。那里有许多被烧毁的车辆，很多腐烂的死马，但是荒谬的是，我坐在小山丘上，异常安全，丝毫不受周围战火的危害。这时，有车来了，我读着一个美丽女孩给我写来的一摞摞的信件，她的脸在文字当中忽隐忽现。大炮轰鸣，哐哐作响。我吃完了面包、沙丁鱼、牛肉罐头，喝着咖啡。我坐在我的小山丘之上，有一个土墩的大小正像是一个座位。然后，不适感渐渐增加，我猛然间心头一惊，我发现我坐在了一座蚁山之上。

每次从这个梦中醒来，我总是抓着自己的身体。

但是在富勒旅馆的那一晚我所做的梦，从某种意义上说，是最糟糕的一个，它始终都折磨着我。

我的一幅油画被从南非带回来，备受赞赏。挂在皇家学院里，在一个阴暗的角落，并不像优雅的弗洛伦斯坐在美腿之上的画所处的地方。那幅画名为“战斗到最后一个人”,描画了战场之上英雄的死亡。一个年轻的军官躺在地上，他的头枕在一个同志的手和膝盖之中，他正被人喂水，也许是他最后一次喝水。他非常年轻。看上去有些像是乔伊·卡特-伍德。没有明显的血迹或是伤口。在他周围有很多满身泥土的可怜人。背景中的山并不像是德拉肯斯堡山，也不像是威尔士边境的黑山，相对那两个山脉来说，区别再明显不过了。

在山脚处，我看到了另一个人。我非常近地观察，发现我的技巧非常完美，那是我所不具有的技巧。那是我小弟弟萨米的脸。他的嘴唇上落着一只黑色的虫子。被叮的伤口慢慢胀大变成了一个土墩。

从这个梦中醒来，我总是要花上一段时间才能够恢复，安定下来。

写下这一切对我来说并不容易。

阿尔弗雷德、弗洛伦斯和我约定到午饭的时候再见面，所以，这个在伦敦的上午我可以独自度过。阿尔弗雷德坚持要到夏福特波里大街上的一家意大利餐馆吃饭，因为“花六分之一便士，我们就能吃得像国王一样”。

我刮了脸,没吃早饭,便搭乘地铁去了霍普兄弟裁缝店,给一件外套量尺寸。那时，我的头疼已经消失了，我需要喝杯咖啡，读份报纸，报纸上写满了罢工的新闻，矿工们在朗达山谷游行，里面还有利物浦发生动乱的恐怖消息。坐在伦敦的中心，读着报纸，感觉就像是身处世界的中心，我才发现我在拉莫纳的生活距离世界发生的大事是如此遥远。我甚至花了一段时间去观察大街上各种噪音的不同：马车已经极大程度地让步给汽车，但是前一天，从帕丁顿车站到伯林顿府的路上，弗洛伦斯一直占据着我的双眼，我根本没有注意到这些。

我匆匆浏览了报纸，然后便开始漫步。恍惚之中，我发现自己挤在人流之中，走向了和我们约定的餐厅完全相反的方向。我下意识地向左拐，或是向右拐，穿过一道道门，走上宽宽的台阶，仿佛受到了牵引和指导。

人少了很多。远离了人群的拥挤，我现在能够享受这平静私密的一刻。附近没有任何人，我现在能够看着她，专注地，长久地，随我心意。这占据着我的心思，让我移动。在我的心中，我和她在那片空地之中，完全摆脱了穆宁斯，但是重要的是，她是否会——她是否能够摆脱这个将她完美捕捉到画里的男人？我能够令她自由吗？

我听到了脚步声，但是我并没有回头。脚步声稳稳地渐进。我知道那脚步是谁的，在何处出现我都能够认出。声音停在了我身后。通常我很少相信日常生活中的怪事，确实，我更倾向于逃避那些会告诉我他们的经验有多么反常多么神秘的人。我首先开口。

“我想要回来看看……我一个人。”

“你知道你会如此。”她说。

“但是我本没打算这么做。你怎么会已经知道了？”

“我知道你会的，吉尔伯特。”

“因为你了解我。”

“是的。”

我依然没有转身。我对着画中的她说话。

“他……在哪？”

“在和我的父亲说话。”

“噢，是啊。”

“有太多的……细节了。太多要约定的事情。”

“肯定有。”

“计划发生了一些变化。”

我的心狂跳起来。这可能吗？在最后一分钟，她要悬崖勒马？计划有变！

“是吗？”

“我们想让你到家里和我们一起吃午饭。”

我费力地咽了口唾沫。

“如果我不去的话，你们是否会非常在意？我想去买些东西。”

她的声音变成了痛苦的低语。

“随你。”她说。

“我们有时间去公园散散步吗？”

“恐怕没有……没时间做任何事情了。”

我看着她。

“吉尔伯特，”她接着说，“你不能。你不能高估我的坚贞。”

“我没有……我没有。”

她仿佛是在执行一个秘密的使命，那使命的性质，无论是严肃、怪诞还是神秘，都和我非常接近。我们转身离去，背对着她的肖像，在宽敞的楼梯的脚下分手，她回到父亲和未来丈夫的身边，我前往军用品商店，在那儿买了两个葫芦烟斗，然后前往了电影放映剧场。

“你知道我爱你，不是吗？”在黑暗当中我大声地说，但是当我返回拉莫纳，我知道，内心深深地清楚，我不会去参加他们的婚礼。我没有去。

我现在才意识到，我不可能将那事情看作普通的事情，没有事先的预谋。那是经过最周密的谋划的事情。我仔细地考虑过，从各个方面各个角度深思熟虑过。是因为一时的愤怒吗？是绝望来袭吗？如果如此，那绝望的利刃是插在了何处，才促使了这样的决定？是否经历了难以想象的半小时的精神紧张，才会导致只要目标达成，不论多么恐怖的罪行都不再重要？

不。不！

做这样的事情需要精密的规划，需要秘密行动，需要躲躲藏藏，一切的可能性都必须做好提前的预估。要想成功，必然不能让伴侣察觉到自己正在预谋，何时会发生。让人看来，无疑是一时冲动，头脑发热。但是要谋划这一切头脑必须十分冷静。

劳拉·奈特声音颤抖，脚无意识地跺着，充满了沮丧，她跟我说出了真相。在喝了一些乔瑞太太坚持递过来的茶之后，她稍微平静了下来，开始填补那天的细节。在威斯敏斯特圣约翰教堂举行仪式时，弗洛伦斯看上去格外地可爱，仪式过后，是招待亲友的宴会，场面非常铺张，穆宁斯饱含深情深思熟虑很有技巧地说了很多话，按照劳拉的说法，少有地自我约束。劳拉说，卡特－伍德一家，以他们非常正式的方式表示很高兴女儿能够和一个广为人谈论（至少在努力争取做到这一点）的画家联姻。确实，在劳拉看来，那一整天“从一开始就非常美好，你完全不能做其他评价”。

我没有问劳拉为什么或者是怎么会与 A. J. 和布洛特住在同一家旅馆。同一家旅馆！这依然让我觉得绝对的诡异。但是，和发生的骇人事情相比，这样的诡异便不值一提了。

劳拉说，她回到房间的时候情绪非常好——情绪是如此地好，以至于她画了半个小时的画，就在画屋内的窗帘、脸盆架和水壶。然后，正在考虑上床的时候，一阵狂暴的敲门声响起。她打开门，见到 A.J. 站在门外，眼神空洞，语无伦次。她跟着他穿过走廊，走上两段台阶。

弗洛伦斯躺在他们床脚的地板上。起初劳拉以为发生了严重的争斗，A. J. 错手掐死了她。她正喘着粗气，发出一阵窒息的咯咯声，仿佛正被人勒住了脖子。她的脸孔狰狞扭曲，脖子上的肌肉阵阵抽搐。就在那时，劳拉明白了是毒药。不需要长篇大论，她过去接触过氰化物，那是幼年在巴黎时。她知道那药的效力。那是毒药，她肯定，然后便跪倒在了弗洛伦斯的身边。

仿佛乌荆子李

“我想知道，”吉尔伯特轻声说，他的声音带着自己从来都没有听到过的不确信，“你是否碰巧有些书，任何参考书，是关于毒药的？”

图书馆员透过眼镜看着，轻声反问。

“毒药？有的，应该在第二阅览室，如果你——”

“还有关于它们的……效力。”

“当然，先生，这边请。”

“很抱歉打扰你。”

“没关系，我很清楚在哪里。几个星期前就有另一个人问过这方面的书。”

他又来到了莫拉比图书馆，几个月之前他就来过这里，当时带着极度的亢奋，以为自己可能是她心中最重要的人，他浏览了词典中 blote 一词的解释，然后又到艺术书架区察看了波提切利的维纳斯的摹本。这一次，图书馆员依然非常热情，乐于助人。这一次，吉尔伯特又坐在了同样的阴暗的角落，带着负罪的感觉浏览着图书，但是这一次，当他拉动椅子的时候，他浑身都在颤抖。

在他旁边，零星坐着一些老人，只携带着他们的思绪和拐杖作陪。

他曾经见过死亡慢慢降临:他曾经握着萨米的手,看着萨米颤抖,浑身冒汗。他见过暴力的死亡,身为军官,这曾经是他生活的一部分,但是他依然非常震惊。从某种意义上说，他即便不是在为那种死亡而训练，也是一直在为那种死亡做准备。但是，除了佩尼特太太的小狗和《查特顿之死》[1]之外，他再也不知道任何服毒之后的反应的事情了。他知道自己的无知，所以便又回到了莫拉比图书馆。他必须知道。他必须了解一切。而在图书馆中读到的一切，都表明服毒之后的真实情况，根本不是亨利·瓦利斯的画作中让人相信的那般模样，不似查特顿那般摆出高贵而优雅的姿态，现实会令人非常不快，毫无平静可言。

他支撑着精神，寻找氰化物的词条，他首先想知道弗洛伦斯到底是怎么得到这种毒药的。他尝试勾勒她去购买毒药的画面。战栗之中，他发现自己真的

[1] 英国画家亨利·瓦利斯的画作。

看到了。她买的时候必然带着一种极端平常的态度。但是她是否知道，是否从某个特殊渠道知道了自己将要经历的事情？对于她所计划的将来，她是否有过任何详细的想法？

氰化物。尽管那本书非常厚重，但是要翻到那一页十分容易。

氰化物，他读到，会令身体缺氧，因而，吞下的后果和窒息或是上吊非常接近（吉尔伯特压抑着自己的情绪，点了点头）。这从某个意义上面解释了劳拉描述中的弗洛伦斯红肿的脸，还有她仿佛被勒住般大口喘粗气的声音。

在她最后的时刻，她会心跳加速，以便把血液压入循环系统，而随着脉搏增强，她的大脑也会阵阵悸动。她的胸部会剧烈起伏，拼死呼吸，而她的四肢将会变得麻木。她的脑海中会涌起一阵咆哮，仿佛狂风和海浪的声音。

想到这样的痛苦曾经在她的身体内奔腾，吉尔伯特闭上了眼睛，希望这样做能够看到轻巧地飘动在贝壳之上的维纳斯，在平静得没有一丝微风骚扰的水面上稳稳地向他而来。但是这没有用。他睁开眼睛，面对喧嚣，但很快喧嚣便让位给了黑暗和昏迷。

黑暗是如此迅速地降临到人身上啊！但要描述人从昏迷到死亡的时间则是个困难的事情，不过死后，一切步骤就分明了。死后，她所有的肌肉都会放松下来，包括她的不随意肌，因而，她的肠子和膀胱会被清空。对于一个在那个时刻进入犯罪现场的人来说，排泄物强烈的味道会成为第一印象。

她的身体会慢慢发青，她的所有血肉都会呈现出一种深紫色的光辉，就如同是一棵乌荆子李树。她的舌头会肿胀，扩张，她的眼睛会睁开瞪着，显出破损的血管或是瘀点，对于那些寻找绞杀证据的人来说是明显证据。

这些词语，吉尔伯特倒吸了一口气。

瘀点是吉尔伯特过去没有碰到过的一个词语。这个词阻碍了他的阅读。他尝试轻轻地向后推自己的椅子，但是声响依然特别大。他低着头，快走了几步，离开了敞开的书。他的头嗡嗡作响，他又一次问自己，为什么一个如此美丽的女人、如此受人欢迎的女人会筹划在自己婚礼当天的晚上自杀，而且还要用如此恐怖的方式？更糟糕的是，她为什么要选择在即将第一次和她新婚丈夫共享的床上这么做？吉尔伯特把手罩在脸上，想要阻挡那幅画面。弗洛伦斯想象的会在床上发生的一切，正好证明了这是一个自我扼杀的结尾，从某种意义上说，这也并非是对她自己的惩罚，而是对阿尔弗雷德的惩罚。还有什么样的打击会给活下来的伴侣更加严重的伤害呢？这难道不是一种全方位的复仇吗？

当他的眼睛重新清明，吉尔伯特回到自己的座位。他继续阅读。接下来的部分令他十分沮丧，如果可能的话，是令他更加沮丧。带着纠结而钻心的胃痛，他读到在死后二十四小时，弗洛伦斯的皮肤会收缩，旁观者——旁观者！谁会在一边看着这骇人的一切发生？——会因此以为在她死后她的头发和指甲还在继续生长。

她长长的秀发……她长长的手指。

约摸一天后，尸僵消失了，她的身体会开始分解腐烂，变成液体和气体。

分解。腐烂。

一个星期后——吉尔伯特意识到现在正是他们婚礼后的一个星期——她的身体会变成绿色和紫色，皮肤非常松弛，不用多大力气，就会被蹭下来。再过一个星期，内脏中的气体会让胃部膨胀，再膨胀，直到变得像气球一般紧绷，一触即爆。

他见过那样的马，长着长长的牙齿，张着嘴，胃部膨胀。

他又做了第四个噩梦，是一幅弗洛伦斯和美腿的新画像。

到了三四个星期的时候，她的身体已经腐烂消解到了相当程度，她的头发，她的指甲，她长长的头发，她长长的指甲，都能轻易被拔下来，她鹅蛋形的脸会发青，发紫，膨胀。

吉尔伯特合上了书，摇晃着站直了身子。他踉跄着走出图书馆，眨着眼睛望向太阳和斜飞在空中的海鸥。他紧紧地握住自行车的把手，他觉得自己把自行车握得越紧，也就是把生活握得越紧，越能感觉到脚踏实地。在茅斯海湾之外，阳光散射在海面之上。他骑着自行车沿着海湾而行。他经过斯坦侯普·弗波斯的学校，抬眼看着那三座小屋。他爬上了保罗山，他感到嘴里非常干涩，双腿虚弱无力。一英里左右之后，他体内的能量，他咬紧的牙关，都无法支持他继续爬那个斜坡，到达他通常停下来观赏海景的大门旁时，他吐进了高高的荨麻当中。

那天晚上，第一次，阿尔弗雷德和弗洛伦斯要来吃晚饭。乔瑞太太当然对婚礼那晚的事情一无所知。据吉尔伯特所知，只有劳拉和哈罗德·奈特还有他知道，尽管如此，他们也只是知道了最终一幕，而不知道前因和动机。他们可以任意推测，吉尔伯特和劳拉确实这么做了，但是弗洛伦斯的脸不会告诉他们任何讯息。

乔瑞太太在吉尔伯特吃早饭的时候骄傲地说，穆宁斯先生和穆宁斯夫人会在那天上午稍晚些时候到达。最好能够彻底躲开，吉尔伯特想，让他们把他们的行李或是其他能够装进那小屋子的东西搬进来。由于他们要搬进来，他不会回来吃午饭，而是要待在博斯科那。毕竟，他们现在这种状况下最不想要的就是某种热情的欢迎了吧？

“他们能来这住实在是太好了，不是吗？”乔瑞太太说，用的是一贯含混的声音。然后，她又补充道：

“婚礼之后这么短时间，他们就改变了主意，我真替他们骄傲，你不是吗？”

她转动着眼珠，挺着自己丰满的胸部。

“你不是吗？”她重复道。

是或不是，吉尔伯特想着，对着自己的茶杯点了点头。住在旅馆里面到底是谁的决定？阿尔弗雷德的，还是弗洛伦斯的？也许，由于完全不同的原因，他们现在两个人都想在旅馆中安顿下来，待在一个中立的地方，有人来服侍，人来人往能够分散注意力。

就在吉尔伯特因为晚餐而紧张的时候，他能够听到新的住户在隔壁移动的声音。他听着椅子和家具被调整重新安放的声音，听着壁橱被打开而没有被好好关上的声音，听着外套、裙子被放在衣架上的声音。弗洛伦斯和阿尔弗雷德，毕竟，都打扮得十分光鲜。隔着墙，他也能够闻到，或者只是他想象的，那油画和松节油的味道；或者这也只是他想象的，闻到了她衣裙的芬芳，当初在火车上，就是同样的芬芳在他身边，在画廊中，也是同样的芬芳站在他的身后。

他听着。他安安静静地坐在自己狭窄的小床上，听着。一些低语，一两句低声的交谈，又一声衣架挂在壁橱横杆上的声音，一阵突然爆发的笑声，但是没有明显的词语，这意味着阿尔弗雷德最终调整了自己的声调。不过，他的脚依然踢踏着地面。她的脚发出的声音则小很多，仿佛她是选择了站在地毯之上。

沉默之时，吉尔伯特看着萨米的鸟蛋，甚至用刷子尽可能轻地将一些翻了个个儿。她晚餐时会穿着什么样的衣服出现？他问那些蛋。她看起来会如何？她会看上去极端糟糕吗？她会如何表现？对她来说，和阿尔弗雷德以及吉尔伯特同桌进餐是否——不，这是把他自己也设想到了特别的场景当中。他把蛋放到一边，练习簿安全地放在蛋盘的下面，他心中祈祷当他们都在床上的时候，他不要去听。

他站起身，检查了自己的头发和领结。他看了下手表，然后走下楼，等待着他们的出现。等待的时间并不长。吉尔伯特站起身，迎接她走入餐厅，阿尔弗雷德就跟在她身后。弗洛伦斯穿着一件丝绸上衣，一条蓝色的裙子，她的步态轻盈，身子挺得笔直，手伸出来打招呼。

“吉尔伯特。”

他感觉握在自己手里的手非常稳，稳定而温暖。她的皮肤就如同以往一般清新而苍白，但也如同以往一般健康。从她的行为举止，他看不出半点迹象能显示她曾经距离死亡如此近。她的头发闪闪发光，她的眼睛清澈流转，没有任何……那个词是怎么说的……目光当中没有任何瘀点的痕迹。

在那电光火石的几秒钟，那几秒他觉得比好几个月还要漫长，他的手被握在她的手中，他的思想塞结了。你觉得好点了吗？你看上去真好。原谅我这么问，当你恢复意识的时候，你们对彼此说了些什么？接下来的时间你们又说了什么？第二天早上呢？第二天晚上呢？你们计划在这里待多久？在从伦敦来的火车上，坐在阿尔弗雷德身边，你也在读勃朗宁吗？你还留着磨坊旁边的画室吗？你想来看看我帮你找到的可以做画室的小木屋吗？你来这家旅馆是为了住在我的隔壁吗？因为你们两个都将我当作朋友，而只告诉了我你那一方面的故事？

吉尔伯特需要镇定下来。阿尔弗雷德，一副红光满面、神采飞扬的样子，抓住了他的手和胳膊。

“哈，怎么样，伊夫，晚饭吃什么？”

他们就像是老朋友或是同僚在一个熟悉的地方碰面（从某种意义上说，倒也是如此的地方），进行每周一次的晚宴。

“噢，老样子，你知道的，东忙西忙的，就东忙西忙。”

吉尔伯特帮助弗洛伦斯拉开椅子，然后又轻轻地向前推了推，他的脸和她的肩膀距离如此接近，他吸气，然后又一次吸气，以确定那芬芳并非是自己的想象。是的，那芬芳是相同的。

“佩尼特把你逼得太苦了？让你干太多事儿？也一如既往？”

“不，博斯科那非常清闲，实话跟你说。”

“总之，”弗洛伦斯说，“见到你真好。”

“清闲？真不相信你！”

“一定得给我讲讲那新房子的事儿，”弗洛伦斯接着说，“我们今天下午看到了。”

“进展很快啊，不是吗？”穆宁斯说，“海景无敌了，如果你想要看海景的话。”

“那是你的吗？”弗洛伦斯问，“那栋房子？”

“我？不，不是……房子还没开售。”

“我跟你说了，阿尔弗雷德。”

“你们对那房子感兴趣？”吉尔伯特问。

“可能，可能。我有点怀疑，想象不出来我在这安顿下来的样子。给我们念下菜单吧，布洛特，这才是好姑娘。”

弗洛伦斯拿起菜单。她的喉咙处出现了一抹颜色。

“既然你负责一切，伊夫，我们刚才散步的时候，看到整个地方扔满了废纸、橘子皮和火柴盒，过去从来都没有见过这样的事情……把它弄干净，好吗？”

阿尔弗雷德笑了，是他那种纯然玩笑的笑声，他拍了拍吉尔伯特的肩膀。

“见到你真好，真的，能有个有点文化的朋友真好。”

“你还留着那画室吗？”吉尔伯特问。

“是的，还有马。一切都和过去一样。我会到那儿工作。”

“汤，”弗洛伦斯开口，“冷羊羔肉，芥末酱，大黄和奶油。”

“什么样的汤？”

“上面没说。”

“我一会儿去问问乔瑞太太。”吉尔伯特说。

“感觉想吃烤肉。”阿尔弗雷德用手指敲打着桌子。

“一定要告诉她，她明天肯定会乐于提供的。她太乐于奉上了。”

弗洛伦斯扭头对吉尔伯特用一种专门为他的声音说：

“你听说了吗，乔伊要走了？”

“不，不，我没有……”

“没得商量了，我担心，爸爸的态度非常强硬。”

“那真让人难过。”吉尔伯特说，“我会想死他的。我真的会。”

“从来都没有什么兴趣，他是吧？”阿尔弗雷德向前探了探身，一针见血地说道，“实际上一点都不感兴趣，更像是个业余爱好者，不是吗？他更喜欢海床。”

“起初不是这样。”弗洛伦斯说。

“还有他别的床。”阿尔弗雷德咧嘴一笑，不经意间将餐巾甩了出去。

“什么……别的床？”她目光犀利地看着她的丈夫。

“不，伊夫，自从遇到了隔壁的多莉之后，就不再感兴趣了。还有……那个叫什么名字，普鲁登斯。全力以赴啊，我听说。”

吉尔伯特看着自己的叉子。

“全力？”弗洛伦斯问道，“以赴？”

阿尔弗雷德盯着吉尔伯特，吉尔伯特盯着桌子。

“不用替你把那几个词拼出来吧，伊夫，我是说，我的生物学家的小舅子已经搭上了多莉好几个月了，不相信这一点的人只要去问问劳拉·奈特就行了，她应该知道的。我不是说我要责备他，你能责备他吗？”

“我们不能让吉尔伯特搅进这里面来！”

吉尔伯特由衷地希望她现在不要问阿尔弗雷德搭上或者全力以赴是什么意思。弗洛伦斯的手指扭着戴在手上的结婚戒指。

“而且不会，”弗洛伦斯保持着坚定而沉着的声音，“我不会问劳拉·奈特，也不会问任何人，因为我不相信你说的事情。”

“随你便，亲爱的。”他说着站起身来，“反正，我知道自己在想什么，我知道伊夫在想什么，我们都觉得男人们早就应该去喝上一杯了。”

“但这里不是一个禁酒的旅馆吗？”

“那是你的希望，亲爱的，但是它不是了，从我们来到就不是了。”

他大步走出去寻找乔瑞太太，弗洛伦斯等待着他的脚步声消失，然后轻轻地关上了门。

“他会成功吗？”她问道。

“我觉得可以。你们搬进来了？”

“能有你在那儿对我真是一种莫大的安慰。”

“哪儿？”

“隔壁。”

“噢……哦，是。很好。”

他冲她紧张地笑了笑。他们彼此点了点头。

“弗洛伦斯……你看上去不错。非常不错。”

“比你以为的要好？”

吉尔伯特深吸了一口气。

“是的……好很多。但是你肯定……你肯定——”

“吉尔伯特，”她带着缓缓的强调的语气打断了他，将她的手放在了他的手上，“不要问发生了什么。”

“我不会。我不会……暂时不会。”

“永远。”

“但是劳拉和我，我们不明白……这么多人爱你，你怎么——你有如此美好的未来——”

“答应我。”

他看着她，审视着她的脸。

“我答应。如果你答应不会再做那样的事情。”

“我答应。”

她笑了，仿佛是终结一个篇章，但是手还留在他的手上。

“我很抱歉，”她说，“关于伦敦的散步，非常抱歉。”

“那不是你的错。”

“我应该更加坚强的。那时候我就知道。”

“你别无选择。”

“我有选择……我做出了错误的选择。”

“你有吗？”

“而你也有选择。只是你感觉不够坚定。”

“你怎么能这么说？”

她摇了摇头。

“你不——不够坚定。”

他们都等待着他归来的脚步声，但是声音并没有传来。吉尔伯特接着说了下去。

“但是你已经做出了你的决定。”

“而我会履行承诺。我必须如此。现在，我们还是谈些别的事情吧。”

她抽出了手。一片沉寂笼罩了下来。

“你会回纽伦继续上课吗？”

“不……我会画我能画的一切。”

“我帮你找了个地方……”

“一个地方！给我！”

“你什么时候想去看看，我随时都能带你去。”

“有多远。噢，快点告诉我！”

“不太远，不过你很可能会注意不到，它藏在避风处……我想你会喜欢的。我已经让人修理了。”

“我真是个大傻瓜！”

她闭上了眼睛，然后又睁开了，仿佛在那短短的几秒钟，她中风了一般。

“谢谢你。谢谢你。我会去那里的。”

“我希望你能在里面工作，在那间小木屋中。”

“我们会合作愉快，吉尔伯特，是不是？”

“很难不这样。”

他的词语生硬地冒了出来。她并没有否定它们，而是隔着桌子探出了手，但是又停了下来。他看到了她的结婚戒指。

“另外……还有一个忙。阿尔弗雷德说的关于乔伊的事情……不是真的，不可能是……我想你是知道的。”

“这重要吗……这有那么重要吗？”

“重要？”她将手收回放在大腿上，就在这一瞬间，门开了。

“跟你说，”阿尔弗雷德鬼鬼祟祟地说道，“不是问题。酒瓶子很快就来，很多酒瓶，乔太太说在这种情况下她至少能够做到这。‘应该庆祝一番。’她这么说。你觉得怎么样，伊夫？”

“确实应该。”

“另外，汤是西红柿汤。”

穆宁斯夫妇起身回房时，吉尔伯特向他们道了声晚安，但是并没有跟着他们上楼。他反而慢慢地顺着陡峭的小径向上爬去，手放在屁股后，呼吸着夜晚的空气和野蔷薇的芬芳。他经过悬崖上还没有完工的房子的矮墙，然后钻入通向崖顶的欧洲蕨和铁线蕨当中。

这个晚上天气很好，半圆形的月亮挂在里扎德上方。他在一块石头上坐了一会儿，深深地吸气，深深地呼气，希望夜晚清凉的空气能够理清他混乱的思绪。有一秒钟，下方的一道白浪突然间显出了一匹前蹄跷起的奔马的样子。

“我不知道，”他对着月亮、大海和他手中的香烟说，“我一点都不知道自己能够承受多少。”

在画室

几天过去了。这几天当中，吉尔伯特和弗洛伦斯的对话仅限于日常的寒暄，很少有其他的机会说话；这几天当中，吉尔伯特看到的顶多是弗洛伦斯在楼梯平台转瞬消失的背影。但是那天，乔瑞太太在楼梯上向他招手。她问吉尔伯特是否介意到她房里坐一会儿，她半掩着门，投来的眼光表明在现在这个交谈的时刻她知道的比自己关心的事情要多。

“很高兴啊，伊文斯上尉，不是吗？”

“怎么了，乔瑞太太？”

“是穆宁斯夫人。”

“嗯，是。”

“我从来都没有见过比她更加幸福的女人，一生都没有见过。”

“你没有见过吗？”

“我没有，没有，你见过吗？这真令人信心大振，确实如此。”

“我很高兴听说这些。”吉尔伯特说着开始向门口悄悄蹭去。

乔瑞太太笑了，伸出了一只壮硕的小臂拦在了他瞄着的门缝。这样的时刻，吉尔伯特明白了为什么她的丈夫会叫她“那儿的那个女人”。

“当你看到的时候，伊文斯上尉，你自然就能明白，相信我，先生，我明白硬币的另一面是什么样，这个女人现在离她所爱的男人非常近。非常近。”

吉尔伯特发现根本不知道该怎么回答，乔瑞太太竟采用如此自然的方式对一个男人谈论如此沉重的话题。能从她的眼睛当中看出来，她极度高兴，很想要将一切娓娓道来，而且，她真会娓娓道来的。

“而且她吃得非常好，这总是一个好迹象。”

“是吗？”

“噢，是的，这是一个好迹象，能宠着她是种荣幸，而且为什么不宠呢？我这样的人，不常有机会照顾她这样的女士。你昨天晚上不在，但是她特别喜欢那烤肉，真的，每一口都塞得满满的，还有烤猪皮。”

“猪皮？哦，那真不错。”

乔瑞太太扬了扬眉毛，仿佛是想搞清楚吉尔伯特最后一句评价是否由衷，判定是肯定的，她又坚定地接着说了下去。

“穆宁斯先生是第二次要猪肉了，他完全是狼吞虎咽，这形容恰如其分。昨天晚上，她坐在他旁边，容光焕发，那当然是康沃尔的空气的功劳，因为他们刚到来的时候，她看起来有些……脸颊上带着点伦敦气，你不觉得吗？”

对于伦敦，乔瑞太太总是抱着一种特别突出的厌弃态度。

“我想是有点，是的。”

尽管乔瑞太太更喜欢将旅馆的窗帘拉下来，以保护地毯不被强烈的康沃尔的艳阳晒坏，但她以她老板娘的方式断言，拉莫纳的太阳和拉莫纳的空气对于一个人来说有着十足的好处。

“说一句，我看到他们的卧室里面的东西时，唉，那都不是我的——”

说到这里，乔瑞太太就仿佛一辆失控的车子一般猛地停了下来，在心里斟酌着进一步的细节，并没有注意到这场对话中吉尔伯特的注意力第一次被完全调动了起来，尽管他试图掩饰。

“那么……他有什么……在卧室里？”

乔瑞太太闭上了眼睛，摇了摇头，同时晃了晃食指。

“不，我说这不合适，先生，我不应该说的，对你来说这似乎太……不过既然我们都说到了这儿了，而且没有什么好处……我们都非常不同，但是我知道我最好不要，希望你能谅解，先生……噢，你今天晚上回来吃晚饭吗？”

“不，恐怕不能。”

“哦。哦。很好。”

“明天晚上也不会。博斯科那的轮班，我们有时候会如此，把上帝给我们的每一个小时都花在工作上。”

“我希望您不是有什么不满，先生。”

“不，天啊，没有。你不会碰巧知道穆宁斯太太现在在不在吧，你知道吗？”

“我真不知道，大多数早上她都去奈特先生那里，他给她画了很多，她这么说的。”

“是吗？”

“但是我确定穆宁斯先生出去了。”

“出去？”

这一次，他的语调出卖了他。

“是的，今天一大早就出去了。都没有吃早饭。”

“要出去一整天，你是说？”

“噢，不是，先生……不知道他到底什么时候回来，他自己也这么说。不过，”她笑着，闭上了眼睛，点了点头，“如果时间很长的话我会吃惊的，你不会吗？”

察觉到新的女主人能够提供更加温和、更可预见的生活，塔非很快就将自己的热情转移到了她的身上。这条小狗会陪着弗洛伦斯和吉尔伯特去散步。阿尔弗雷德不在的时候（他不在的时间比乔瑞太太以为的多很多），人们通常就会看到他们三个，两人一狗，塔非走在前面，穿过树林，走向瀑布，然后穿过小路，爬上上山的小路，绕过史前石环阵美少女，人们能够看到他们保持着微妙的距离，一起坐着，背靠在石头拱柱上，或是坐在被掩埋的新时期时代的遗址边，或是坐在一棵因年久而开裂的矮小而粗糙的橡树上。有些晚上，他们会漫游在石楠花丛中或齐腰高的铁线蕨中，将棍子丢出去，让塔非去捡回来。

弗洛伦斯最喜欢和吉尔伯特一起走的路线是一路走向茅斯霍尔，但是穿过凯耶尔那车辙道道的农场时，吉尔布特突然间拦住了她。那是一个没有留意到他们的男人，肩上担着两桶猪食，桶晃来晃去，猪食飞溅到了弗洛伦斯鞋边崎岖的路面上。

“很抱歉。”吉尔伯特说。

“不是你的错……他没有看见我们。”

“你想要接着走吗？”

“去茅斯霍尔？当然想了。”

“我们必须得走到非常靠近悬崖的地方，那十分危险。”

“太棒了！”

“你喜欢危险，不是吗？”

“和你在一起我总是觉得很安全。”

他们花了一个小时的时间沿着海岸边的小路而行，一个小时的时间看着他们的脚，看着太阳，看着海岬上空飘过的云彩，一个小时看着下面小小的船只，看着鸟儿滑翔在天中，昂首阔步于田野。他们在海岸警卫瞭望哨的地方休息了一阵子，野兔就在下面的石楠花丛中跳跃，汽船在海平线上喷出阵阵浓烟。在午间的热浪中，他们能够听到荆豆豆荚爆裂的声音。有很长的一段时间，他们没有说话。他们享受着这无声的相伴，仿佛是他们二人都出于直觉沿着一条地下河流而行。不过吉尔伯特更愿意一直走下去。因为一直走能够抽走他身体中的一些骚动。因为阿尔弗雷德不在的时候，她在早上为哈罗德·奈特担任模特之后，大多数的下午都会在磨坊边阿尔弗雷德的画室中画画。

“你的木屋明天就会准备好了，你就要有一个属于自己的地方了。”

“明天？明天！你为什么不早点告诉我？”

“我想先去看看保证一切都合你意。”

“你这个鬼鬼祟祟的家伙！”

“我会告诉你在哪儿，确切地点，如果你愿意，我们可以在那儿碰面。大约四点钟怎么样？”

“明天四点，我会到那儿的。”

他让她重复了一遍他的说明，她继续向前，几乎快乐得跳了起来，他在后面一直看着她。因为她是穆宁斯太太，这个地方的所有人都知道她是穆宁斯太太，吉尔伯特要确保自己和她保持适当的距离，除非在她走在过篱梯或是踩着石头过河的时候。如果她需要他的帮助，或是打开一扇破了的门，或是小心翼翼地走上一条泥泞的路（或是躲开飞溅来的猪食），他会握住她的手，她长长的手指紧紧地压住他的。有一次，她一直握着他的手，比所需要的时间要长很多，还有一次，他们坐在一棵倒在地上的大树上，他在稍矮的一边，她的肩膀紧紧地抵在他身上，她并没有调整姿势。他脖子上的肌肉都绷紧了。他想要告诉她他爱她，但是他不能。这种无法满足，令他不满。但是他告诉自己，最好的苹果永远是得不到的。他从来都不知道原来还有他在那些下午所感受到的如此痛苦的快乐，如此深邃的感受。这么说似乎显得吉尔伯特的幸福非常狭隘，但是他怀疑，认识再多的女人，也无法保证能够找到他在那座僻静荒凉的农场边那棵倒下的树上所感受到的一切。

他们的沉默最终被打破，一群猎犬从远处跑过，后面跟着几个奋力驰骋的猎人，拖出了一条长长的疲倦的线条。

“那些，”她站了起来，压了压裙子，“就是和阿尔弗雷德一起的猎人？”

他向前探身，把胳膊肘支在膝盖上面。

“这应该就是西部猎人组。这个地方没有其他猎人。”

“我们走吗？”

“你觉得呢？”

“也许我们应该回去了。”

他们看着前方，他们又看着身后，然后他们彼此对视，他们不知道该走向何方。

宽敞的大路上，马蹄声嗒嗒。在下午茶的时候到来之前，他用他最高的声调唱着：

你只能戴一个领结

只能戴一副眼镜

死后你只能睡一个棺材

你不知道吗?

阿尔弗雷德志得意满得意扬扬地回来了。巴拿马的草帽斜戴在头顶，脸被晒得像是吉普赛人一般，他让他极度自信的声音轻快地飘荡在树木繁茂的山谷中，飘荡在睡莲平平的叶子之上，然后他清了清喉咙，背出了一首关于提香的新诗。这首关于提香的新诗，是某天晚上经过普利茅斯的时候，他偶然间拾得的。他非常喜欢，向所有人大声重复，而此刻，他在向着拉莫纳边缘处的女贞树篱、鹅莓树、醋栗树背诵：

提香调着玫瑰色的茜草

他的模特被安置在梯子上

她的位置充满了诱惑

所以他爬上梯子占有了她

小村庄尽管没有听清这些精妙的艺术细节，但是无疑听到了他的到来。他的马车上装满了新画作。村庄倾听着他吼着一首歌，骂着苍蝇，飞速驶下斜坡，猛地转了一个弯，将一只黑色的小弥诺卡公鸡吓得仓皇而逃。

阿尔弗雷德高高地挑着缰绳。他斜眼看着树篱，树篱上纯白的尘埃闪烁着光芒。他兴奋异常，锐利的目光中带着一种期待的悸动。他一直都没有做到最好，他清楚这一点，但是现在他要和布洛特一起把一切理顺，将那最初几个星期的婚姻生活抛在身后。最后几英里，他一直想着他的史瑞普，想着黑发的汉普郡吉普赛女孩，想着他那适合入画的姑娘。绘画有哀愁的一面，他很清楚，生活也是如此。而现在，现在应该享乐。他能够感觉到自己的脸。他的皮肤新鲜而顺滑，他的眼睛清澈如水。从现在开始，她会幸福，他会令她幸福。也许一切都是他的错，但是目前的状态不会继续下去，这一清二楚。他检查了一下自己的领结，看打得是否正确，没有问题，他的血脉贲张，高潮迭起。他向坐在闪亮门口的人招手，他经过了磨坊的池塘，然后拐到了他的空地上。

哇呀!

在他身后，除了画以外，他还带着一石瓮酒，一个裹了亮闪闪的果子冻的冷兔肉派。想想他就口水直流。而墨尔本画廊不是刚花了五百基尼买他的一幅画吗？“五百！”他对着画室大声喊道。这又让他口水直流。

五百。

弗洛伦斯僵住了。听到马蹄声和车轮声轧在小路上时，她知道要离开已经太晚了。她感到一阵惶恐蹿到了嗓子眼，但是现在已经完全不可能锁上画室，偷偷溜到树丛中而不被人发现。唯一的办法就是让他进来。她必须继续她的绘画。她听到他的脚踏上台阶，听到他发现门开着时愉快的声音。听着他停下了脚步。

“嘍！”他说，“嘍！嘍！”

他不敢相信他的运气。

“天啊，天啊，天啊。”

她缓缓转过头，但是没有站起来迎接他。

“我没想到你会来，真抱歉。”

“是我的错，”他愉快地笑着，“我的错。我应该给你写信的，我亲爱的，但是我那时候也不知道自己什么时候回来。”

“我希望你不要介意，阿尔弗雷德。”

他走进门，将酒坛和派放在桌上。他冲她欢快地笑着。

“介意？介意？我为什么要啊？我的就是你的，你的也是我的。”

这种随机应变就这么自然地出现在他的身上，有些时候，他都对自己的随机应变而吃惊。

“你确实说过我可以用你的地方。不过这是最后一次，我保证。”

“你什么时候想用就用吧。你知道的。”

“不，这是最后一次。”

他走向她，他的马靴走在地上，嗒嗒作响，声音随着他越来越近。无处可逃。

“你看上去很好，非常好。比我见过的都好。”

“谢谢，阿尔弗雷德，我感觉到了。”

“确实非常好……你真的是。”

他冲她咧嘴一笑。她把目光投回自己的画上。他紧贴在她身后站住。他的呼吸告诉她，他正在研究画布，研究她的作品。她对他鼻孔的声音是如此了解。

“这是哪儿？”

“一个农场，在凯耶尔那边。去茅斯霍尔的路上。你知道吗？”

“你去了那儿？真好……真好。我喜欢它。好东西。非常醒目。真的。”

“是吗？”

“相当醒目。我喜欢那棵倒下的树……还有它躺下的方式。很好的景观。”

“很高兴你能喜欢。”

“我喜欢，我真喜欢，布洛特。我非常喜欢。”

他把手放在她的肩上。然后放在她的脖子上。她感觉很轻，微微缩了一下身子。她压抑着自己，闭上了眼睛。他抚摸着她的脖子。她站起身，微微有些头晕，但是从他身边走开了。他拉住她的肩膀，让她转过身来面对着自己。

“我得要小心了。”他笑着对她说。

“为什么？”

“你的画。太好了。非常好。我得提防你，不是吗？”

“你要吗？”

他解开了她裙子的第一颗扣子，手指紧紧抓着她的脖子。她甩开他。他猛地拽住了她的胳膊，一下子又解开了好几颗扣子。

“让我看看你，”他说，“让我看看美丽的布洛特。你……比任何画都要美。”

弗洛伦斯横着向前门的方向挪了挪，但是他又带着欢快调皮的大笑拦住了她。

“不用急！我看不用急。”

“我不得不走。我必须得走。我必须现在就走。”

“走？可是我才刚到！”

他对她说，她是个美人。她向他恳求。他说已经过去很长时间了。

“去问问别的人。”他说，“让我多看看你！你的……就是我的。让我……多看看你。”

她推他的胸。他向后推她。他面对着她，自卑与自傲同时在他脸上，他卷起袖子，将她推倒在地。她慌乱爬走，把裙子紧拢在身上，向后退向墙边，她蜷起膝盖，作势要踢他。

“别动！”她说。

他因为好笑扬了扬眉毛，他喜欢她如此英勇的样子。

“噢，真的吗？”他笑了，跪在她身上，开始解自己的裤子。

她扭开头。他拉着她的头发，把她头发弄散乱。他说他爱她，不断地说。有一阵短暂的挣扎，他一直笑着，把这当作嬉闹。她向旁边爬，被一卷画布绊住了。他将她拉回来，然后将她身子翻过来。他红着脸，将她放倒在地，想要分开她的腿。她的手指想要推开他的小臂，但是失败了。她能看到他胳膊上的汗毛。她能够闻到他的呼吸中温暖的啤酒的味道。他告诉她不要哼哼唧唧了。他用左手将能够抓到的一切都拉到了一边，用右手拽着她袜子的顶端。她咬他的左手。他笑了，说她可以再这么干。他把左手放到了她的嘴里。

“继续，我喜欢那样！我们这有个小泼妇，是不是？”

他跪在她身上，拉着她的膝盖，拉着她的袜子，将她拉向自己身边，尝试着一切，摸索着，推动着，用锐利的目光看着她的头顶，露出牙齿，告诉她可以他妈的干任何事儿，因为女人他妈的就是如此，去问史瑞普，去问史瑞普，去问……然后……然后……他似乎是中了弹，缓缓地缩到了一边，呻吟着，蜷成一团。她能听到他撞在地面上。他支撑着自己，半拉着裤子。她看不到他，但是能听到，他的嘴紧贴在地板上喃喃：

“你没一点用。没一点用……你……这母牛。比没用还没用。”

这些话一直在她耳际，跟着她跑到空地，塔非追在她身后，她跑啊跑啊。

没一点用。比没用还没用。

在小木屋

在弗洛伦斯四点到达前，吉尔伯特有一系列的东西需要检查。但是，在围墙花园当中，被中校冗长、缓慢、跑题的一套恼人指示给耽搁了好大一阵子，所以他不得不全速急匆匆地奔过海岬。他不想对中校无礼，但是他讨厌让别人等，特别是今天，特别是弗洛伦斯。人们看着他从远处跑过。他也不想对劳拉·奈特无礼，但是当他看到她穿过一片原野时，他假装自己并没有看到。没有时间可以再耽搁了。

首先，是屋顶，最近的暴雨证明屋顶的角落有点漏，雨水渐渐地渗到了后墙之上。这种问题可能对她的画布造成的伤害是难以衡量的。他相信这已经被修理好了，但是他要百分百地确认。第二，他告诉年轻的木匠将一张中校好心腾出来的结实的桌子搬过来，不过，那年轻人的记性就像是筛子一样，吉尔伯特不敢肯定这条指示是否已经执行。第三，也是最重要的，木屋的安全问题需要落实，门外加一把新锁，门内加一道闩。对于孤身在此的女人来说，这样的安全意识是必需的。

他渐渐放慢了脚步。他的呼吸平和了下来。没有弗洛伦斯的影子。踢走一些羊粪蛋后，他拿出了新钥匙。钥匙在锁眼当中自如旋转，前后移动（很好），门内固定着一根结实的门闩（很好）；中校的桌子被巧妙地安放在侧墙边，午后的阳光从宽敞而大方的窗子中射了进来。这一切都营造出热烈欢迎的气氛。（非常好！）吉尔伯特从口袋中掏出一个衣钩来。在她到来之前，他还有时间把这装好。他沉浸在把螺丝拧进木头当中的感觉。他抹了一把额头上的汗水，然后退后一步。现在，她就能够将她的大衣挂在门后了。他环顾整个房间，从屋顶到地板。

还有什么呢？

他还能做什么呢？

窗户上的一些蛛网挡住了阳光。他将它们清除干净。他的眼睛看到了一只死八哥，张着喙侧躺在地上，他把它丢了出去。他用他的袖子又蹭了蹭窗户，确保所有蜘蛛网没有留下一点痕迹，然后他抹了抹自己的袖子。他向外眺望。依然没有弗洛伦斯的影子。不过就在吉尔伯特坐在一个倒扣的箱子上检查工作是否都已经完成时，一只海鸥就落在了头顶上方的屋顶上，闹喳喳地走来走去，很快这声音混入了激动的狗吠声和奔跑的脚步声，他拉开门，看到弗洛伦斯跌跌撞撞地向小木屋跑来。

“怎么了？”他喊道，“出什么事儿了？”

塔非绕着吉尔伯特跳来跳去。吉尔伯特赶忙出去迎她，她死死地停住了，喘着粗气，手向外伸着，但并不是打招呼，而是伸着胳膊，手掌朝外，警告他停住，告诉他保持距离。

“怎么了？”

“不要！”

她摇了摇头，哽咽着，哭泣着。

吉尔伯特缓缓地向前挪，小狗依然在他身边疯狂地跳上跳下，扒着他的胳膊肘。她的声音非常克制。

“没事了。”他说，“没事了。”

但是弗洛伦斯没有动。她的眼神令他心生恐惧。

“不……不……不！”

“不管怎么了，都没事儿了……你现在没事儿了。不管发生了什么。”

某种直觉令他停了下来。他拉住小狗，让它安静下来，轻轻地拍着它，但是他的眼睛始终都在弗洛伦斯身上。她现在跪在大约十码远的地方，摸索着裙子上的纽扣。他耐心地等待了几分钟。他始终都没有动。他能看到她的手上有油彩的污渍。

“你从哪来？怎么了？”

她猛然摇了摇头，她始终没有办法把扣子系好。

“不要！”

又过了一分钟，她的呼吸正常了很多。她继续和自己的扣子奋斗纠缠。他放低身子，蹲在草地上，但是并没有靠近她。狗看着吉尔伯特。吉尔伯特看着泪水在她脸上慢慢干涸，看着她机械而坚定地把头从一个方向摇向另一个方向。

在听到敲门声之前，吉尔伯特就听到了上层楼梯平台地板吱嘎作响，还有刚好停在他门外的脚步声。然后是一阵沉寂，仿佛是在沉思。

然后传来两声轻轻的试探性的拍门声。

啪啪。

“进来。”

“我看到你还亮着灯，很抱歉，我希望你不会介意。”

“当然不。”

吉尔伯特在床上坐直了身子。

“你睡不着？”

“睡不着。”

“我也睡不着……但我一直都没有喝酒。一点都没有喝。”

“我在写日记……另外还读了点书。”

“哈哈，这样啊。”

A.J.站在吉尔伯特的门内。他穿着紫色丝绸睡袍，两个脸颊上的颜色十分明显。他的声音，仿佛一种歉意的低语。

“我可以……坐下来吗？”

吉尔伯特从床上走下来。

“当然。等我把这些挪开。”

“你写日记？我都不知道。所以你是把自己的想法都记下来？你是这么干吗？”

“也不总是。只是觉得需要记点才记。通常非常少。”

“我打断了你，是吧？像往常一样。”

“不，不……当然没有。”

“还读书？哈？开拓心智？”

“不……就是随便翻翻，你知道的……没有什么太厚重的东西。你什么时候回来的？”

阿尔弗雷德的声音和眼睛突然间充满了狐疑。

“布洛特没有告诉你？她说她碰上你了。”

“没，她没有告诉我。”

“这个下午……是的，这个下午。”

“一切都还顺利吧？”

“什么？”

“你的绘画旅行？”

“噢？噢，那个呀……是的……很好。弄了很多……无可指摘。完全无可指摘。”

阿尔弗雷德用手缓缓地揉着自己的膝盖，不确定地朝着吉尔伯特笑着。一阵长长的沉默之后，他才继续说道：

“你没来吃晚饭。我本来……希望你能来的。”

“不，不太喜欢……跟你讲实话，我的肚子状态不怎么好。”

“总之，伊夫，想谢谢你所有的帮助……那些事都不是你的职责……她非常感激。”

“这是说什么呢？”

“那个地方……那小木屋。她对我说你明天要和她在那碰头。向她展示。”

“明天，”吉尔伯特迅速回答，“是的，是的。”

“她让我来……确认一下一切都好了没……她等不及要看看了。噢,她还说，四点钟没问题。她……无比高兴。好人啊，伊夫，你真够朋友！”

“谢谢。”

“你真的是。从很多角度上说都是。”

吉尔伯特的思绪顺着这些新变化而变化。他感到自己被拉到了谎言的深渊边上。

“那真的没费什么力气。”

“真的？完全没费力气？”阿尔弗雷德轻声复述着他的话。吉尔伯特没有回答。

阿尔弗雷德用手指敲打着桌子。

“你是唯一能和我交流的人,你看。是我唯一信任的人。不要介意我那么说，好吗？”

“不介意，我很高兴你会这么想。”

旅馆中一片沉寂。明天四点？为什么呀，她到底为什么要把阿尔弗雷德派来说这些？沉默在蔓延着。阿尔弗雷德揉着自己的膝盖。

“总之……我不能去那儿……就这么说的……今天晚上说得非常清楚。水晶一样清楚。女人就这样，嗯？用小屋来躲避猎人。”

他扬起一边的眉毛，狐疑地对着吉尔伯特笑了笑。吉尔伯特不知道该怎么办。他必须说点什么。

“当然，她会发现那里太偏僻太孤独了……过一段日子就会。”

“哦，孤独的地方，是吗？让人非常有兴趣……但是别告诉我在哪，千万别，她说，那必须是个秘密。女人就是这样子，靠着秘密，才能过日子。”

“她们真这样？”

“我不太懂，不过她们就是。”

“只要她觉得那里投自己所好。”

“那，上尉读什么呢？诗？我希望是，民谣吧，我相信是。”

阿尔弗雷德弯下身子，从地上拾起了一摞书，眼睛浏览着书脊。

“《尼日利亚史》……《尼日利亚：它的故事、人民和信仰》……《剑桥自然史·第四卷》。好吧，我真没有办法说这些是轻阅读，伊夫，你能吗？真的不轻，是不是？尼日利亚？你到底是从哪儿搞来这些脏兮兮的书的？”

“彭冉，从莫拉比。莫拉比图书馆。”

阿尔弗雷德把每本书的封面都翻开看了看。他的双手微微有些颤抖。

“你就干这个，你就干这个……但是为什么呀？这才是问题所在。”

“我对西非感兴趣。”

“是吗？真的吗？”

“我一直都有兴趣。”

“是吗？这就是你的秘密，嗯？每个人都有个秘密。你知道吗？”

“我估计我一直都喜欢其他的地方和其他的人。不同的文化……不同的种族。有一阵子，我甚至考虑搬到秘鲁去住。非常严肃认真地考虑过。”

“秘鲁？”

“是的。”

“老天啊！秘鲁？老天啊！你有烟吗？”

“当然有。”

“尼日利亚？秘鲁？伙计你真有意思，伊夫，你真是个有意思的人。”

“呃，你也喜欢一个人出去。A. J.，你一直在游荡……在开阔的大路上骑马……你出去的时间比留在这的时间要多，不是吗？你都消失几个月了。”

“是的，但我去的是诺福克，不是尼什么亚，不是秘鲁。我是说，汉普郡就是汉普郡，不是吗？在汉普郡你知道自己是在什么地方。”

他轻声地笑了，然后又被烟呛得咳嗽了起来。他的脸色暗淡了下来。

“天啊，伊夫，我就是在想，你不是要……离开我们吧？你不是吧？”

“不，我不是。”

穆宁斯又咳嗽了起来，咳个不停，一直咳得额头和太阳穴上的青筋暴起。

“你不可以！”

“我现在还没有计划要离开。”

“现在！现在？”

“我真的没有打算，但是事情都会顺其自然地发展。”

“顺其自然！”

阿尔弗雷德站了起来，十分激动，他的声音也大了起来，他的眼神十分狂野。考虑到自己能够听到的隔壁他们房间的动静，吉尔伯特十分肯定弗洛伦斯肯定能够听清楚每一个字，只要她躺在床上。

“但是你不能，你会要了我们所有人的命的，你不能走。老天，我现在全明白了，因为这你才不跟我说话，因为这你才不跟我一块吃饭，天啊，想想你要去的地方，伊夫，没有烧酒，没有啤酒，没有香肠，也没有蘑菇，只有野蛮人、拨浪鼓和树蛇。我是说法国，是的，我几乎能看见你在法国的样子，几乎能，不过他们得吓死了，还有德国人，德国人，在紧要关头你就能了解德国人，是的，但是你不能挡住南方的野蛮人，你会被打败的，他们把白人剥皮剔骨，一点不剩，明白我的意思吗，我不是开玩笑，上尉，你必须留在这里，你是不可或缺的，你在这有份完美的工作，每个人都这么说，你是这个世界上唯一能令乔瑞先生和乔瑞太太达成一致的人，我得把这告诉布洛特，我一定要，她会阻止这一切，把一切扼杀在摇篮里，你就算不听我的，也会听她的，如果我说这让你烦了，我以后每天晚上都会烦死你！”

“阿尔弗雷德，拜托，我只是——”

“布洛特不会听你胡扯的！她做梦也不会放你走的。”

吉尔伯特站起身，他比阿尔弗雷德高几英寸，用手压住对方的肩膀。

“阿尔弗雷德，坐下。你实在太吵了。”

“我有吗？”

“是的，你真太吵了。非常吵。很抱歉这么说，但你真是。”

令吉尔伯特吃惊的是，阿尔弗雷德坐了下来，一直坐着，盯着自己脚下的地毯。吉尔伯特再度开口的时候，他的声音非常轻柔，没有人能够隔着墙听清他的声音，即便是一个非常恐惧的妻子。

“阿尔弗雷德？”

“嗯。”

“我今天见到了布洛特，她……非常低落。”

“是吗？”

“是的。”

阿尔弗雷德一动不动，只是盯着脚下的毯子，然后急促地轻声说：

“不要走，伊夫，好不好？我求你不要走。”

“我真不知道我将来会怎么样，做什么。时间会决定一切。这不是现在的重点。”

“她就是那样……你也许会说是突然发作。歇斯底里。”

“没有任何原因？没有任何……警告的讯号？”

阿尔弗雷德把头埋在手掌中，摇着头。

“就那么干了。打击死了，整个事情。”

“什么事情？”

“女人。”

列茨日记本，1914

他坐在一个倒扣的箱子上。她坐在桌子上，腿晃荡着，胳膊伸展着。在她背后，是深灰色的比天空还要平静的大海。

“这全是我的？”

“是的，没有房租，没有附加条件。”

“全是，全是我的。”

“当然，全赖中校的好意。”

“还有吉尔伯特的好意，我的好心的吉尔伯特。”

她跳下来站住，踮起脚旋转，她仿佛要在旋转时触摸四方的墙壁，手臂一直在伸展，伸展，要将自己伸展成一个更大的存在。她停下来，手向他伸着。

“你给了我全新的生活，你知道吗？”

“是吗？”

“是的。不用再给哈罗德 · 奈特做模特，我能做自己真正想做的事情。”

一切就仿佛昨天不存在一样。她明亮的眼睛，自信的仪态，都在这么说。她不想谈论昨天，也不想谈论阿尔弗雷德的深夜拜访（如果她知道那事的话），或是任何别的事情，只是在说着这些脆弱的细节：

“我已经有了一桩不尽如人意的婚姻，这很明显。不，拜托，什么都别说，吉尔伯特，没必要顾忌什么礼貌或是想要美化事实。拜托！你知道的！我能在你的眼睛中看懂。就在那。现在，咱们去散个步吧……不过恐怕只能是个短途的散步，因为我必须立刻开始。这能令我保持理智。”

她是指画刷和颜料管。塔非在门口嗅来嗅去。吉尔伯特站到一边，让她通过。

如果吉尔伯特在看着月亮和大海的时候，不肯定自己能够承受多久，那么时间给他的回答是“一年，或者就此结束”。在画室短暂的碰面，日子就这么过去了，一天又一天，一周又一周，多雨的夏季，然后是同样多雨的秋季，冬去春来，日子就这么溜走，一天又一天，一天又一天，直到他再也无法承受为止。

起初，他关闭了自己的意识。他因为那些无法满足的梦而惩罚自己，在工作上卖尽了全力。他告诉自己的耳朵不要太频繁地去聆听她，告诉自己的眼睛不要去看她，告诉自己的感觉进入休眠。大多数时候，它们听命行事。他骑车四处巡游，他卖力工作，发现自己还能剩下一星半点的时间，他便去散步、钓鱼或打野鸽。他知道，在晴朗的日子她会在小木屋中画画，所以他就避免去海岬的那块高地，避免去他的心归属的地方。只是偶尔，他会把一颗石头抛入大海，或是随随便便地开火，不是冲着鸟，而是打向石头，或是冲工人们毫无理由地发上一通脾气。只是他这些狂躁的攻击性和他的梦泄露了秘密。

从 1914 年 1 月，他开始在他的小小的列茨日记本中记录下简短而没有规则的一条条内容。他如此写道：

1月19日，星期一

与布洛特和 A.J. 共进晚餐。

2月17日，星期二

布洛特从她卧室的窗户跟我道别。乘坐早上十点钟的火车前往伦敦，去中校的办公室面试。

2月18日，星期三

面试，似乎很有希望。

2月20日，星期五

连夜回到彭冉。与布洛特和 A.J. 一起吃早餐。

2月22日，星期日

和布洛特在我房间中吃了个早午饭，然后沿着悬崖散步，走到彭伯斯，我们在那儿喝茶，然后原路返回，在天黑时到旅馆。像夏天一样的天气，值得铭记。

3月21日，星期六

洗自行车的时候电报来了，任命我去西非。布洛特陪我一起走到博斯科那。和布洛特一起吃饭。

3月22日，星期日

和布洛特一起吃早饭和正餐。

3月24日，星期二

布洛特和我骑车去彭冉，吃午饭。

3月25日，星期三

在乔瑞旅馆的告别晚宴。

3月26日，星期四

布洛特帮助我收拾行李。博斯科那，和工人们一起喝茶。他们给了我一个银烟盒和银火柴盒。

3月27日，星期五

离开拉莫纳。布洛特和我道别。

吉尔伯特宣布自己申请了一个在西非的职位的那天晚上，确切地说是

1914 年 1 月 19 日的晚上，阿尔弗雷德出席晚餐时戴着新的蝴蝶领结，打扮得十分潇洒。他刚在闪亮高谈阔论了一通回来，整个人神采飞扬。他现在状态非常好。毕竟，有个男人一起吃晚餐他觉得很放松，特别是一个他很少见到的朋友，一个他很很——

吉尔伯特的消息打断了阿尔弗雷德的思绪。只有弗洛伦斯费力找到了一些话，结结巴巴地问道：

“你是说……尼日利亚？”

“是的。”

“尼日利亚。我明白了。不过，抱歉……为什么？”

吉尔伯特看着她。

“因为觉得这是正确的事情。我已经考虑了很久了，相信我。我在博斯科那做不了什么了。”

弗洛伦斯继续结结巴巴地说：

“那要去……多久？这个任务有多久？”

“如果我能得到的话！”

“是的，如果你能得到的话。”

他尽自己的极限来实事求是。实事求是肯定是最好的选择。

“三年。”

“三年。”她面无表情地重复说。

“但是我应该得不到。竞争非常激烈。”

“喔！”阿尔弗雷德突然爆发，“我们要回到黑人中间，是吗？我们要跳到丛林里面，是吗？我说的没错吧，没错吧？”

“但是……为什么？”第二天他经过弗洛伦斯身边下楼的时候，弗洛伦斯又一次问道。他环顾四周，对着扶手小声嘀咕。他对着第一阶楼梯和不见了的地毯棍嘀咕。

“因为不能这样下去了，不是吗？”

“不能？不能什么？”

“你懂得，你难道不懂吗？不能了，不是吗？”

“不……”她说，“我猜不到。”

“所以不要问我为什么了。你比谁都清楚。你知道事情是什么样子。”

弗洛伦斯向上看看，又向下瞅瞅。

“你能来见我吗，到我的小木屋？求你了，求你了，吉尔伯特。”

“什么时候？”

“我不知道。”

“什么时候？”

“你觉得合适的时候。我会一直在那儿。我会在那儿，等你。”

吉尔伯特察觉到乔瑞太太就在附近，点了点头，匆匆下楼。

于是，因为无法继续，便重新开始。他全速地奔离博斯科那。她听到他到来。他知道她听到了。她听着他的脚步声重重地踩在草地上。她扔掉画刷，出门迎他。开始时无言，然后言语流出。

“三年，”她说，“三年。”

“是的。是个开始。”

“不要……不要这么说。”她抚摸着他的手背，然后将他的手背放在自己的唇边。

“你必须每天都认真画画，”他看着她的肩膀后方，“我回来之后来这里见你。我是说，如果我走的话，就那样。”

“我会写信……我会每天都写……我会不停地写信。”

“我可能收不到。我解释过的。”

“但你会的。”

“我可能无法接受。”他的声音更轻了，“现在不能。”

他紧紧地抱着她，用尽自己最大的力气。他到底能抱她多紧？

“噢，你就要走了。”她轻抚着他的脸，“你就要走了，你就要走了。”

“你怎么知道？”

她缓缓地摇了摇头。

“我知道。我看得出来你就要走了，吉尔伯特。”

“怎么会呢？你怎么会知道呢？”

他想读懂她的表情，但是她把脸贴在他的胸口，轻声地哭了起来，一边哭，她的头一边轻轻地撞着他的身体，她的头发扫着他的下巴。

“吉尔伯特。”

“嗯？”

“不会就这么结束的。不会完的。我试过了。我试着去接受它。”

他用手将她的头搂向自己的胸口。他能够感觉到她的眼泪顺着自己的衬衫向下流。她听着他的心跳一下，一下，一下。

“我明白，我明白，我也试过的。”

“那是我应该做的，是吗？接受我的命运。就这么接受。我试过了。我试过了，我试过了，你不知道那有多难，不要说你知道，因为你不知道。”

“我知道。”

“你也认真尝试过吗？男人都不会认真，他们不会。”

“和你一样认真。”

她拉回脸，仰起头看着他。

“你是怎么……承受的？”

“你是怎么样的？”

“我不知道。”

“人们都知道……人们都知道。整个世界都知道，我怀疑。”

“不要走！不要，我求你。”

事情如此继续。他们会面，然后又会面。他们亟不可待地去相会，去拥抱，去触摸彼此。他给她讲萨米的事情，当时他们坐在一块巨大的礁石上，他感觉重量都变轻了。他们谈天，散步，在那些寒冷的一月的日子中，他们经常如此，绕着礁石环散步，一圈又一圈，仿佛是被石头的形状和位置以及他们自身的命运催眠，面对那些窥探的目光，再也无所顾忌。他能感到她的屁股贴着自己的。他的手指顺着她的脊骨游走，上上下下，上上下下。

“可怜的萨米。”她抚摸着熟悉的手掌重复说。然后，因为她无法放下那沉重的思绪，于是叹了口气。“三年，三年。”三年。他想说三年会很快过去的，非常快，三年会飞逝而过，想想你在三年前在做什么，想想那一切过去得有多么快，那过去的不快吗？但是说这些又有什么意义呢？毫无安慰可言。在三年的时间中，她依然会是穆宁斯太太。而三年之后，时间会继续延展，穆宁斯一直都在，这是不容改变的现实。那为什么还要回来呢？她知道。他也知道。她知道电报会来，他会走。

“美少女。”他们环绕这个史前的遗址而行，这名字被她念得分外苦涩。

他触摸着冷冷的石头。青苔斑斑，刻痕粗糙。

“我会一直想象我们在这儿……在一起……在我写信的时候。”

“你保证？”

“我保证？”

但是写信……这能实现什么呢？等待着第一缕天光，颤抖着手，窸窸窣窣地签下名，跑下楼，跑上楼，把它藏在你的口袋中，哆嗦着胳膊，关上身后的门，心中小鹿乱撞，坐在洗手间里，撕开信封，又想不要拆开，一种亲密的幻觉，读信，将那一字一句都吃到身体里，距离拉近了，回到了彼此怀中听着雨点打在木屋的房顶之上，你握在手中的信纸上，是你爱的人专为你写下的字句，你看到了你的爱人，手中握着笔，你看到你的爱人在美少女或是在岩石小径的一个门前停下来亲吻你，或是眼神中闪现着狂野而压抑的目光奔跑过湿漉漉的原野，站在你的面前，高高的，站在你的身后，他的手游走在你的胸前，轻轻地游走，然后是他的手指，你感到自己的膝盖变软，感到——

但是，他不会在那里！她不会在那里！

“我想象不出来！”她梨花带雨地哭着，“我不能。”

“什么？”

“你要去的地方，是那么遥远，那么陌生。如果我想象不出来，我会无法承受的。”

“我会给你看地图。”

“地图能告诉你什么！”

“一些东西。船从利物浦出发到马德拉[1]……然后到阿克拉[2]……再

[1] 非洲西部的群岛。

[2] 加纳的首都。

到拉各斯[1]。”

一阵充满疑虑的沉默。然后：

“还有一件事……还有另一件事，吉尔伯特，一件非常非常可怕的事情。”

“嗯。”

“我想象不出在这儿没有你的日子。只有他。”

他们紧紧地拥抱，为了取暖，为了慰藉，狂风吹进他们的身体。风如此猛烈，足以让她有理由把脸埋起来。

啤酒沸腾，骨牌叮当，闪亮里的人们很快便开始沟通消息，互通有无。

“从来都没有见过更漂亮的女孩，我说真的。”乔瑞说，“而且她会选马。你们真应该看看她在马场的样子！”

“她还会叉鱼。”

“那他总跑哪儿去？”

“谁？”

“穆宁斯。”

“伦敦，四处乱走。现在算大人物啊，不是吗？是啊，他现在是个大人物。”

“她过不了多久也会变大的。”

他们都咯咯笑了。

“很少见他来这儿了，我肯定，少多了。”

“总是这样，成了大人物啊！”

“也很少见到上尉了。”

“那他在哪？”

“看到他和穆宁斯太太在美少女那里。我真看到了。”

“什么时候？”

“还有在凯耶尔农场。”

“和她做伴，是吗？”

“给她取暖，更像是。”

[1] 尼日利亚的首都。

“够了！”乔瑞喊道，“够了！”他们都一阵咯咯地笑声，然后喝起了啤酒。

这段日子，阿尔弗雷德一直在画画，喝酒。他的痛风已经变成了每日一痛，天气也经常跟他开着玩笑——任何人，甚至乔瑞太太，都没有见过这样阴雨连绵的天气——但是阿尔弗雷德就是站在空地中，或是蜷缩着坐在伞下，用一个长颈瓶里的威士忌温暖着自己。他的外套湿漉漉的，愈发沉重，他的裤子也软塌塌的，他把白天所有的时间都用来画画，从画架边离开只是为了去树边小便或是到草垛上去拿酒，乔瑞会将酒放在那里，乔瑞放什么，他就拿什么。他这么做的时候，有一次被劳拉·奈特撞了个正着，劳拉第一次担心她丈夫关于阿尔弗雷德的评价也许是正确的。

但是他画画。他画马，一匹十分漂亮的白色老母马，长着长长的卷曲的鬃毛；他画了落在花斑马身上的光辉；他画了白色的海浪上映衬出来的牡马的侧影，是一匹佩戴着银马具的大棕马；他捕捉到了照射在马身上的光线，有的马在打盹，有的马在跺脚，还有一匹长着花斑马蹄的小母马；他画出了积雨云翻滚的傍晚；他看到了照射在滴着水的月桂树上的光芒和照射在他的画布的光线。

他旅行，他画画，他的画被卖掉。

在他画画的时候，他回忆起来那些美好的岁月，那时潮湿的沟渠中生活着要产卵的青蛙，开满了金盏花，人们用拖耙割晒牧草，院子里和吱嘎作响的车上都堆满了草；他记得用一把把的玉米丢到树丛阴影中引诱野鸭和秧鸡；他记得和他的黑发吉普赛人一起度过的美好岁月，那些吉普赛人长着蓝黑色的眼睛；那些日子，雉鸡鹌鹑四处乱窜，野兔穴兔扑朔迷离，小猎犬在芸苔丛中穿梭；他记得那些美好的日子，在长满莎草的河岸边，雏菊和粉红色的巢豆随着微风摇曳，光着屁股的史瑞普和他那双鱼一样的眼睛以及他狡诈的脸孔，啤酒花脱果机，沙坑，还有在热浪下泛着紫色的薰衣草，绣线菊还有打着钉眼的红砖墙；而一切当中最美好的，是他的狗（现在已经属于她了）从马厩中叼出一只又一只的老鼠，叼着它们的脖子甩来甩去，直到它们断气为止。

但是塔菲不在这安慰他。他踢着地面。甚至那只该死的狗也甩下了他，这个杀死了一千只小鸡的小杀手英雄，这个饱受惊吓的小流浪汉，过去总能令阿尔弗雷德开心。

难道整个广袤的世界没有一丝忠诚了吗?

回答我!

他对着滴雨的树丛呐喊着。

我该怎么办?

然后他把落在他染着颜料的鼻子上的雨滴抹掉，自己大喊大叫，开始唱了起来：

我有一只小小猫

我非常喜欢它

但是我更想要

一把弓喔喔喔

他当然知道那只狗在哪里：那只狗现在肯定正蜷在弗洛伦斯的脚下，但是如果他知道她在哪里，他就遭天诛地灭，如果他过去找她，就更天诛地灭。那是她的事情。有一个寒冷的午后，他确实跟着她去了岩塘，但是他的心不在那里。问题的重点是，她不想要他。他试了，不是吗？反正，她不能画画。她能画一些，但是不会真正地画。画画的事情必须留待画家来做。他拿起他的粗画刷。真相是，他很少想到他的妻子，当他想的时候，他心中的构图和画面都会一一破碎。没有她，他能够继续下去。是的，他能！他只想着他的艺术，他下一餐酒，他那一摞摞马的画作以及它们的价格，还有那只离他而去的狗。

垫子给人的感觉不同。毯子也是。

“弗洛伦斯？”

“唔？”她的眼睛闭着，声音沉静。

“我今天收到了一封乔伊写来的可爱的信。你弟弟实在太好玩了！我看得都快掉眼泪了。”

“我知道……他写信告诉我……我怀疑他可能知道了。”

“我们的事儿？”

“是的。”

“还有另一件事儿。”

“唔？”

窗户当中照射进来的月亮的光线正在慢慢黯淡。他对着她脖子的曲线说话，他的嘴埋在她的头发里，他的嘴贴在她的脖子上，他的嘴就在她的耳朵边。

“你的照片。能给我吗？”

“好的。”她幽怨地说，“如果你想要的话。当然可以。”

“你看起来有点严厉……不过那时候，你是……有点严厉。”

“我们可以一起拍一张。”

“怎么拍。”

“去察贝尔街，如果你愿意的话。下个星期三午饭后。阿尔弗雷德下个星期三就又离开了。”

他轻轻地拥着她。

“好的，咱们去吧。我要带着你的照片到每一个地方……直到永远。我发誓。”

“每一个地方？非洲是吗？拉各斯呢？”

“是，是的。拉莫纳也是。”

“哈罗德 · 奈特刚又给我画了一幅肖像，他花了五个月的时间。”

“侧脸的那个？在他的画室里？”

“是的。五个月，想想吧。”

“你喜欢吗？”

“是的，是的，我喜欢。那非常……特别。看着令人十分平静。他让我单独出现在他房间里，出现在他画里。就是那种感觉。单独。只有自己。”

“那，你又会被挂在皇家学院里了？”

“他打算拿去报名，他是这么说的。”

“你会被人们永世铭记的。至少当代不会有人忘记你。”

她不相信，又一次吻了他。她看着他嘴唇上的小小线条，轻声地平静地贴着他的嘴巴说：

“劳拉让我……问问你。阿尔弗雷德也让我问……当然。”

“唔？”

“你必须要接受那个岗位吗？他们求我叫你放弃。但是你已经下定了决心，不是吗？”

他长出了一口气，点了点头。他不敢信任自己的声音。她感觉到他的头在他肩膀上点了点，然后说：

“我再也不会提起这事了。”

他捏了捏她，表示感谢。她接着说：

“这个地方……这个地方就是我想要的一切。这个地方，和你。”

“那边有点冷了。”他说着用毯子将她卷紧。

“你不在这了。跟我讲讲岩塘。”

“岩塘？你是说什么？”

“跟我说说塘里有什么。”

“应该问乔伊才对，他才最清楚。”

“可是他不在这儿，”她尖声说，“而我想听你讲，我想看到你看到的东西。求你了。”

“为什么突然有了这兴趣？”

“求你了！听到你的声音，我会感觉平静。”

他对着她闭着的眼睛开始说。

“嗯，帽贝……薮枝螅……绿藻……沿岸蟹，鳚鱼，它们会变色，特别神奇，还有……有时候有提琴手蟹。它们的螯下面是浅蓝色的，眼睛红红的，亮亮的……海螺……够了吗？”

“不，继续说。”

“海星……当然还有海葵。乔伊会跟你讲那些的。”

“我真瞎了……我浪费了大好光阴，我错过了这么多东西。那些为什么要叫提琴手蟹？”

“因为如果你想要抓它们，它们就会做出拉提琴的动作来……就像这样。”

他把手指插入她的头发，然后又抽出来。她在他的手里非常放松。门外狂风怒吼。

“我们要回去吗？”

“你要离开，中校是不是特别难过？我敢说他一定会。”

“是的，有一些，但是至少我是跟随皇家工程师一起去。他对此很赞同。”

“我肯定他不会在这样一个阴沉的下午四点半的时候想到你……你说他会吗？”

“你说的应该没错……他不会。不过，我还是应该回去了。”

“再多待一会儿。求你了。继续摸我头发。”

“在这里。这是喀麦隆。”

“这。”

她的手指顺着他的在西非海岸移动。从拉莫纳到伦敦是一回事儿，而从伦敦去湖区是另一回事，但是这！她摇了摇头。他肯定不想去那里。而且那些地方的名字，你必须说得极端缓慢，你必须把每个音节都说得十分小心，就像是对孩子说话一样。

奥约……奥绍博……迈杜古里[1]……

她自言自语，重复着这些词，想要笑，却担心自己会哭出来。她把手放在唇边阻住颤抖和纠结。他没有注意到她的手在移动。他对着地图说话。她把胳膊肘伸到他的身边，是为了确信，为了真真切切地确信，他还在，坐在她的旁边，就在旁边的椅子上，和她一起共处于彭冉的莫拉比图书馆，紧挨着她，在康沃尔……那是二月，一个星期三。他们在彭冉共度的星期三。

“尼日尔河非常巨大，当然。每个地方都很热，这不用说。很多灌木，几百英里，非常潮湿，雨很多……甚至比康沃尔还多……还有很多神奇的山。还有蚊子。必须得说，真有好多那些讨厌的小东西。在面试的时候他们就拿蚊子来开玩笑。”

“蚊子！”

“你会适应它们的，你会适应一切的。”

“你能吗？”

“甚至是白蚁。”

“白蚁！”她打了个哆嗦。

“说回到河流，河流都会发洪水。想象一下，有些河特别宽……比整个博斯科那还要宽。我是说真的……那儿的河就能澎湃到那么宽。”

[1] 三个都是尼日利亚的城镇。

蚊子，白蚁，黑色的脸，卡诺，宗盖鲁，卡杜纳，乔斯[1]，包奇，然后又说到了奥绍博。他怎么可能带着她的照片走遍所有这些地方呢？她的照片怎么能够在白蚁和大洪水中留存下来呢？不，她完全无法想象。她看着他那凝视着地图的脸，她看着他的皮肤，刚刚刮过脸，依然泛着光。她看着他的头发、他的耳朵、他的鼻子、他嘴唇的形状。不！她无法想象他在别处。恐惧如洪水般席卷而来，她想象自己根本无法想象他的生活。一旦他去了奥约奥绍博，就再也无迹可寻，什么都不会留下，什么都没有，只有潮湿的沙子，没有他的身体，没有他的人。只有她和阿尔弗雷德。她紧抓着桌子，她的皮肤没有一点血色。

她闭上眼睛，坚决地对自己说话。她睁开眼睛，站了起来。

“咱们走吧？”

“什么？”

“我不想再看任何关于尼日利亚的东西了。”

“噢，对不起。”

“我们会错过照相师傅的。”

“噢，对，对，照相师傅。”

一只蝴蝶落在岩石上。弗洛伦斯看着它徜徉的路线。说：

“跟我说说这些石头。”

“这些石头？”

“是的，我想知道。别告诉我可以问乔伊，他不在这儿。”

“这些花岗石……这里有花岗岩……布列塔尼半岛也有，阿登高地也有……这是康沃尔－阿登高地的山丘的组成部分。再看这儿……这是石英，在裂缝里。你能看到吗……顺着石头的纹理，我们正在说的是两亿五千万年的历史，差不多这么多，沉积岩被腐蚀风化，花岗岩突显出来。我们坐在两亿五千万年的历史之上。”

“是吗？”她迷离地说，欣慰地靠着她的肩膀，“真神奇！”

那是1914年2月22日，星期日，他们紧挨着坐在礁石上，就在劳拉给多

[1] 均为尼日利亚的城镇。

莉画像的花岗岩上，吉尔伯特和弗洛伦斯交换了照片。他们告诉对方，他们爱着对方，任何的分离的行囊、任何的洪水或是任何的道别都无法也不会改变这一点。他们倚在岩石上，在永远不平息的大海上方。天气是如此的暖和，他们都希望自己没有穿那么厚重的衣服。

“这个永远，”弗洛伦斯说，“两亿五千万年，至少。”

“真像个夏天，不是吗？”

“是啊……谁会相信这是二月呢？”

老远的非洲

“今天这张画又变好了点，A.J.。”

史瑞普的话仿佛在耳际，他用冰冷的手指从嘴边把画笔拿出来，放在调色板上。他审视着自己的作品。是的，他对自己点头表示肯定，脱掉了他的画画专用外套，在抹布上抹了抹手，然后吐了口唾沫。他把画搬到屋里。在离开前，他去看了看灰滴答和美腿。然后，用包钢头的鞋子踢着石头，他大步地向旅馆走去，感觉像是一个卷簧，渴望着把自己的能量和痛苦转移到他人的身上。他走进卧室门内，手背在屁股上，宣布：尽管失去亲爱的朋友吉尔伯特令他伤心难过，但是他要在他的画室中办一个盛大的派对，提供最好的食物和最好的酒，最好的歌曲和最好的诗，就如同过去的日子一样，长久以来最快乐的一次聚会，将成为盛会中的盛会。

弗洛伦斯看着枕头，说不。

“不？你是什么意思？”

“不。”

“你跟我说不？”

“是。”

尽管心中恐惧出现骇人的画面，但是她依然轻声地告诉她的丈夫，不管吉尔伯特可能给出多么礼貌的回复，他肯定会更喜欢……私人化一些。他肯定吉尔伯特想要悄悄地离开拉莫纳，尽可能地悄无声息。

“而你知道？”他说，“你确实知道，不是吗？”

“是的，我知道。”

遭到否决后，阿尔弗雷德便走上了去闪亮的路，路上一边走一边背着：

“先生，”我说，“或夫人，我求你多多海涵；
刚才我正睡意恹恹，而你敲门又敲得那么轻，
你敲门又敲得那么柔，轻柔地叩着我的房门，
我差点以为没听见你”，说到这里我打开门——
但唯有黑暗一片，别无其他。[1]

距离酒馆门口还有十码远的时候，穆宁斯停住了脚步。尽管他深受烟草、板岩、泥土的味道和啤酒的芬芳的吸引，但是他不能面对乔瑞和其他人，不能面对他们可能提到的问题：关于吉尔伯特离开的问题，谁将会是中校的下一任经纪人，上尉到底要去非洲的哪里，没有他他们到底该怎么办。

穆宁斯怅然若失地站在小径中间。

“不！”他喊道。

但是他能去哪？他不想孤单一人，今天晚上不想。那就只剩下劳拉了。当其他人都令他失望的时候，劳拉总是在小径的顶端。

“劳拉·奈特！”他喊着时她就打开了门。

“阿尔弗雷德·穆宁斯。”她回应道。

在后来的年月中，劳拉经常说，她“本应该知道的”。尽管听到他唐突的敲门声劳拉非常高兴，他上一次来访已经是很久之前了，但是现在走进门、伸展胳膊、分开腿、坐在她最舒服的椅子上的人，已经不是她当初见到的那个被漂亮女孩包围着的男人了。根本不是同一个男人了。

尽管他经常离开拉莫纳，但是从来都没有亲口讲过他那些老生常谈，没有邦德街的交易的消息，没有新的丢向评论家的侮辱，没有针对整个世界的挑衅。

[1] 爱伦·坡《乌鸦》当中的一段。

总之，他没有了力量。就算她想要给他拿杯酒喝，哈罗德也没有在房子里放一点酒，而且阿尔弗雷德也没有要。他目光空洞地凝视着前方。

“你还好吧，阿尔弗雷德？”

他过了一阵才回答，开口便是短促的叫喊。

“我？好！好！”

“你不是你自己。”

“不是我自己？好观点！”

他在座位中扭动反转。他摸索着自己衬衫的领子。

“你和布洛特一定要在这几天过来吃顿晚饭。我们要不要安排一场——”

“你觉得我和奈特有话说吗？”

他过去从来都没有问过这样的问题。劳拉想要拥抱他。

“当然。不过继续来。他会想见你的。”

她打开楼梯间的门，站在楼梯下向上喊道：

“哈罗德……阿尔弗雷德来看你了。”

她听到哈罗德在画室里走动的声音。她站在楼梯下，听着，同时想着这两个男人会对对方说什么。

实际上，说的话并不多。阿尔弗雷德并没有看哈罗德。他看着地板，问他是否能看看哈罗德最新画的弗洛伦斯的坐画像。画拿到他面前，他坐了下来。穆宁斯找不到任何言辞。哈罗德·奈特先开口：

“她真是个最漂亮的女人。”

“这真是幅最漂亮的画。”

“谢谢，谢谢，阿尔弗雷德。”

这时，阿尔弗雷德的脚下发出了一阵响动，他动来动去，像是要去握哈罗德的手，但是那时哈罗德一点都不想握手。一阵响动中，穆宁斯走上了通往楼上的楼梯。他第一级台阶踩空了，但是设法保持住了平衡。

“就这样，我觉得，差不多这样。”吉尔伯特说，他轻巧地将领结叠了起来，然后将他的手帕推到了右边口袋深处。这仿佛是回到了寄宿学校的日子，只是在学校的时候没有人帮助他收拾行装。他的新的棕色行李箱，一侧之上鲜明地印着他的名字，四四方方的，十分沉重，此刻就压在他窄窄的床上。如果他不能盖好盖子，他就得坐在上面，把搭扣挤到锁眼里面去，但是他不想那么做：抛开别的东西不提，鸟蛋和练习簿被小心地安放在他的毛衣和晨衣之间。

弗洛伦斯所能看的，就是这个行李箱。行李箱，还有他的名字。

“再检查一遍吧，好不好？”他说。他四下环顾，打开了阴沉的壁橱的门。塔非受到了吉尔伯特的语气的鼓舞，在床下爬来爬去，带着一只失落的袜子钻了出来，尾巴摇个不停。

“在这里，好狗狗。”吉尔伯特说，“你们俩都帮了大忙！”

弗洛伦斯抬头看，露出了一个刻意要表现得高兴的微笑，然后就再也没有笑过。

“吉尔伯特？”

“嗯？”

“在你去博斯科那前……”

“怎么啦？”

“我想要给你看些东西。”

“当然好。”

“在我卧室里。”

她在前面引路，他不太确定地跟在后面。他不想到那个房间里面去。

“嗯？”

走进她的卧室，这是一个他从来都没有见过的房间，她为他拉着门，指着立在床角的红木抽屉柜。柜子上面放着一个大大的华美的碗，里面装满了玫瑰的叶子，在它旁边，那件东西更大，是一匹马的颅骨，白色的。在这狭小的柜子上，那个头骨显得格外巨大。眼窝处因为影子而显得更加阴沉。吉尔伯特向前一步，把他的手指放在马颅骨的口眼内，用手沿着牙齿而移动。

“你明白了？你现在明白了吧？”

“是的。”

“你能所有晚上都看着它吗？”

他努力轻声笑了笑。

“白天看就已经够恐怖了，我同意。”

“但是它比我更加鲜活。”

“别傻了。”

“对他来说是这样的。鲜活得多。”

“如果这让你觉得不安，你干吗不把它扔了？这能放在楼梯平台上，不是吗？你为什么不问问乔瑞太太喜不喜欢呢？”

“但愿她喜欢！”

“是的。你也可以在它上面盖个帘子。”

“反正，你不能对任何人提起……永远不能。对我发誓你不会。”

他拉过她的手。她的身体非常僵硬。

“我不会。我当然不会。而且现在很晚了，不是吗？”

“嗯。”

“那我在这就几乎没时间去告诉别人了。”

“在我身边坐一会儿。”

“哪儿？”

“在这儿。求你了。”

她指了指床。非常不安，但是他照办了。他看着她的枕头，她的床罩。他摇了摇头：是他们的床罩。而哪个枕头是她的呢？

“如果我能想‘吉尔伯特曾经和我一起在这里’……我就能够做到了。”

“我会永远陪着你。”

“但是不要吻我。不要在这。”

“我不会的……不会的。”

他们坐在一起，非常正式，看着颅骨和玫瑰碗。弗洛伦斯没有显示出要动的打算来。吉尔伯特听到楼梯上传来一阵响动。

“我的照片在哪？”

“这儿。”他指着自己胸前的口袋。

“哪个是你的枕头？”他问。

“我睡在右边。”

他跳上去亲吻了那个枕头。泪水悄悄地流过了她的脸庞。她问道：

“什么……时候……的火车？”

“明天。”

“好的。”

他告诉了她。

那天剩下来的时间吉尔伯特一直在跟人作别。自行车已经卖掉了，他只能急匆匆地从海湾走向磨坊，从农场走向闪亮。他没有漏掉一个人。在博斯科那，他在院子当中站得如同军人一样笔直，向中校、佩尼特太太还有工人们道别。他说的话非常简短，但是透着真心真意。他说，不管将来自己可能在哪里，在飘扬着什么旗帜的土地上，水仙永远是他最爱的花，他会永远珍惜那套银的烟盒和火柴盒。对于乔瑞和酒吧里面的所有人，他和他们握手作别，一一握手。他告诉他们，他会从利物浦起航，几天之内就出发，前往拉各斯。他们祝他舟车平安（“那可老远了，非洲呀”），每一栋房子的居住者，每一个画家都是如此。

那天晚上，深夜，在山顶上，他向奈特夫妇——劳拉和哈罗德——道别，第二天清晨在旅馆里，乔瑞赶着马车等在门外，吉尔伯特向穆宁斯夫妇——阿尔弗雷德和弗洛伦斯——道别。

一封发往非洲的信

悬崖屋禁酒旅馆

拉莫纳湾

彭冉

（这地址够滑稽，哈？）

亲爱的伊夫：

这将是你在西非收到的第一封信。肯定是的！第一封！它将会等着你的到达，你可以伴着遥远的鼓声来读它。如果，我把你那见鬼的地址正确无误地抄了下来，而且你还没有被野蛮人吃掉。

现在，在我给你写信的时候，你肯定就在爱尔兰海的某个地方，浪花打在你的脸上。必须得说，我更喜欢干地，尽管是下着雨的，但愿你能明白。

伊夫，我们道别的时候我并没有对你说（早晨不适合进行男人与男人之间的谈话），所以，现在我要跟你讲：我觉得你走这一步是明智之举。非常明智！过去的这一年，这个地方变得限制重重，死气沉沉，非常死气沉沉。我们都被困住了，我觉得，被困在了一个老套的陈腐的水沟里，我那天还跟劳拉这么说过，我们一致认为，你是个讨人喜欢的家伙，在你打开这封信的时候，你和你的大船已经见过了新的大洋，新的陆地和新的人。各种颜色的。当然也是截然不同的。干得好！这会给你的脚装上弹簧，让你轻快如飞。

当然，我们所有人都想你，我想死你了。但是我一切如常，感觉非常单调，要么画画，要么就到悬崖顶上去捡丢得四处都是的废纸、橘子皮和火柴盒。远足者都是些多可怕的人啊！

尽管如此，今天早上雾一散开，沉重的露水让位给了太阳和清晰的视野，我有了一种绚烂的金属的光芒。我去了驳船石标，在礁石上摆开摊子，尽情享受着。一艘大船被一艘小驳船拖着从里扎德驶向兰兹角，留下了一道烟痕，我画出了一幅漂亮的素描。不久后，一艘大大的装甲船出现，喷着蒸汽驶过，另外还有很多那种白色的小鸟低低地贴着海平面飞翔，组成一串银色的链条，我猜都是去锡利群岛的。真是个好天气，带着所有的有益的懒散的特点，有益的懒散，我觉得这个词语可以用来形容所有晚上。

昨天的情况则完全相反，那是最后一个打猎的日子，和一大伙人一起，该死的一大伙人！但是灰滴答表现绝佳，飞身越过墙和堤坝。顺便说一句，我的狐狸事件已经得到了人们的谅解，你也许还记得，好吧，他们已经让变节的画匠回归了组织。那天结束之后，我满怀欣喜地回到乔瑞旅馆，只是累得要死，睡得更像是死了一般。

但是我在说什么呀？我刚才还在说一切有多么死气沉沉呢！

至于弗洛伦斯，我很高兴地说，她去和奈特夫妇饮茶——她需要些事情让自己振作起来——发酵酒、果酱和康沃尔奶油显然可以。过去几天她碰都不碰食物，只是画画，用了太多的时间画画。这话从我嘴里说来也许有些不合理，但是，她只是个小丫头，没有那么多精力。一定得小心地写，因为她就在隔壁，选择晚饭时要穿的衣服。不到五分钟前她来过这里，穿着一件衬衫和一条裙子，看起来特别苍白也特别普通，所以我建议她再去换一套，考虑一下她那套令人震惊的蓝色的裙子。（“令人震惊的蓝色”是她自己的形容，她说哈罗德·奈特给她画的最新的画像就是如此描绘那条裙子的，现在那画正在皇家学院展览。）

综合信息：还没有新人来继任你的工作。不过乔瑞在酒馆跟我说，中校的确迅速地面试了一个人，那人突然间出现在博斯科那，中校将一箱花向他抛去，他没有接住，于是这就是他的结局。

而至于我的工作，我已经完成了六幅马的画作，我把它们叫作一个系列，嗯，卖了更多钱，经销商都蠢死了，不过，只要有佣金拿，谁又在乎呢？而我很快要出发去萨福克。希望你能够和我同去。

关于信有一个有意思的事情，当你写信的时候，你会看到那个你正在与之交谈的人，就我来说，是我亲爱的朋友皇家工程师侦察团的吉尔伯特，只是他无法回答，尽管他就站在面前，历历在目。

我是不是开始胡扯了？

总之，不要后悔离开这里，去看看广袤的世界。严重想你。

你最重要的朋友

A.J.

公园漫步

吉尔伯特并没有在爱尔兰海上的甲板上漫步。“邓达斯号”汽船，本该在二十一日星期二上午八点钟从利物浦起航，但是由于某些最后的检修要做，推后了五天。埃尔德·丹普斯特航运在做出深刻道歉的同时要求乘客们星期日早上再到码头上来。

吉尔伯特平静地站着，茫然地看着那艘巨大的灰色船只和上面笼罩的雾气。他缓缓地转身，心里盘算着该往哪里走。五天，长得足够去做点什么了，但同时也长得让人再度不安起来。他一一历数着自己的选择。

他不能回拉莫纳。

在关键时刻，他能回卡迪夫度过剩下的日子，但是他刚刚和母亲、莱昂内尔和茂德说过再见。刚经历过一次痛苦的分离了。这么快就再度回到家门前感觉非常傻，非常不舒服，甚至显得一切很虚伪。

他可以在阿德非旅馆订一个房间，但是他在一个陌生的雾霾笼罩的城市能干什么呢？而且那艘悠闲的船就停在码头附近，仿佛在嘲笑他一般。

他的同舱室友，一个叫辛克莱尔的上尉，是个很热心的小伙子，虽然和吉尔伯特刚刚认识，但他主动说："好呀，我要去伦敦，你呢？"所以，吉尔伯特也去了伦敦。至于到了那里究竟要做什么，他不知道，漫无目的地四处游荡，只是感觉伦敦非常匆忙，也许比其他地方更加匆忙，可以将他席卷，就如同将其他毫无目的的人席卷一样。

旅途之中，辛克莱尔埋头报纸之中后，吉尔伯特开始写一封给弗洛伦斯的信，实际上，他已经构思了好几封给弗洛伦斯的信，辛克莱尔又圆又大的眼睛看着他信纸的顶端，还有火车一摇一摆的节奏令信纸微微颤动，书写不顺，字迹缭乱，就仿佛是他的思维一样。每一个笨拙的句子后面都藏着同样的一句话："我到底该怎么写信封呢？"他能写一封只寄给她的信，一封只写着"阿尔弗雷德·穆宁斯夫人收"的信吗？这能够成功吗？A.J.会像炸弹一样爆发的。而乔瑞太太……

火车抖了一下。

该死！

为什么他没有想到呢？在最后共度的日子里面，他们本应该商定出某些计划，某个取信的地点，比方说彭冉邮局，某个地方，某个地方。

挫败感令他心中一阵翻腾。

在他们离伦敦还有很远的时候，他就放弃了，他应该在船上或是从尼日利

亚给他们两个人写信,他知道她会从字里行间读到所有没有说出的话。比方说:

我爱你，他轻声地对着窗户说。

在纸上隐藏着未说出口的话,比尝试说些不可能的随意编造的话要好一些,就如同他现在就在编造，简直是一团糟。

该死的。

“抱歉，你说什么？”辛克莱尔说。

“没什么……我得道歉。”

“这很令人难受，我同意，但是又能怎么办呢？我们得在伦敦找点乐子，是不是？最后的放肆。”

“是的……去吧。”

吉尔伯特压抑住哈欠，盯着窗外。英格兰的大地匆匆掠过。也许，是他在英格兰的大地上掠过。不管怎么，他愁苦地盯着窗外的土地，他很快就要离开英国了,而现在他能感受到的竟然只有要失去弗洛伦斯的感受。他觉得很内疚。失去她，失去另一个男人的妻子，抹杀了英格兰、威尔士、家人、朋友和他们所有的需求。只剩下弗洛伦斯。

他开始感到一股暴躁的感觉袭上心头。他唯一能够做的就是努力克制，闭上眼睛，用心灵战胜现实，但是他的心中想着的只是他们一起坐在倒下的树上时的情景。

“我说……伊文斯？”

“嗯。”

“想要问你一声，你在城里住在什么地方？”

“我不经常去城里。”

“但是你去的时候呢？”

“上一次……有个朋友帮我订的房……在富勒旅馆。”

“地方好吗？”

“按我的记忆……不错。”

“实际上，我一点都不清楚要住在哪里，不介意我和你一起吧？”

“不，完全不。”

辛克莱尔合上报纸。

“谢谢。谢谢……你在什么地方待过？”

“待过？到现在？”

“是的，最近这些年。”

“噢，康沃尔。”

“康沃尔。”他似笑非笑地笑了起来。

“是的，不过只是在彭冉南部。”

“是吗？就在荒野中，还是应该说是在边缘地带？”

辛克莱尔嘴角扭动，仿佛是在为自己喝彩。

“两个都是，我觉得。”

吉尔伯特微微扭动了一下肩膀，靠在座椅当中，稍稍伸展了下身体，让自己半闭的眼睛依然看着对方。

“喜欢吗？喜欢那儿吗？”

“是的。非常喜欢。”

“很好……很好。”

吉尔伯特知道他现在应该问些相应的问题，以保持合理的礼仪。你呢，辛克莱尔，你把什么丢在身后了，是什么牵引你前往尼日利亚，如此如此，但是他没有。时间一分分过去。辛克莱尔拿起他的报纸，动静很大地甩了甩，重新打开。

闭上眼睛，吉尔伯特便又看到了她，越过甜蜜的爱的距离，她轻巧地靠在他的肩膀上，在小木屋中，在倒下的树上，在车厢里，但是倒下的树一晃而过，他再看到的只是 A. J. 骑在美腿之上，身子向前探着，正走在前往劳拉家的老路上。

“实际上，劳拉，布洛特需要振作起来。严重需要。”

“哦，听到这我很担心。”

“彻彻底底的啊。”

“但是你是让所有人都振作起来的人，A.J.，要一起来喝茶吗？”

吉尔伯特看到哈罗德在楼上削着铅笔，听到他告诉劳拉不要再夸大伟大的阿尔弗雷德，不要再吹嘘长袖善舞的阿尔弗雷德，自己定下来做些严肃的、安静的工作，也发发善心让他继续画他的维纳斯，她在这儿和我在一起非常有精神。

“就这样，趁热打铁，哈罗德！”劳拉喊道。

吉尔伯特微微而笑，想要再次尝试。

弗洛伦斯。没有阿尔弗雷德，没有劳拉，没有哈罗德。只有弗洛伦斯，谢谢。

是的。

是的，她在这儿。她和我在一起。

弗洛伦斯就在他的身边，坐在椅垫上，她新洗过的头发扫在他的肩膀上，但是这幅画面又渐渐暗淡，她那装腔作势、喋喋不休的丈夫出现在他面前，大声地说起了自己的家乡，在诺福克、萨福克交界的地方韦沃尼河边的曼德汉姆村，茅草屋，铁匠铺，牧师住宅花园，还有那个他骑着灰马跌了一跤的显眼角落，马场的赛马，他如何走入哈勒斯通天鹅（这是不是在车马饭馆的酒吧间？），挑剔如何做潘趣酒，唱着“地主掉进光滑的大碗中”，拍着他的马头，吉尔伯特陷入干渴的迷蒙中，直到那个白色的颅骨出现，沉重的打鼾声将他一下子从中梦中惊醒。

“你还好吧，伊文斯？”

“嗯，还好……还好。对不起……辛克莱尔。就是做了些梦。”

“噩梦，像是。”

辛克莱尔因自己善意的调笑而热心地笑了笑。

仿佛他走进了教堂祈祷，但只感到了被骗。他站在同一个黑暗的角落，但是她不在。也许他走错了地方？他转身，顺着来路走回去，扫遍每一个房间的每一面墙壁，向自己解释说上一次失去了方向感。他没有。带着一种渐渐低落的肯定的感觉，他又回到了同一个黑暗的角落。她不在那里，她不在空地上，没有光线直直照在她的外套和她的后背上。也没有渐渐接近的脚步声。

“挂画委员会”怎么敢做这样的事情！

他们怎么敢把它取下来！

他询问接待员。接待员长着毛茸茸的手，露着谄媚的微笑，解释说，这是学院的规矩，很多年来一贯如此，会定期更换展出的画作。学院里有一个很大的永久的储藏间，如果他想多了解一些细节，可以去二楼的秘书办公室问一下……

吉尔伯特不想这么做。

他觉得有些笨拙。

他注意到那个男人的喉咙上有一个囊肿。

她不在那儿。

这才是至关重要的。

收拾了下精神，他重重地踩着台阶走下去，走到外面。飘满软棉絮的天空如今已经清明一片。一片阳光中，他眨了眨眼睛，戴上了帽子。然后他穿过铺着鹅卵石的院子，向右拐入皮卡迪利大街。

接受现实吧，吉尔伯特，拿出军人的模样来。

拜托，吉尔伯特，他对自己说，振作一点。

走走怎么样？

在公园里面走走很不错。

只要能够躲开那头蠢驴辛克莱尔。

辛克莱尔实在是太想当然地认为自己应该受到优待。

他转身。

那一刻他感受到的震惊是他有生以来从未经历过的，也是今后不会再经历过的。过后他回顾漫长的一生，大祸当头时，他也从来都没有怀疑过这是他经历过的最大一次震惊。人行道上挤满了人。阳光直直地照射下来。十码远的地方。那肯定是光线玩的把戏。

弗洛伦斯正低着头从一辆出租车上下来。

他的膝盖弯了下去。

不，这不可能是她。

是其他的漂亮女人。是其他的穿着漂亮衣服的女人。是其他的和她头发颜色相同的女人。在伦敦有很多漂亮女人，甚至有很多维纳斯。

她站在那里，低着头，听着一个他看不到的男人说话。

车里的男人挥着一只饱经风霜的手。

然后，吉尔伯特听到 A.J. 在后面大叫，他听到了那个来自诺福克和萨福克边境之处的声音。

“国王十字路，司机，快点，我需要一件新衣服！”

只有 A.J. 会这样说话。只有他会那样甩手。

吉尔伯特依然没有动。一个过路的人撞了他一下。抱歉。另一个人也撞上了他。抱歉，是我的错，对不起。

她走向伯林顿府。

在世界上的任何地方，他都能认得那走路的姿态。

他的身体现在移动了。

她转过了身。

他们用了半个小时的时间才复原。吉尔伯特看着她坐在院子中的座位上，他的脸和她的一样白，他的嘴唇和她的一样发青。解释了很多。他们非常试探性地去触碰彼此的手,仿佛不太肯定对方是真实的存在。是的。他们四目对望，摇着头，咬着嘴唇。

他们站起来，胳膊挽着胳膊，脸上恢复了一丝血色，他问她是否一切都好，她说，是的，她很好，他问她是否愿意去进行那次期待已久的公园漫步，她笑着说，愿意愿意，她愿意。

他们的身影倒映在一排长长的橱窗中，缓缓地滑过。他们笑着。

他们走到公园，力量又回到了他们的腿上，他们走啊走啊，充满快乐，但是难以名状，他们喝茶，相对而坐，他们的手越过杯子和勺子滑到一起。她说我希望你能旅途顺利，我希望你安全，非常安全。阿尔弗雷德就要去萨福克了，她要在父母家住一段日子，不过她不在乎，管他呢，管他呢。不管发生什么，她说，我将为此不停感谢上帝。我也会如此。你从天而降。真是奇迹。

他从一台机器里面买了些古龙水。这让他的手凉了下来。

低着头，从这细微之处，她心中的感觉波澜万丈，温暖无边，她肯定自己能够爬上任何悬崖，面对任何命运。他们前往富勒旅馆，一切都顺其自然。他们上楼的时候正碰上辛克莱尔下楼，辛克莱尔的眼睛在说:“啊哈，伊文斯，你真是个快手！”

星期二

利物浦。船期延误。前往伦敦。

星期三

和辛克莱尔一起过了一天。

星期四

又和辛克莱尔过了一天。(要再过一天的话实在太可怕了。)

星期五

见到了布洛特！公园散步。一起喝茶，然后去了旅馆。一起吃晚饭。

星期六

和布洛特在投卡德罗碰头。去了公园，坐着聊天。回投卡德罗吃午餐。她送我到车站。我们在三点一刻分开。我上了火车，独自一人，满怀悲伤。

拼凑

直到他被击中，因为负伤而被送回国的时候，吉尔伯特才能将那些碎片拼凑在一起，将尽可能多的碎片放在合适的地方。劳拉·奈特提供了大体的框架。她是唯一一个能这么做的人，反正她是他那天早晨能在拉莫纳找到的唯一一个人。A.J. 一直留着他的画室，乔瑞太太说，他搬出旅馆房间并不让人吃惊，那些天很少见到他出现在这个地方。

而至于哈罗德·奈特，他生了重病，住在彭冉医院。他的病始于战前，起初只是口腔感染，但是很快，他的整个身体都出现了严重的症状。由于人们对他的公开的敌意[1]，而哈罗德又一再肯定对自己所做出的遭人反对的行为负责，他被迫独自到泽诺海岸线的荒地上工作，就在阿尔弗雷德救了狐狸的地方下面的斜坡上。1914年到1915年那个冷得惊天动地的冬天，滴水成冰，冷彻骨髓，被放逐的哈罗德垮了。解释着这一切，劳拉在火堆上又放了两块苹果木，翻动着叉子上的吐司。

"但是那，"她的脸因为火的热度而变红了，"并不是你来这要听的事情。"

"我想今天下午去看看哈罗德。如果可以的话。"

"噢，是吗？你考虑得真周到……你能给他带些铅笔去吗？你记得他有多

[1] 由于后文中提及的哈罗德为弗洛伦斯的葬礼奔忙的事情。因为弗洛伦斯为自杀，这是被基督教教义所禁止的，所以当地村民会因而对哈罗德产生敌意。

喜欢他的软铅笔。”

“当然，我会的，劳拉，你还有什么吩咐随便说。”

“他很少有访客。确实非常少。再来点茶吗？”

“好的，谢谢。”

劳拉看着眼前年轻的军官，还是那个吉尔伯特，却不太一样了。

“能见到你真好，吉尔伯特。你要在这待多久？”

“在英国？我不知道。看需要多久吧。”

“不……在拉莫纳，我是说。”

劳拉笑着看着他，她知道该要说了，到了真正说的时候了。吉尔伯特坐着，听着。在她背后的墙上挂着她画的杂技演员和集市的画，栩栩如生。

“那个五月和六月，就在你离开我们之后，我常见到布洛特。经常见。有时候我们一起在我的小木屋里画画……有时候在这儿，有时候在礁石上。她看起来非常好，非常喜欢跟人聊天。我那时开始画吉普赛人，阿尔弗雷德建议的，然后多莉又从伦敦来了，布洛特尝试了一些大型作品……现在想起来真好。无论何时，我们看到一艘船，你的名字就出现了，总是这样，总是你的名字，非常好玩，海上的一艘船就意味着吉尔伯特。很多早上，她就在这里楼上给哈罗德做模特。那是一段快乐的日子……我想她喜欢和我一起匆匆忙忙，急急躁躁，喜欢和哈罗德在一起的安静沉默。不管怎么说……我的画开始像新鲜出炉的蛋糕一样热卖，哈罗德也是，这解释了外面那辆车的来源。你看到那车了没？……而阿尔弗雷德又开始开派对。一切似乎都和谐完美……卖画，买车，拉莫纳又活了起来，不过时间并不长，我同意。不太长。现在想来很难相信……那不过十一年前？一年前……当时我们所有人都在一起高歌……

我们都是好人……我们是……我们是……

我们都是好人我们是……

“噢，吉尔伯特，别那样看我……我知道。我知道。我说到哪里了？是的，六月。不，应该到七月了。我弹钢琴，阿尔弗雷德买来了一台留声机。你从来都没有见过任何人对任何事情那么激动。歌舞照旧，但是我们现在又多了一个新的娱乐,留声机,阿尔弗雷德坚持我们开着留声机,一直开着……一遍又一遍。

“后来……一个很热的晚上,战前几个星期的时候,我现在仿佛就看到了她,灰色的裙子上插着一束甜豌豆花……我肆意地嬉戏,和阿尔弗雷德跳舞,布洛特走了过来,在那支舞结束的时候,她说如果没有人介意,她就离开去睡了,她说她有点头疼。我知道她已经好几天精神不太好了,我说不介意,去好好睡,明天见,如果精神好的话来和我们野餐,就在她走到门口抬起门闩的时候,阿尔弗雷德大喊道:

‘是的,去睡吧,你这个该死的婊子!

“这真是可怕极了,吉尔伯特。由于实在来得莫名其妙,在那一秒钟没有人说话,没有音乐,A.J. 说得如此大声,整个房间都……呃,你能想象得明明白白,不用我解释。我们都看着她。布洛特完全没有反应,她转身,看了他一眼,然后缓缓地走了出去……他们的狗跟在身后,同样也走得非常缓慢……就仿佛那只狗也听懂了那话。噢,现在这一切都历历在目。抱歉……给我点时间,可以吗?对不起。对不起。太……

“我对 A.J. 说了我对他的看法,当然,别人也说了,我们都说了。我告诉他,这是我最后一次参加他的派对,我说话当真。到今天都在遵守。那之后过了一会儿,他走了出去,坐在树下,独自喝着酒。我们都走了……带着一种酸涩的痛苦的心情。一切都变了。

“再来点茶吧?不要了?再来点面包吗?不要了……算啦……第二天早晨,我坐在门前的露台上,就在我的椅子里面晒太阳。我把昨天晚上的事情对哈罗德说了说,他很好心地同意跟我一起去野餐。如果他认为我情绪低落,不管他在做什么,他都会抛开他做的一切,他一直都是如此,而我认为我也一直都为他考虑,太阳和空气对他有好处,他看上非常消瘦,当然不像现在这么糟糕,他同意去野餐,我便开始收拾野餐篮子,打点奶酪、洋葱和红花糕,这时我听到了叫声,我能听得出来那不是平常的叫声,不是嬉闹的喊声,你知道那不同,不是吗?你听到那声音的时候,就会觉得脊梁发凉。‘奈特太太……奈特太太!’一个年轻的女人从四五十码远的地方向我喊道。我认出来那是旅馆里的女仆贝蒂,我让她坐下来,喘口气,这时哈罗德急匆匆地从楼上冲了下来,直接出门,想要发动汽车。车却发动不了,而且你相信吗,汽车的朝向不对,贝蒂和哈罗德待在一起，我顺着小路向山下跑，向旅馆跑，跑到一半的时候，哈罗德咆哮着追了下来，速度快得吓人，我觉得他会把我们都害死的，不过他没有。

“乔瑞太太走出门，冲着我们招手……在楼梯顶上，是阿尔弗雷德……完全失去了控制。我们都太晚了，我知道，吉尔伯特……我见过这画面，我知道太晚了。我不想再说了……如果你不介意，医生最后……半个小时后来了……我试着……一直在试。”

劳拉停了下来。

她怎么能够告诉吉尔伯特那珐琅桶，那具有穿透力的气味，那马头，还有……弗洛伦斯紫色的脸？她怎么能够告诉吉尔伯特，布洛特的舌头伸了出来，一直伸在外面？劳拉不会忘记那个美丽的女人的那个样子……那是在指责她……至少她是这么感觉的……把舌头伸出来，伸向这个世界。这样的细节不应该讲给吉尔伯特的耳朵听，不应该讲给一个受伤的士兵、一个受伤的爱人听。

“哈罗德，不负众望，非常了不起。他把阿尔弗雷德带了出去，他们绕着空地一圈又一圈地走。我留在布洛特身边。可怜的乔瑞太太……她从来都没有真正地复原过来，所有人都知道了，街谈巷议，那些房间再也没有租出去过。你今晚上待在这里吧，好吗……如果你能这么做，我很感激，真的。”

“好的……谢谢你。”

劳拉盯着火焰。

“哈罗德负责筹备了葬礼，筹备了所有事情。乔瑞帮了很大的忙……他是个好人，不是吗？我们全都去送葬了。然后报纸上开始有了质疑，当然……非常难堪。几个星期后，我和乔瑞太太聊天。她说，布洛特下来吃早饭，看上去一切如常。她和阿尔弗雷德一起吃饭，很丰盛的早餐，但是当他上楼的时候，他看到了她。这一次，她服的剂量足够多，面对一次这样的事情已经足够可怕了……不是吗，吉尔伯特？但是两次！”

“但是她——”吉尔伯特停了下来，动了动手表示自己没有什么要说的。他和劳拉看着火焰。

“不管怎样……我觉得你应该去问问哈罗德其他的事情。他和 A. J. 谈过，安慰了他好几个小时……我觉得哈罗德知道的比我多。他没有告诉我，他不会说的，但是我能察觉到。从某种方式你能明白。”

“什么方式？”

“去看他的时候问他。哦……铅笔在那儿，书箱上面。当我……帮忙处理弗洛伦斯时……我在她身上发现了这个，这儿，嗯，我觉得你应该留着。”

劳拉递给吉尔伯特的是他的照片。

“他怎么样？”

“那天？呃，我猜测劳拉告诉你了，我将他带了出去。就和你期待的一样。几乎语无伦次。”

“他做了什么？”

“事情过后？之后几个星期？穆宁斯？噢，和过去差不多……画画，喝酒，骑马一个人出去。”

哈罗德的胳膊瘦如干柴，探在被子外面。看上去有些像是一个瘦弱的主教，他靠在枕头上坐着，夹鼻眼镜架在他的鼻子上，一本敞开的素描册摊在被子上。“住在彭冉医院有一个好处，”他带着挖苦的笑容说，“这里充满了精神活动，满是新鲜自由的空气。”吉尔伯特能看到素描册上有一幅睡在旁边床上的人的画像，透着恶意的惟妙惟肖。

“劳拉……说你知道的比她多。关于穆宁斯。”

“是吗？”

哈罗德缓缓地在毯子上敲打着手指。他的嘴有些犹豫。

“你介意吗？”

“介意什么？”

“跟我讲讲……那天的事儿。”

“我不介意，我只是不太关心这个话题……我一点都不关心。好吧，吉尔伯特，如果你必须要知道，简而言之，穆宁斯说，那场婚姻从来都没有美满过。”

“哦，我明白……”

“他没办法找到从容的方式……至少穆宁斯……至少对我不容易。那时，他坐在草地上，在一些母牛旁边，我想了好一阵子，想他为什么对我说这些。如果我不是劳拉的丈夫，我一辈子都不会和这个人说话。”

“他为什么呢？他为什么要说那些呢？”

“劳拉告诉你他说的话了吧……在之前晚上的派对，她有吧？”

“嗯。”

“我一点都不肯定，吉尔伯特。但是最后那几个月，我一周有三四天给弗洛伦斯画像。我完成了三幅她的肖像。你知道吗？”

“她一直都喜欢被你画。”

“是吗？她从来都没有对我说过……我很高兴。谢谢你。就我们二人之间说，再说一遍，仅限于我们两人知道，我注意到了变化，起初非常轻微，但是如果你仔细看着某个人，坐在你面前的某个女人，像我看弗洛伦斯那么近地看她，我觉得能隐藏的东西不多。如果你从每一个角度观察她，观察一个像她这么完美的女人，那绝对不能隐藏。”

“我明白。”

“我不认为她能隐藏。我猜测有些事情肯定说了出来。”

“弗洛伦斯说的？”

“是的。”

“对 A.J.？”

“对穆宁斯，是的。你不这么认为吗？”

吉尔伯特站起身，走了几步，然后又回到了自己的座位上。哈罗德在床上微微动了动。

“如果这一切让你不安，吉尔伯特，我很抱歉。”

“这没有。”

“有。我看得出来。”

“哈罗德……你是说……我该怎么……他在草地上告诉你的事情，和他那晚派对上对弗洛伦斯喊的话，有着紧密联系？”

“有这可能性……在我看来有。尽管他当时无比绝望，还是在试着为自己辩解。那有一种，我觉得，是一种自我辩护，自我开脱，是他希望故事流传的样子。”

吉尔伯特若有所思，然后点了点头。

“劳拉告诉我弗洛伦斯被埋在了桑克里德。”

“是。”

“具体在哪？”

“噢，你要去？好的……我很高兴。那儿的牧师是一流的，顺便说一句……实至名归，一流的。整个教区其他所有人都不允许。这对我真是宽宏大量，你不觉得吗？是的，直接进入教堂大门，然后右拐，一直走。”

“有墓碑吗？”

“有，我们安排了。”

“谢谢你，哈罗德。”

“你今晚上回劳拉那吗？”

“是。”

“很好，很好。有两件事情，请你……第一件，告诉她我爱她，我非常想念她，你知道的。”

“我会的。”

“第二件……到我的画室里，你会在那发现有些包着的东西，上面有你的名字。就在座钟旁边，你不会看不到的。”

吉尔伯特看得出来哈罗德有多么疲倦。

“我希望你能尽快康复，哈罗德。”

“我希望你也是。但是让我们先感谢对你来说一切都结束了。”

“你是什么意思？”

“你的受伤……至少你不会再继续参加了。”

“不，不，我恐怕还得回去。”

哈罗德的目光锐利了起来。

“你要回去！”

“是的。”

“你还想更多的死亡，是不是！越来越多？这就是你想要的？”

“不……不是，我不想。”

“人的生命如此……不值一提？”

“不……不，不是的。”

“你要回同样的地方去？”

“是的。”

“那里情况严重吗？战斗？”

“是的。”

“好的，走之前再来看看我，好吗，因为我想再问你些问题。现在不是合适的时间和场合。”

“我肯定会的，哈罗德。再次谢谢你。谢谢你做的一切……你为她做的一切。”

“没什么。”

“不，你做了你能做的一切。还要更多。”

哈罗德摘掉眼镜，用床单擦了擦。他的手指就像是小树枝一样消瘦。他静静地说：

“我们都爱她，我觉得。”

“是的，我们爱她。”

“以我们不同的方式。”

“是的。”

“我很高兴她能允许我画她画了那么久。”

“我也是。”

“再见，吉尔伯特。”

吉尔伯特带着因受伤而产生的苍白，站在病房门口，看着他的画家朋友的眼睛，微微摆了摆手，半是挥手，半是敬礼。

那只乌鸦从没飞走，它仍然栖息，仍然栖息，
栖息在房门上方苍白的帕拉斯半身雕像上面；
它的眼光与正在做梦的魔鬼的眼光一模一样，
照在它身上的灯光把它的阴影投射在地板；
而我的灵魂，会从那团在地板上漂浮的阴影中
就此飞升吗——永不复还！

埃德加·爱伦·坡

桑克里德

吉尔伯特租了一辆自行车。

桑克里德这个小小的村庄差不多在彭冉正西，在拉莫纳的西北方向。从医院前往那里的路程，花掉了将近一个小时，凛冽的冷风吹在脸上，但是他的身体越骑越暖。路上，一辆屠夫的车速度太快，他被迫停了下来，便趁机在路边的灌木树篱中摘了一些野花，和他口袋里的海石竹混在一起，石竹花在他们经常漫步的崖顶是如此常见。

骑着自行车，经过一个农场时，他迎头闯入了粪便那美丽的气息中，爬上山顶时一股清新的海风迎头而来。他注意到了嘎嘎叫的乌鸦和一群海鸥……还有偶尔出现的大乌鸦。他注意到那片小小的陆地，小小的礁石刮擦出来的斜坡，在看过拉莫纳巨大的花岗岩后显得如此渺小。

这将近一个小时的行进，时间长得足够他的思维回到他们最美好的日子。牛、海鸥和乌鸦在康沃尔都非常常见，而三月的时候，海鸽和刀嘴海雀都飞了回来，但是那一天，他们爬上了一处绝境，去看暴雨海燕，那种小鸟在十月的寒风中很少会飞到海岸边来吧？他记得攀爬留在弗洛伦斯的脚踝上的小小擦伤，而与此相反，她的声音中混杂着磨坊那令人昏昏欲睡的声音。他能看到她哥哥的脸探在岩塘上，池塘里游弋着海胆和海葵。他记得她对菊苣和莴苣沙拉的热爱，她在小木屋中旋转的身体，一圈一圈一圈，转在他的脑海中。

依靠这些回忆的支撑，他听到自己吹着口哨，然后他开始为此愤怒，之后，他变得更加愤怒，因为他的耳畔开始回响起 A.J. 最大的声音唱的歌谣：

你只能戴一个领结

只能戴一副眼镜

死后你只能睡一个棺材

你不知道吗？

“不！”吉尔伯特对着树篱呐喊，“不，现在不要！”

桑克里德的路标出现。

他的胃一阵紧缩，力量从他腿上渐渐退去，但是他紧紧地咬着牙，将自行车停在了教堂院子的门口。他向右转，经过两个沉重的康沃尔十字架墓碑，走过一排十八世纪的石碑，有些石碑像他肩膀一样高。他慢慢地搜寻，谨慎地走着，直到他看到了稍新的土堆。就是这里。这里在祭祀场地右侧的最边缘处。也许牧师觉得这里适合这样的死者，但是不能再远一英寸了。

她就在这里。

他停了下来，拿出花。

他摘掉帽子。

他没有去参加她的婚礼，尽管他经常极度痛苦地在心中勾勒在威斯敏斯特的那一幕，宾客云集，坐满了教堂的长椅，乔伊对每个人都开怀地笑。弗洛伦斯挽着父亲的手臂，顺着过道走来，手中捧着花，阿尔弗雷德·穆宁斯转身，眉毛上翘，棕褐色的脸上写满了扬扬得意，要来娶她。

他没有去参加她的葬礼，尽管他经常极度痛苦地在心中勾勒，四轮马车和马拉的灵车缓缓而行，送葬者一对一对结伴而行，裙子上或是胳膊上罩着黑纱。谁会是抬棺人？他不知道。她的母亲和父亲出席了吗？乔伊呢？他不知道。他能看到花。那必然有花，从博斯科那来的一箱箱的花，献给弗洛伦斯的花。

他带着自己的花向前移动。他看到：

伊迪丝·弗洛伦斯

布洛特

A.J. 穆宁斯的妻子

1888. 9. 4—1914. 7. 24

那是一块小小的石头，如此低矮，如此小，吉尔伯特不得不弯下身子才能读到上面的字，就仿佛这块石头知道它朴素自卑的位置。他把他那束野花放在脚下，他想象她的脚就在那个位置。那一个土丘就像萨米的一样小。然后他跪了下来，闭上眼睛。他知道回忆的痛苦。

萨米。

鸟蛋有多么脆弱啊。

弗洛伦斯。

布洛特。

伊迪丝·弗洛伦斯。

A.J. 穆宁斯的妻子。

他能感觉到她的手的压力。

是的，他能感觉到。

他能看到她走过，挺直着身子，沿着彭冉的广场而行。

是的，他能看到她。在莫拉比图书馆。

他能感觉到她滑冰时候的腰。

他能够听到她亲吻他时轻声的低语。

是的，如果他聆听，如果他真的聆听，他能听到她……轻声的低语。

他能看到她所有的马都赢了，全都赢了的时候她眼睛中狂野的神采。

是的，如此狂野，她那紫色纹路的眼睛。

但是依然镇定，平静，飘来荡去，波提切利的维纳斯。

难道这一切都走了？一切都褪色成了一抹暗淡的疼痛？那疼痛会痊愈吗，就像他头部的子弹伤口已经痊愈了？会吗？她说：

我希望你平安，吉尔伯特，就是这。

我很平安，我活下来了，活到了现在。

去尼日利亚是一段非常遥远的旅程吗？

是的，而且回来了。

去了那里，然后回来？

但是他不想告诉她恐怖的行军和疾病。很快，他就要回到那生活当中。大炮、泥土小屋、河岸边喷薄的火焰，是的，他必须回去，但是他来桑克里德并不是为此。他想要听听她的声音，尽管除了教堂的方塔上的鸟叫声外，他现在听不到别的声音。当他睁开眼睛，又一次读到小小的石碑上的简单事实。他站了起来，挺直身子，向后退了两步，就像是一个军官一样，低下了头。在下面，草地上显出了他的脚和膝盖留下的痕迹。

保证你会回来。

我会回来的。

而且活着?

我会尽力。

尽管我违背我的诺言?

我会回来。

尽管我毫无用处?

我会回来，弗洛伦斯，相信我。

没有回头看最后一眼，因为他知道他会回来，吉尔伯特走过塔投下的阴影，走过教堂的庭院，缓缓地骑着自行车顺着小径骑到海边，骑到拉莫纳，他到达劳拉家时，暮色已经降临了，他的脸冷冷的，他已经安静了下来。

等待着他的劳拉尽管极其暴躁，但是给了他一个大大的拥抱和一个温暖的壁炉，还有兔肉汤和美味的洋葱，以及自家做的火腿。

那天晚上，在哈罗德的画室当中，就在上床之前，吉尔伯特把灯放在桌子上。屋子里面是油画散发的熟悉的味道。房间里有一张帆布床，堆满了还没有使用的画布，留给他的包裹有着一种熟悉的形状。那东西又大又平。一个信封粘在棕色的包装纸上，信封上的字迹是熟悉的。

C. G. 伊文斯上尉

吉尔伯特坐在哈罗德画架旁边的木头椅子里，拆开了信封。

亲爱的伊夫:

我知道你会回拉莫纳，当你回来的时候，我希望你能接受这个。

A.J.M.

吉尔伯特拆开了棕色的包装纸，确保他的手指将表面的纸都清理干净。他捧在手中，靠近灯光，是《晨骑》，弗洛伦斯坐在美腿之上的肖像。

过去和未来

劳拉·奈特女爵士（1877—1972）于1936年被选为皇家学院全职院士，是有史以来第二位获此殊荣的女人。院长向学院致辞时，开场说的并非“女士们，先生们”，而是“先生们，劳拉，你是我们中的一员了”。

由于所发生的一切，哈罗德·奈特（1874—1961）于1920年离开康沃尔时，并不怎么失望。他的身体康复，晚劳拉一年当选为学院院士。

乔伊·卡特－伍德于1916年死于法国。

吉尔伯特·伊文斯少校，尼日利亚部队副主管，高级军官，1933年退伍回到拉莫纳，生活在他于1912年开始建造的崖顶庄园中。他于1966年死于彭冉。

阿尔弗雷德·穆宁斯爵士（1878—1959）于1944年当选为皇家学院院长。1949年退休之时，他发表了一次很有争议的演讲。

后记

读过阿尔弗雷德·穆宁斯爵士和劳拉·奈特女爵士自传的人，都会了解我从中受惠几何。每一个读过那些自传的人都会知道，穆宁斯对于在本书中描述的发生在康沃尔的主要事件只字未提，而劳拉·奈特只是用非常含糊的方式匆匆带过。

关于穆宁斯的传记有两本杰作：雷金纳德·庞德的《英国人》(1962)和让·古德曼的《如此豪赌》，这两本书都详细地记载了他在拉莫纳的岁月，这些价值都是难以衡量的。

在行万里路、读万卷书的年代，我喜欢上了A.C.本森和爱德里亚·贝尔的作品，并深受其影响。

温斯顿·丘吉尔在《二月之夏》中客串了一个很小的角色，而从很大程度上说，是剑桥大学丘吉尔研究学院为我提供的资料帮助我完成了这一幕。

我非常感激布莱恩·曼宁鼓励我开始创作这个故事；而最重要的是要感谢戴维·伊文斯——吉尔伯特·伊文斯少校的幼子，没有他提供的细节和支持，本书根本不可能完成。

本书献给戴维·伊文斯和他的家人。